山海情思

願天下有情人終成眷屬

溫廣 著

楔子

列車拉動了多少離愁別思

　　火車站的月臺上擠滿著黑壓壓的人群，離別的和送行的擠在了一起。要走的人，有的已上了車廂，但更多的人卻仍在月臺上與親友話別，多半的人苦澀著臉，甚至有些在含淚話別。眼淚汪汪送別的長者，對後輩沒完沒了的千叮萬囑注意身體，保重自己。最矚目的要算是夫妻或情侶間的相送，在眾目睽睽下，那哀怨斷腸的離情不便於放縱表露，只有把苦痛埋在心裡。但也有從未出過遠門的小夥子，他們很少考慮前程如何，當作此行是一次難得的旅遊，可以涉足些異地風光，見見世面，頗有趣的，因而滿臉樂意。

　　一個女站務員從室內出來，擠過了人群吹響了列車即將

開動的哨子，哨聲的命令使所有的人都不得不服從，要走的
紛紛上到車廂裡，送客的紛紛自車廂裡下來。火車頭的汽笛
冒出一股白煙，巨響了一長聲，緊接著便徐徐開動了起來，
車上與車下隨著手的揮動，淚水從離別的一些人的痛苦臉中
簌簌落下。

　　列車載著的年輕人是往大三線內地去的，它一直往南奔
馳，後又往西去。車廂中的乘客有李春來和王燕，也有張通
和。

目錄

第一章

兒女私情
情難絕

命運的糾葛開始於一張金榜

李春來只有暫時放棄賣菜的活兒而改為每天進城到張通和家共同溫習功課，還剩一個多月的考期中，在張通和的幫助下取得了不小的進展，二人同闖過了考試關，體格檢查也沒問題，放榜時二人同在榜上。

　　李春來原生長在農村，他家庭成分不好，土改時被劃為富農，在左的指導思想下，當時富農也差不多和地主一般對待了；一小塊的土地和兩間窄小的土屋，除留下了一間外與兩頭大牲畜全被沒收了，家庭便一下成了窮光蛋，父親不久便抑鬱生病故去。剩下孤兒寡婦兩口相依為命，母親只靠被分得的那小塊瘦地種菜挑到城裡去賣維持兩口的生計。

　　李春來好不容易挨過了初中畢業，單靠母親的種菜收入

已難以維持兩口人的生活。因為集體化的風已漸漸吹來，他們這單幹戶的命運將不會久矣。連生活都難以維持，李春來想繼續升學是無望了，他連想都不敢想。一個僅十七歲的孩子除了在家務農便無其他的出路，只有幫著種菜和挑菜去城裡賣而已。

靠母親種菜餬口，相依為命

一天，李春來正在挑著菜擔在街上叫賣時，碰著一個昔日的同學。為了自己的顏面，他羞於見到穿戴整齊仍是個學生打扮的同學，急忙背過了臉挑著擔子匆匆而過。但同學先發現了他，大聲叫了他的名字，他只有無奈地轉過頭來勉強陪著笑臉應和了久別的同學張通和。

張通和可並不因面對的同學是個低微的菜販而介意，他熱情地主動與他握了握手，領他到街角一個空檔處幫他把菜擔子卸下，兩人就坐在一塊石階上攀談起來。

「你還打算升學嗎？」張通和首先關切地問。

「看我這個樣子，我還有能力升學嗎？」李春來自謙地回答說。

「你家怎麼了呢？怎麼連上個高中都沒能力？」

「不瞞你說，自我父親死後，就靠我母親種菜來維持我

們兩個人的生活了。」他指了指擱在跟前的榮擔子說：「現在村裡又鬧著要搞什麼集體化，不讓單幹了，我們的生活前途將不知怎樣，只有走著瞧吧。」

張通和在校時與李春來不算是很要好的同學，但多年同窗，往來不是沒有的，也有著同學的友情，他不僅不嫌棄這寒酸的同學，而且很是同情，很想幫助他。

「那麼你就這樣下去聽天由命嗎？一定要想法解決你的前途。去找出路，我們二人一起來想個辦法吧。」張通和稍有激動地說，不知是天氣炎熱的緣故還是心情激動的關係，他臉色驟地紅了起來，眼睛露著少年的純真的希望之光。

李春來瞧見老同學如此熱情且看來是真心的想幫助他，使那種原來已絕望而頹唐的心情一下似已被抹去，他有些興奮，大熱天，人一激動，汗水更易迸發出來，他雖摘下頭上戴著的草帽在搧著，但汗水仍是把他那農民式的粗布背心沾濕透了。他反問老同學說：

「我是走投無路了，現在只得幹這個。」他又指了指跟前的榮擔，「往後恐怕連這個也幹不成了，你能幫我想個辦法嗎？」

張通和沉思了一會答道：

「有一件關於我自己升學的事，近來我父親一股勁要我去考高中，我覺得讀完初中又要上高中，如果有條件，又上

大學，畢業出來也不過是個普通幹部。近日我在報紙上看到市技工學校要招生，初中畢業就可，畢業出來分派到工廠作初級技工，工資雖比大學畢業生稍低些，但比他們少花六、七年的讀書時光。這六、七年我拿工資可自食其力了，省掉了家庭的負擔。再說，現在工人階級是領導階級，作個工人老大哥卻是響噹噹的，比當幹部還要神氣。我老爹雖不同意，但我已決心去報考技工學校。照你現在的家庭處境要比我困難好多，上技工學校似乎是你較好的選擇，而且家庭困難的技校生據說每月還有少量的生活補助，可以解些你當前的困難。可你的想法怎樣？」

這當然符合李春來的要求，他聽後，臉上像風吹雲散後的天空，憂愁從他眼睛裡化解了，臉上當即容光煥發，他忘卻了額上仍冒著汗珠，將手裡搧著的草帽扔下，急忙地追問道：

「我可以報考嗎？」

「你和我一樣已有初中畢業的學歷，怎麼不可以？」

李春來猶豫了一下補充說：

「我說的是關於我的家庭成分，我家是個富農，不知是否……」自卑感使他又冷卻了一些。

「我看了報上刊登的招生廣告是沒有說階級成分為報考條件的，你先不考慮這個，儘管去報名再說。」

　　張通和決心擺脫父親的阻撓，他們約定了時間由李春來進城找他一起去報名。

　　兩人於是分手，李春來重又挑起他的菜擔子沿街叫賣。

富農成分像根針，扎進李春來腦袋

　　到了報名處，兩人一齊交上畢業證書，但辦事人一看李春來所填的表上家庭成分便當即皺起了眉頭。

　　「父親怎樣死的？」辦事人仍看著表格粗聲地問道。

　　「生病死的。」李春來顫慄地答道。

　　「不是殺、關、管而死的，要鄉政府出個證明。」辦事人當即把畢業證書和表格退給了李春來，同時收下了張通和的。

　　雖然報名並不順利，但對方只提父親的死因，沒有乾脆說富農成分不可以報名。這使原先的擔心緩和了一下。至於父親的死因是一清二楚的，他似乎信心十足。

　　李春來母子二人走了八里地到達鄉政府，辦事員一聽他們的要求給寫證明作不了決定，要請示鄉長，但鄉長不在，要他們改天再來。

　　隔了兩天他們又一起去了，鄉長卻是在家，但一聽他們的要求便覺有些為難，因為鄉長是個年輕人，對鄉中過去的

事知道不多，對李春來母子的要求作不了決定，便要他們回去由村長寫個證明再來辦。

他們只得空手回去，找到了村長，這事倒好辦，村長一口答應，但他不認字，更不會寫，便由李春來代筆寫了個證明，由村長在上面按了個指印便算功成。

二人於是第三次到了鄉政府，把村長的證明遞交給鄉長，鄉長從證明中找不出什麼瑕疵，但一細想富農是個剝削階級，有的被稱作反動富農更是要被管制的，李春來家雖沒被管制，但這不光榮的成分像根針似地刺著他的腦袋，而且李春來這次報考的是技工學校，畢業出來是個工人階級了，由富農成分一下便變成工人階級，這不免有些出格吧？他瞪大眼珠使勁地對站立在他辦公桌前的母子發問：

「你們這樣的成分能報考技工學校嗎？」

「我去報名了，辦事人只說要弄清楚我爸的死因，沒有說到成分的問題。」李春來老實地回答著，後又補充一句，「報上刊登的招生簡章也沒提到階級成分問題。」他隨即從衣袋中掏出張通和借給他的登載有技校招生廣告的報紙呈給鄉長過目。

鄉長粗粗地看了一遍後把報紙還給他，狡黠地微笑道：

「簡章嘛，不可能登得那麼詳細，其實這是件大事！階級鬥爭嘛，這是千萬不能忘記的！這樣吧，開證明這件事我

和馬支書研究研究再說吧，現在馬支書不在，你們改天再來聽回音吧。」

李春來母親一聽鄉長的這口氣，全身都發涼了，像患了瘧疾似地身子在哆嗦，眼球像死人似地一眨不眨地死瞪著鄉長，全身像散了架似地撲通一聲雙腿便跪下來了哀號地請求說：

「鄉長開個恩吧，我家雖被劃為富農，我們沒有土地出租，也沒有雇工剝削，我們過去收入全是勤勞得來的。我兒為考上技工學校，將來有了出路一定會報答你的！」

鄉長本想立即扶起涕淚交流地跪著的老嫗，但一念到一個富農跪著算個啥，他沒有這樣做，只是勸他們回去改日再來。

被階級鬥爭觀念頑強占領著腦袋的鄉長與為了母子生存出路而鬥爭不懈的老婦人相互僵持了約有半個鐘頭。

馬支書早在隔壁房間裡對這全部過程聽個清楚，他已按捺不住，該出來解圍的時候了。他的歲數和資歷比鄉長高了許多，他原是解放初期組織農會時的老幹部，對李春來父親的情況也熟知。土改中劃階級成分時，對李春來家被劃為富農成分，工作隊和農會是有爭議的，工作隊在寧左勿右的指導思想下堅持李春來父親要劃為富農，但農會認為他既沒出租土地，又沒有雇工剝削，應該是個中農，但他們拗不過工

作隊，最後還是依工作隊的。此刻他坐在房間裡聽了老婦人哀號地訴說，舊事重提，當年的情景又浮現在他的腦際，令他感觸良多。他驀地走出房間，使勁將老婦扶起並將她安坐在一把椅子上，溫和地說道：

申請證明處處受刁難

「老大娘呀，現在是人民政府，不要來這個，有事慢慢說。」

鄉長驚愕地看見書記如此出乎意外的舉動，不以為是替他解圍，而卻是以十分詫異的眼光緊盯著馬支書，而支書也從鄉長的驚愕狀態意會到他的疑惑，他把鄉長拉到裡間去，細聲地與他商談了幾分鐘，鄉長出來後，表情嚴肅地就在村長的證明上的空檔處寫上「情況屬實，同意梅窪村的意見」，拿鑰匙打開櫃子取出了個公章在上面蓋了個紅圓印便交給母子二人讓他們回去。

報名截止期只剩兩天了，李春來拿了證明書連家也不回徑直往城裡奔。當他汗流滿面、氣喘吁吁地走到學校的報名處時，還差半小時就要下班了，但承辦人不是原來的那個人，他看了原來填的表，又看了鄉政府的證明，卻又關注起表格中富農成分這事了，他琢磨了好一陣子，看著牆上掛著

的鐘快下班了，便說道：

「你把證件留下，還要請示一下領導。」

李春來再度受到挫折，更想到報名截止期只剩兩天，這不一下便黃了嗎？他焦急了，便粗聲地問道：

「那麼要等到什麼時候？」

「今天沒有時間了，你明天再來。」辦事人懶懶地回應說。

「明天不是截止日期嗎？」

「正是，所以你明天一定要來。」

李春來心想這定是那富農成分問題，看來成敗關鍵就在明天了，他忐忑不安地等待明天對他命運的決定。

李春來母親因為今天是決定兒子去向命運的關鍵第一步，這一步能邁過還有第二步甚至可能還有第三步要走，她要兒子梳洗整潔，把那僅有的已嫌窄小的學生服穿上，那雙已棄置多時的上學用的球鞋，雖因孩子腳板長了，穿起來十分頂著腳趾，但仍要他勉強穿上。現時已不興燒香拜佛了，兒子臨出門時除了千叮萬囑外，她還雙手合十祈求上天菩薩多保佑，祈求故去的丈夫在天之靈多為兒子祈福。

李春來清早便進了城，到了學校報名處時，正開始辦公不久，辦事人要他坐下等待，說還未向領導彙報。

那人進去後，李春來坐在長條木椅上呆呆地等著，大約

過了一個多鐘頭那人才轉回來，對他問了問家庭的和他自己的近況後便又回去，讓他仍呆等著。

原來那辦事人到了後屋原是學校的教導主任，現在又是招生辦的負責人廖主任那裡，他把李春來的表格和證件遞給主任，並著重提示他表中的富農成分問題，廖主任卻反問他：

「富農又怎麼樣呢？」

「這樣的階級成分能作我校的培訓對象嗎？」辦事人振振有詞地提出了疑問。

「你不要混淆了是非，富農是他的家庭成分，他自己則是個學生呀，家庭成分不好就不能讀書、就不能培訓嗎？」廖主任的口氣稍帶粗了些，使辦事人也不服，但畢竟他是下級，不敢以主任的口氣回敬，只以平常的語氣去辯解：

張通和伸援手，分配在同一個廠

「廖主任啊，這可是個原則問題哩，富農是剝削階級，而我校是培養工人階級的，二者是相對立的，要接納這個學生可要謹慎啊！」

「照你這樣的見解，家庭出身不好就不能參加革命了。我們今天不少黨和國家的領導人家庭出身都並不太好，現在

不是使革命成功了嗎？這怎麼解釋？」沒有等辦事員回答，廖主任主動提出說：「這樣吧，看來我們這個分歧是個理論問題，我們雖是上下級關係，但在理論面前是平等的，真理越辯越明，我們一起去找黨委蘇書記討論討論吧。」廖主任沒等辦事員同意便拉他走出房間，穿過走廊進入了書記辦公室。

　　蘇書記正埋頭審閱即將開始的教師暑期政治學習班的動員報告。二人未敲門便徑直進來自動坐下，未等蘇書記發問，廖主任便首先將來意與原委說了一遍。

　　書記聽後沉思了半晌，首先覺得廖主任的觀點在理，但現今雖未見拉緊階級鬥爭這根弦，但對階級立場是提得較高的。學校雖是個教育單位，但一刻也不能離開政治，他正在審閱的動員報告也在強調這一點。想到這時，腦子倏地彎子一轉，他想起來了一句話：「家庭出身是不能選擇的，重在表現。」這樣，思想的疑團便算解開了，他當即著辦事員去找李春來問明當前他家庭和他自己的近況。待辦事員回來報告後，與廖主任一商量便拍板接納李春來的報名。

　　對於這個被稱作家庭剝削階級富農成分的李春來，為這次報名投考所遇到的一波三折，令他沮喪極了，一直以來雖則家庭被背上富農成分包袱備受折磨，幾乎泯滅了他少年向上的奮發心，但卻沒有像此次的曲折使心靈所受到的傷害那

麼大。他此番雖是已踏出了第一步是應該慶幸的，但卻不僅未能洗脫他那心上的憤憤不平，反而是加重了。

　　李春來好不容易地過了這一關，至於第二步的考試，因他自離校後便忙於生計，過去學過的特別是數、理、化方面的書本從未翻開過，幾乎全放於腦後，現在要考試了。急時也要抱一下佛腳，這不得不又要求助於張通和了，他只有暫時放棄每天賣菜的活兒而改為每天進城到張通和家共同溫習功課，在還有一個多月的考期中，在張通和的幫助下取得了不小的進展，二人同闖過了考試關，體格檢查也沒問題，放榜時二人同在榜上。

　　入學以後二人也同在一個班上，但此次的同窗與過往在中學時不一樣。在中學時他們是一般交往，但現在卻因受了張通和的指引和幫助了他功課的補習，所以由衷地對張通和的感激。而張通和雖生長在幹部家庭，卻是比較樸實，他不會歧視李春來這個來自農村的鄉巴佬。雖然對於他的往往想突出自己而好出風頭的性格有所保留，但那仍保持的農村樸實作風是有厚愛的。更因為在此校的班上，老同學就此他二人，自然地便常走在一起。

　　技工學校雖然微微有點生活補貼，但不足以維持個人的全部生活。在學習期間，李春來母親因年邁已喪失勞動力，在家鄉已成五保戶，已無法對兒子在校的幫助了。正當李春

來處在將要被迫輟學回家務農之際，張通和對他伸出了援手，將他家裡每月給他的零用錢省掉了一大半來資助他，銖積寸累地二人共同艱難地度過了在校的三年到了畢業，後又同分配在一個廠中。

情愫萌生兩人牽手行

挨近著街上的車輛和行人已見稀疏，園中已較清靜，原來隱伏在草叢中的小蟲唧唧鳴叫聲被街上喧鬧聲所掩蓋，此刻清晰地似是響在耳邊。張通和將已握著王燕的手扶起了坐著的她，雙雙步出了小園。

原來張通和與王雨是球場上認識的朋友，他們同在工人俱樂部的一個業餘籃球隊上打球，隨著友情的增長，王雨對張通和有了個好印象，一次請他到他家作客，王雨並未對妹妹和張通和表露自己的心思，但王燕一見來客體格壯實、舉止斯文又瀟灑，處處顯現著禮貌，談吐自然而不帶市井氣，很有異性的魅力。席間她不多說話，常常放下筷子睜著滴溜溜的雙眼老瞧著他因運動曝曬而微黑且肌肉結實的臉，他濃

眉下的雙目炯炯有神，閃露著愉快的光，使王燕羨慕得入了
神。要不是他哥提示她，竟忘記了吃喝。

王燕的心像落入苦澀深淵

　　席散後，王雨有意讓妹妹單獨送朋友出門。王燕好想找
些適當的話與張通和攀談，可能因為激動的緣故，她一時竟
想不出說些什麼。張通和這個從來少與異性交往的人，此刻
也頗拘謹而少言語，二人只步行了幾分鐘，到了公共汽車站
道別分手時她主動握了握他的手且說了一聲：「有空就請來
我家玩吧。」

　　在此後的日子中，王燕像換了一個人，每當她在家中瞧
著張通和當日在席間坐過的位置和椅子便回味著他當時的音
容笑貌，甜而又澀的回憶殘酷地煎熬著她。而多日未見張通
和再來，使她焦慮地盼望著。可她表面是平靜的，與往常幾
乎沒有兩樣。但一次在她的車床加工零件時卻出了一批廢
品，這是她進廠以來的首次。這次品質事故不僅令她本人聲
譽受到損失，在車間的壁報上被點名批評。且令小組在月度
評比中也失了分，壁報上原來的小紅旗被摘了下來。

　　受到身心交困的王燕已心灰意懶，她心靈的火石已打不
出一點火花，她病了。確實是發燒，她在工廠衛生所讓醫生

開給三天假。

　　王燕雖閉口未向任何人吐露過她的心思，但她哥王雨卻窺出了點端倪。正好在一場球賽的暫停休息時，王雨有意拿過一杯水遞給正在用毛巾擦汗的張通和，挨近他輕聲地說：

　　「今晚有空嗎？請到我家吃頓便飯吧。」

　　「你怎麼又要想到請客呢？」張通和微笑著詫異地問。

　　「不是請客，只是吃頓便飯，大家聊聊，你若有空就請光臨。」

　　這時哨聲響了，球賽就要繼續，張通和邊起立邊爽快地說：

　　「好吧，謝謝你的好意，晚上一定來。」

　　張通和如約到了王雨的家。因為王雨事前並沒有告訴今夜誰來作客，只對媽媽說有客人來，吩咐多作兩個菜。王燕當然被蒙在鼓裡，她半躺在床上，今天休假已是第二天，打針吃藥後燒是退了，但頭仍昏，渾身軟綿綿的。躺在床上她胡思亂想。本來，對她來說這次在廠中所出的廢品事故是最大的打擊，應是她此刻思維的主流，但現在魂牽夢縈著她的卻是關於張通和。她想到那天張通和對她的反應卻是冷淡，但又想到可能是陌生的緣故，她雖沒有過戀愛的經驗，但聽說男孩子如對女孩子感興趣一般是首先表示愛意的，但張通和卻並非如此，他真的不喜歡我嗎？但又後悔那夜哥讓她送

他出門心中急得說不出一句話來，否則如兩人交談一下也多少可以融合點感情。這也怪我，我這個人真笨。日子過去這麼多了，她屈指一算已有十多天了吧，也未見他再來，雖則臨別時她曾有過請他有空再來玩的話，但一般只看作是平常的客套話，他怎知這是她的真心呢？她埋怨那天她沒有約他說好個下次再來的具體日期。雖這麼後悔，但又想到初次見面，又沒找出個適當的理由，怎好一下就要對人訂好下次再來呢？到此，她也自認為胡思亂想。「睡覺，不去想它了。」她暗下決心對自己說，但卻怎麼也睡不著。

　　天漸漸的黑下來，窗外街上的路燈也亮了，淡淡的光透過紗窗映照著房間成了灰色一片，於半明半暗中，床上靜靜地躺著一個病人，窗戶緊閉著，街上的聲音一點也傳不進來，靜得連蚊子飛過也可以聽見。在這樣的氛圍中，更使她的心像被落進了苦澀的深淵，彷彿冬天的風呼嘯著吹過一片殘垣敗瓦的廢墟。

　　當她在半醒半睡中模糊地聽見外間似有客人到來的聲音，門鈴響後，有人疾步走去開門，接著是哥哥笑迎客人的響亮聲音，這使她完全清醒了，來客的聲音似乎有些熟稔，她自然想到會是他嗎？但又不能肯定，她想若是他來，哥哥怎麼不早告訴她呢？

　　正在猶豫間，忽聽見有人敲她的門，是哥進來了，他拉

亮了燈，頗見高興地笑著說：

「小燕，妳猜誰來了？」

一頓愉快的晚餐約會

驟然的亮光一下子把王燕的雙眼弄模糊了，她驚異地回應說：

「我怎知道？」但她一見哥的舉動也多半猜到是他來了，卻故意不說明。驚愕了瞬間後，她臉上即時泛起了喜悅的光彩，本來是惺忪的睡眼，倏地明亮了起來，她立即掀開了被子坐了起來。說也奇怪，原來是頭昏腦脹渾身無力的她，剎那間似已全都消失，接著便問道：

「來的究竟是誰？」

「妳還問幹嘛？妳當然猜到是張通和了。」哥哥看了她的舉動便猜到她的心思。

王燕連忙起身到鏡框前專心地梳理她睡久了而凌亂的頭髮。正在此時，王雨在她背後丟下一句話：「妳梳洗好就到客廳來吧。」便匆匆步出了房間。

王燕只用了很短速的時間便梳洗整理好，換上一身鮮豔的衣服，姍姍地步入了客廳，可能也因剛抹了點面油，喜悅使她容光煥發，明亮的雙目一股勁地注視著正從沙發上站起

來與她握手的張通和。他一下班便立即回家換了身一般只在節日才穿的藏青色的、被燙得筆直的毛料中山裝和擦得閃亮的皮鞋。若是僅為會見老朋友王雨,他絕不會如此莊重打扮前來的,更主要的還是因為要見到尚是陌生的王燕。

張通和與王雨全家四人共圍著一張圓桌在吃晚飯。王雨媽媽按照王雨的吩咐正好按平常多做了兩個菜,但這是較好的菜:一個是紅燒蹄膀,另一個是清燉母雞。時下雖然大饑荒剛過,但肉食仍見稀罕。王雨媽特地從自由市場上買來的,紅燒蹄膀卻是她過去拿手菜式。在主食方面,雖然兒子沒有交代,但她把平日習慣的饅頭改為烙餅,這也是為待客而作的。

對於張通和,除王雨外雖已是第二次見面,但二老對他的斯文舉止和談吐都有好感。王雨父親備了白酒,他首先欲向客人敬酒,但張通和謙意地說他不喝酒,王雨替他補充解釋說他是不喝酒的,二老只得頻頻勸他吃菜。王燕窺見到張通和仍有拘謹,便對他搭話,她首先用自己的筷子掰開了蹄膀,夾出一大塊肉遞過去放在張通和的碗中,打趣地笑道:

「你們好運動的一定是喜歡吃肉的吧?」

張通和忽覺有些突然,連忙表示謝意,說:

「謝謝小妹,過去我是不大吃肉的,但經過前幾年的借糧度荒,肉便成了稀罕物,想吃也吃不到,現在有時可以吃

到了，當然喜歡。」說著他便滿意地幾口把肉吃完了。

　　作為回敬，隨即他也用自己的筷子把已燉爛了的整隻母雞掰開，撕了支雞腿夾著遞到王燕的碗中。張通和這一舉動，使王燕十分高興，一來是他滿意地接受了她的饋贈而又以同樣的回贈。更值得高興的是他沒有叫她的名字，而是親暱地稱她小妹，這是她很高興接受的。她又問道：

　　「大哥，你最喜歡吃的是什麼？」

　　二老和王雨對他倆尚不是很相熟的情況而互稱哥妹而感詫異，更高興的是王雨。

　　「我最愛吃的是包子，有時我上『狗不理』可以吃上它一斤！」張通和帶些自豪地說。

　　「那好，趕明兒你再來玩我們請你吃包子，我做的包子不亞於『狗不理』。」王燕快樂地答道。

　　王燕似乎完全忘記了她正在生病，她的家人近期以來也是今晚首次看見她愉快的笑臉。坐在她身旁的媽媽關切地低聲問她：

　　「妳吃過藥了嗎？」

　　王燕沒有即時回答，卻心中咒罵道：

　　「我現在不是很好了麼？還吃什麼藥？簡直是廢話！」

　　但稍後她回答了媽媽說：

　　「現在正吃飯，完了再說吧。」

公園裡訴情衷

　　席間王雨父親除了自斟自飲外，還頻頻勸請客人舉筷吃菜，並詢問了張通和家庭和工作的情況，滿意地不住的點頭。

　　席散後，王雨又示意妹妹伴送客人出門。到了街上，他們邊談邊走，到了一個街角小花園，看見一個老人從一張石凳上起身離去，他倆上前就坐在上面。園中燈光微弱，只看得見人影幢幢，卻難以分辨出各人的面孔。僅有的幾張石凳上都被坐滿了人，有兩張似乎是各自坐著的一對情侶，另一張則是坐著一個似在休閒著抽菸的中年人。天色很好，雖沒有月光，但繁星點點，陣陣清涼的晚風把一棵不太高的垂柳吹得颯颯響，同時也把馬路上的沙土少許地帶了進來。坐在園中的人講話是小聲的，應該說這小園是寧靜的。但馬路上來往汽車的機器聲和輪子壓著路面的卜蔔聲、和間或有的按響了喇叭聲傳進了小園，使人感覺城市的喧囂並沒有離開它。

　　他們自家中出來後，在路上一直是談著各自的愛好。當坐下後便轉了個話題，那是王燕對張通和問起對她家的印象。她本意是想知道他對她的感覺，但不好意思這樣直截了當的問，而是繞了個小彎子。張通和卻回答道：

　　「因為只到過妳家兩次，談不上很深的印象，妳哥與我是熟朋友，互相很瞭解，不必說了。妳爸媽看來都是好人，

妳爸是個幹部，很有修養，很講禮貌，對待我這樣工人之輩
並不鄙視而是熱情滿腔，我景仰他。」張通和說到這便止住
了。但王燕似乎仍想聽下去，她側過臉，在暗影中緊盯著
他，雖沒有說話，但看出來是等他接著往下說。張通和此時
已意會到她對以上所說僅是次要，主要是想他說說對她的印
象。他也側過頭瞧著她白皙的臉龐在暗弱的光線中凸顯了出
來，分明地瞧見她的眼睛露著祈求的目光。他接著說：

　　「從表面看來，妳有些纖弱，但妳很真情，有時可能純
真到像塊透明的水晶，我已覺察妳對我有好感，但妳僅是對
我表面的認識，還未有作到內層的觀察。我喜歡妳那純潔的
真情，但我又害怕它。」

　　王燕驚異他對她的正確的剖析，但她不解怎麼會為此而
害怕，一個表裡如一、能善於表白自己的人不是很好嗎？

　　「我知道我有這弱點，但這因為是對著你的『弱點』，
我不想去糾正它，你不必害怕，哪管天翻地覆，我總要堅持
著你說的那個弱點。」她已有些激動，臉倏地紅了起來，淚
光已閃現在她那明亮的眼眶中。

　　張通和自然會感激王燕對他的愛，但畢竟他比她年長了
好幾歲，閱歷也較深些，因而較理智和穩重。他剛說過的從
表及裡的認識論，不單是對王燕的要求，同時也要求她對他
也這樣。他雖沒有即時接受王燕的愛，但對她那如火的純情

覺得挺可愛，一個純真的少女很快地對他如此鍾情，一時使他驚愕而失措，他握著她的手，在她耳邊細聲地說：

「妳是我所喜歡的，妳那如火的對愛的追求使我受驚，我要慢慢咀嚼消化它，要它像一條緩緩流著的河水，慢慢地、舒緩地匯入愛的大海中。」

張通和沒有像她那樣如火似的回應，而是要慢慢咀嚼，未能使她完全滿意，但畢竟他已表示領受了她的愛，她還是滿意的，她把他已握著她的手更緊地回握了它，久久未放。

夜已漸深，園中休憩的人已見稀少，原來占坐著兩張石凳的二對情侶也走了一對，石凳空著。那個單獨坐著抽菸的男子更早地走了。挨近著街上的車輛和行人已見稀疏，園中已較清靜，原來隱伏在草叢中的小蟲唧唧鳴叫聲被街上喧鬧聲所掩蓋，此刻清晰地似是響在耳邊。

張通和將已握著王燕的手扶起了坐著的她，雙雙步出了小園。原來時是王燕伴送他的，此刻卻是往回走，他伴送她回到了家門前。王燕吸取了上次的教訓，臨別時約定了下次見面時的時間與地點。

張通和出了個大工傷事故

到了約定的時間，王燕提前十分鐘到達了仍是那個小花

園，正好僅有一張石凳是空著，她高興地搶先坐下，把提包
放在側邊，以免別人占座，她想今夜一定有個好兆頭，彷彿
石凳專是爲她留著的。她頻頻看腕上的表，時針還差一分鐘
就是七點了，她想他立即就會站在她跟前了，緊張得心撲撲
地跳，伸長著脖子定睛看著每個自街上進入園內的人，在暗
影下，首先看見進來的是個婦女牽著個小孩，顯然不是的。
該來了，怎麼不見來呢？她已有些焦急，再看看表，已是七
點過十分了，一個人也沒見進來，她急得漲紅了臉，額上冒
著汗珠。好了，一個男人進來了，她一陣驚喜，但灰暗中辨
不清他的面孔，當那人走近時，她起立要看清楚，確認不是
他。她失望地重又坐下作了各樣的揣測，莫衷一是。手表已
顯示七點二十分了，她心急如焚，想跑出園外去看看，但又
怕位置給別人占去了，只有站起來左顧右盼，累了又坐下。
到了七點三十分，看看園子無人進來，她憤然決定離去，拾
起手袋正想走開，但覺得這是初次約會，就此放棄了嗎？倘
若他卻因臨時有急事晚了點來，撲了個空不又怨我了嗎？於
是她又坐下，呆呆地等到了八點鐘仍未見人來，頹喪地又拾
起了手袋真的離去了。瞧見了挨近的那張石凳上的正吃吃歡
笑著的一雙情侶，相形之下，傷心得使她掉下了眼淚。

　　回到家中，她往床上一倒，沒有開燈，陰暗中定睛地瞪
著灰白色的天花板，她想她現在就像這塊天花板一樣的一片

空白，喃喃地對自己說：「他不會來了，他不會來了！」眼淚盈眶，慢慢便睡著了。

到了接近午夜，媽媽推開房門，驚異地發現她和衣而睡，又沒有蓋被子，開門的響聲把她驚醒了，吃驚地睜開睡眼，昏暗中當是他找來了，慌忙地爬起來像說夢話似地：「你怎麼這時才來？」但當媽媽拉亮了燈，她知道自己確是在說夢話了，她媽卻沒有領會她說話的意思，只對她嘀咕了幾句，幫她脫去了外衣、蓋好被子、好讓她再睡，便熄了燈走出屋順手關上了門。

翌日傍晚，王雨下班回來，風風火火，媽媽正擺開滿桌的飯菜，要他立即洗手吃飯，他沒理會，把坐在桌旁正等待他一起來吃飯的王燕叫到了他房間去。他那張充滿著驚駭的臉和恐懼的雙眼叫王燕一見便知定是發生了什麼凶多吉少的事。

「張通和出了個大工傷事故了！」他喘著氣，話語不是說得很連貫，卻緊盯著他妹妹臉上的反應。王燕卻比較冷靜，她已從昨晚上因他的失約就預料到可能會發生什麼樣的事了。她忙問道：

「什麼樣的事故？現在怎樣？」

「詳情我也不清楚，只是下班前他的一個叫李春來的朋友打來電話告訴我的，李春來和他不在一個車間，他也是聽

說的。他並把住的醫院和房間號對我說了。」

「那怎麼辦呢？」王燕雖則開始冷靜，但現在驚駭使她一時亂了方寸，失了主意。

「我們立即去看望他。」王雨轉身就想要走。經他這麼一說，王燕才醒悟過來。

「好，我們就走吧！」她當即進入房間拿起了手袋，連正穿著的工作服也沒有換，與王雨一起出門去推各自的自行車。

「你們咋搞的？幹嘛連飯也不吃就走啦？」媽媽驚異地喊住了他們，王雨只說：「把飯留著，我們晚上回來再吃。」

當車過一家賣食品的商店，二人下了車進去，由王燕付錢買了一大袋水果和點心提著又上車蹬去。

骨科病房裡，張通和的房間共住了六人，很擠逼，一股剛噴灑過消毒藥水的氣味沖著鼻孔。他是在屋內的盡頭靠窗戶的6號床上。王雨兄妹一進去，正好張通和的媽媽和李春來也在。他媽是一直在守候著，而李春來也是下班後吃過飯剛到。

屬於這張病床的只有一把椅子，是專為陪護人用的。二人進來，這張椅子便因互相謙讓而空著，最後只由王燕硬拉著張媽將她按著坐下才算了結。

張通和的左腿已被纏滿了繃帶，被兩塊木板夾著，床頭

上的木架斜斜地將他的腿架起。他還清醒，但臉上尚留有曾經劇痛使肌肉堆聚一起的痕跡。他看見趨前彎腰湊近對他問候的他倆，眼睛微笑著表示謝意，當他從被子下伸出的手握著王燕的手久久未放，並注視著她，微弱的聲音只能是王燕一人聽到，他歉意地說：

「我昨天下午出的事故，晚上的約會使妳久等，妳一定對我的失約埋怨我了，請原諒，對不起！」

油汙的褲腿染滿了鮮血

憂慮和感動的淚水簌簌自她臉上落下，她趕忙從她的手袋中掏出手絹去擦淚。在旁的另三個人，除王雨可理解外，張媽和李春來是頓感詫異的。王燕拭乾了眼淚，回吸著將要流出的鼻水，聲音仍有些哽咽地安慰他說：

「沒有關係，我肯定你不會失約，一定是出了什麼事，但想不到是這樣的不幸。你好好養傷吧，你會很快好起來的！」

因為張通和精神不好，他們自覺把談話縮短了，且知道兄妹倆晚飯還未吃，張媽便勸他們早些回去。李春來陪送他們出了病房，在走廊上他把昨天張通和的事故經過就他所知的較詳細地給他們介紹了。

　　原來張通和操作的是一部立式大車床，當剛裝上一個工作件，用大扳手將各個螺母擰緊後，上刀前開動了電門後，工作件轉動了幾下，倏地快速轉動起來，由於有個螺母未擰緊，夾板鬆脫，十幾公斤的工作件便把螺杆沖斷飛了出來，砰的一聲巨響擊中他的大腿上，劇痛使他隨即倒在地上，旁邊的工友迅即過來關了電門，彎腰查看倒在地上的他，油汙的褲腿頓時染滿了鮮血。事故使車間內即時引起轟動，工長和車間主任、書記都來了，用不著費多大氣力去調查分析，一看便知事故的原因，這是個責任事故。但如要更深入地去分析事故責任人的起因則比較困難了，這只有張通和自己知道。其實他也難以作出個十足的肯定，怎麼說呢？當他傷勢逐漸減輕了後也想過，當時他確實思想並不很集中，他想著再過四個鐘頭便可與王燕會面了，初戀的溫馨和遐想在他腦中占著了相當的位置。他想著今夜的幽會會是怎樣的，他該對她說些什麼？總之，這事兒確是分了他的心。但回過頭來，他又原諒了自己，雖則這是他的首次大事故，但是車間中，以至廠中不也經常發生事故嗎？都有各個不同的原因。總之，一句話把它概括了吧：「疏忽大意」，他預料最終可能便是這個分析。至於那個關於戀愛分心的事，除他和王燕外別人是不會知曉的，起碼當前是個祕密，領導和群眾是無從知道的。

　　經X光照片鑒定，醫生診斷張通和的傷是大腿股骨粉碎性骨折，醫生對他的親友詢問下的答覆是沒有半年以上的養傷是不可能完全恢復的。

另一道情關也悄然開啟

吳靜怡聽了她媽的話一直默不作聲，表現平靜，沒作任何表示，她媽以為她的談話收到了效果。吳靜怡心中雖有思想矛盾，但只是一閃念，她這單戀之情不是輕易一下可抹去的，她幻想著要與表哥遠走高飛。

　　李春來與王燕是在同一個車間工作，他算是車間較老的鉗工了，而王燕只不過是個低級車工，顯然有些輩分的差別。但王燕正是桃李之年，面孔端莊，青春煥發而身材窈窕，是車間女工中的佼佼者。還是單身漢的李春來早已對她覬覦已久，垂涎三尺，但卻不易入手。他曾嘗試在一次將下班前關機洗手時，他看準了王燕走近了洗手池時他也擠了過去，待她將龍頭的水沖乾淨了手上的肥皂沫時，他迅速地遞

給她一條雪白的毛巾讓她擦手，細聲的怕被旁人聽見地在她耳邊說：「下班後我請妳一道去起士林吃晚飯。」王燕愣了一下，回答他說：「李師傅，我今晚沒空，我表姐要來。」隨即將毛巾還給了他。

　　但李春來仍未放過，跟隨她一併走回車間內，邊走邊說：「那麼改個日期，妳說吧，什麼時候適合呢？」王燕已領會到他的意圖，想法迴避，她說：「很難說，近來我家裡有很多事，什麼時候有空真說不準，李師傅，謝謝你了。」她便快步走到她機床旁打開了工具箱，把肥皂盒放進去，將提包拿出來，正好下班鈴響了，她鎖上工具箱便走。為了要避開李春來再來糾纏，她機智地追上一個女伴同行。李春來見形勢已成僵局，只有沒趣地獨自回宿舍去。

李春來邀約受挫

　　但他並未灰心，在一次車間領導召開大會時，他有意挨近王燕坐在一起，這回他不再單刀直入，而是先跟她聊家常，王燕只一般的並不熱情地與他搭話。但當他把話題轉到最近市內影院正熱放著某外國片子，精彩異常，票子極難買到，有人天未亮去挨個排隊也沒買到。實際是票子很多從後門去了。但他有個同鄉是在影院裡賣票的，所以有把握搞到

票。當他正想接著把話說到核心上邀請王燕一道去看此片時，臺上擴音器驟地響起：「請大家安靜下來，不要說話了，大會就要開始。」

李春來只得無奈地停住了說話。到了散會時，王燕已意識到李春來很可能要和她一道走，把開會前未及說到要請她一起去看電影的事去糾纏她。她當即先於他離座說了聲要去找一個女工友，把借她的織針還給她，便急急地走了。李春來此遭又落得個空。

但他並不氣餒，這次他為了避開王燕的推脫，在並未告知她的情況下徑直到了她的家中，恰巧王燕不在家，只有她媽一人正在廚房忙著，沒時間來陪伴這個客人，李春來只得獨坐著在喝主人奉上的茶和狠抽悶菸。過了約半個鐘頭仍未見人回來，他不耐煩了，要告辭走，但對王媽留下了句話，要她轉告王燕，明日星期天，要她午間到他宿舍去一趟，有件事要與她商量。

王媽雖然轉告了王燕，但她並沒有去，隔天上班，遇到了他，對他解釋有個同學得了急病，須立即去醫院看她，故此失約了，請原諒。

李春來三招受挫，確使他精神受到打擊，但他不甘甘休，他要使盡渾身解數、鍥而不捨要得到王燕。

張通和在醫院治療了二個多月後，傷勢已較大減輕，醫

生認為已無需繼續住院，給他開了一大包外用藥，讓他回家療養。

這些日子王燕沒少去看他，當中不免偶然尷尬地遇到來探望的李春來。對於李春來曾經有過欲對王燕追求的事，張通和是一無所知，只知他們在同一車間，當然相熟，但當他們在他那裡偶遇過一次後，發覺李春來把探望他的注意力卻傾斜到王燕身上。他變客為主，親自給王燕沏茶，把別人探病送來的糖食和水果端來款待她，且拿起一個蘋果用小刀削了皮遞給了王燕。在一張新添的二人沙發上，他親暱地挨著王燕坐上去，且把王燕正與張通和說著的話搶了過來對她問長問短，看來是想奪過王燕的注意力轉移到他身上。他那對她大獻殷勤的舉動使王燕覺得很不舒服，對張通和補充了幾句剛才被李春來打斷的話，便要告辭，李春來卻堅持要送她出門。

對於李春來在張通和面前對王燕的不尋常舉動，他看在眼裡，想在心上，思緒萬千。在一次王燕單獨去探望他時，在他的詢問下，王燕坦白地將李春來曾有過的對她的三遭遇詳細地說了。他完全相信王燕所表明對李春來的態度，但是也原諒李春來，因為他認為李春來不會知道他正與王燕在相戀。他歎息地對王燕說：

「想不到我們幾乎鬧出了個三角戀來！」

「張通和，你不要神經過敏，你放心好了，絕對不會的！」王燕是真心地去安撫他。

「我不是擔心這個，而是我覺得李春來是我的摯友，我該怎樣應對他呢？」

「你不用擔心，我會處理好這事，我要找他說明與你的關係，且表明我堅決的態度。」

張通和對她默認了，當此似乎處在十字路口當中，她對他倆的愛情關係的堅決使他得到了安慰，但他仍擔憂的是對李春來多年的友情。

張通和接到大連表哥的信

李春來自在醫院裡遇上了王燕，且酸溜溜地瞧著她俯近張通和的身前為他的傷痛而流淚，已經覺察到他倆不尋常的關係。在此後的一段時期中，王燕不時地前去對張通和的探望，車間早已有了傳聞，李春來當然一一記在心上，但他不以為自己是個失敗者，他安之若素，他先前所下的決心並沒有動搖。他多次對張通和的探望，一半是因為對他的友情，另一半則是為了想在那裡遇見到王燕，恰好有一次被他碰著了，就在張通和面前對王燕大獻殷勤，明白表示了他在追求她。

當然，鑒於與張通和的深切友情，他不便因此而成了敵

對關係，起碼在表面上維持著仍是朋友。他分析形勢，二人中間夾著的王燕當前是完全向張通和傾斜的，對張通和有利。但他現在是個病人，雙腳都不能邁出屋，倘要對王燕「揮兵進攻」，他是全占主動的，他認為這是他的絕對優勢。但當他回想起曾遭遇過的那三度受挫，覺得困難不是沒有，也要尋求一個較有效的方法，這個他此刻尚未考慮成熟，正在運籌帷幄中。

在一次下班，大家正步出車間走在廠中的中央大道上，王燕在後面匆匆追上了李春來，有意要與他搭話，使他頓時喜出望外，以為是她已回心轉意了。但不料王燕竟開門見山地說明了她與張通和的鐵定了的戀愛關係，暗示他不要再插手了。李春來忙問是不是張通和要她來說的，王燕老實地回答不是。李春來不以為然地像是遇到一樁平常事似地笑了笑，沒多說話，只回答道：「我有事先走了。」便快步離王燕而去。

張通和的傷逐漸地好轉，可短時間用拐棍在院中散步。某日，他接到一封來自大連的信，他拆開展讀，知道是他的一個作海員的表哥經過較長時間在海外漂游歸來大連休假，聞知表弟因事故正在養傷，特邀請他前去休養。他在信中說，他家住在海邊，空氣很好，有利於他的康復，大連海產豐富，可盡他享受。信中他又說，他此次可有二個月的休假期，正可以陪伴他。

鬱悶在斗室和床上已幾個月的張通和，對表哥來信的邀請高興萬分，他當即與爹媽商量，但卻遭到反對，理由是他的腿傷還未完全康復，不適宜遠行，但張通和自信仗著拐棍的幫助完全可以。爭拗之下，意見未能統一。但當張通和到了醫院複查，經過X光照片顯示，醫生說大腿股骨已初步癒合，輕微活動是可以的，也使血脈流通，加速癒合，但要適可而止，不宜過度。

病歷上書寫著醫生的診斷，給了張通和一個有力的理據，加上在他的力爭下，兩老也不得不同意了。張媽原先之所以反對全是為了她兒子的健康，其實她也很想見見久別了的外甥。且大連是她的老家，前些年她哥失事去世都沒有回去過，現在陪子同去，既是伺候兒子，又是回娘家省親，一舉兩得。當決定了張通和大連之行後，張媽便自告奮勇提出陪他一同去，得到了老爸的贊同後，二人便立即準備行程了。

啓行前，張通和沒有忘記告知王燕，他來不及與她見面話別，只好寫了封簡短的信寄去。

沙灘上三張青春煥發的笑臉

張通和的表哥吳靖海住在大連海濱上的一所海員公寓中，他爸原是個老海員，已在早幾年的一次海難中殉職，家

中只有他和母親及妹妹吳靜怡三口同住，房子一套四間，住得較寬敞。公寓是坐落在一個低坡上，面向著海，站在他們家的陽臺就可見到蔚藍色的海，潮水的聲音日夜可聞。

　　張通和母子抵達當晚，吳媽在自由市場買來了豐富新鮮的海產招待遠方來客，兩對母子加上吳靜怡，席間侃侃而談，聊的大多是各自兩地的風光家常，張媽因為是故居重回，當年她哥還在，是一家之主，對妹妹愛護有加，沒想到那次離家嫁到天津張家後就與他永別了。一晃二十多年便過去，往事如煙，今天睹物思人，感慨萬千。二老談起了昔日舊事，娓娓而道。而三個後輩對二老談的所知甚少，幾無插話機會，只有聽的份兒。但吳靖海不甘寂寞，把話題轉了過來，說起了些海外風光，這麼個一來，另二個年輕人興趣便來了，相互的問話和搭話沒有間斷，席間一時活躍起來。但對話大多是吳靖海和張通和二人，吳靜怡話卻不多，她對她表哥還是初次見面，因為先前曾聽她媽和她哥口中有時說及過，所以現在似乎並不陌生，但覺得正坐在面前的表哥有個不尋常的感覺。原來傳聞他受了重傷，想像中他定是個瘦骨嶙峋的孱弱病人，但現在看來雖嫌瘦點，但卻不失為原來體育健士的體格，且表情輕鬆，沒有因自己身受過重傷而憂心忡忡的心態，這是她對他首個的印象。正當他表兄弟倆侃侃而談時，她很少插話，她以不為旁人所覺察的女性特有的細

微的觀察力在專注著她表哥。

　　張通和的腿傷在逐漸康復，把用過一段時間的拐棍也丟開了，雖然走起路來仍有些拐，但已可四處遊玩。吳靖海領他遊遍了城市的各個名勝景點。他們喜於傍晚到海灘散步，這時吳靜怡已放學歸來，三人可以同行。他們坐在沙灘上觀看光燦的太陽在半邊雲朵的遮掩下、伴隨著彩色繽紛的霞光冉冉落入大海中，天色漸暗，但晚霞未盡，三個青春煥發的笑臉被落日餘暉映照，蕩漾著幸福的笑聲。暮色漸濃，一個圓圓的明月出現在天邊，伴隨著幾顆閃爍的星星，在淡光的照映下，反復地往沙灘推湧著的潮水凸顯出晶亮的水花，偶爾一個較強的浪頭直沖向沙灘上，濺濕了他們的衣鞋，吳靜怡忽地驚叫起來，接著是大家的笑聲。

　　應張通和的要求，吳靖海再次把國外見聞介紹給大家。他除了談些西方的風土人情和生活習慣外還說及了那邊的政治和經濟環境。當他說及到海那邊的國家市場上擺滿了的貨品是隨便購買的、好些賣主還主動招呼和介紹他的商品以吸引你去購買、只愁你口袋沒有錢，兩個年輕人一時瞪大了眼珠子，覺得這簡直是個奇聞，他們不敢相信這是真的，從沒聽說過、也從未想過市場上的東西多到不僅不用票證且主動招呼你去光顧他，聽來簡直是天方夜譚。當吳靖海說到他有次在英國倫敦闖入了一個叫海德公園的，內裡熱鬧非凡，有

人站在臺階的高處面向自動聚攏來的聽眾發表他的奇特的政治主張，因為我的英文不是太好，但可聽出他批評政府，甚至大罵首相是只蠢驢。前邊的聽眾表示贊同而鼓掌，且大叫口號。但也有反對的，高叫抗議。反對政府者演說完畢，另一反對他的反對者接著又站在那個位置上大發議論。形成兩派對壘，但他們很文明，沒有對罵，更沒有互相打鬥，演說完畢各自和平散去，兩派的個別人甚至互相握手道別。

「這些反對政府甚至辱罵領袖的人算是現行反革命分子了，員警抓他了沒有？」張通和關切地問。

「當然沒有。」吳靖海答道。

吳靜怡也覺不解，她插話說：

「這不是縱容了反革命嗎？」

吳靖海對更深的理論談不來，他只解釋說：

「據說這是西方國家的政治制度，他們這樣做是合法的。」

吳靜怡加深對張通和的認識

張通和與吳靜怡對這個海外奇談驚異得目瞪口呆，面面相覷，二人在沉思，一時竟忘卻正在快樂地觀賞美麗的海天夜景，而吳靖海也領悟到他倆已產生了矛盾的心情，他很懂

得當今的國情，不便多加對他們的思想紛擾，大家沉默了片刻。吳靖海爲打破這一時的冷場，他講了個一次輪船航經麻六甲海峽與海盜遭遇的故事，驚心動魄的情節，一時又使他們的思想活躍起來。

海風稍稍增強，把吳靜怡的長髮吹拂得遮蓋了臉面，大家都感覺有些涼意，嘩嘩的海濤聲似也稍稍加大，雖則他們坐著的位置已往後挪動，但湧過來的浪花差點也把他們濺著。原來從海邊慢慢升上的皎皎的明月，此刻已爬上了小半邊的天空中。沙灘上的一些遊人已逐漸離去，原來偶有高聲的歌唱和小孩們在堆砌的沙人、和互相追逐的鬧聲，此刻已沉寂下去，全爲海濤聲所代替了。吳靖海瞧了一下腕上的夜光表，提議大家該回去了。

在吳靖海家，張通和的日子過得滿輕鬆。時光像流水一樣地過去，張通和與表兄、表妹更加混熟了。尤其是表妹，她在這些與表兄相處的日子已逐漸加深了對他的認識，在她的眼中，現今張通和的一舉一動都令她感覺愉快。她最感興趣的是他的談吐文雅而帶些書本上經常用到的詞句，文縐縐的又夾雜些天津方言的俗語，這在他們聽慣了山東口音的大連人是覺得別有風味。總之，她已覺得他是個頗有魅力的男人。當然也有她認爲他的不足之處，那就是他性格上的過於謙讓而隨和，且欠缺點年輕人火一樣的熱情。比如在一次他

們三人的閒聊中，吳靖海說到了大連火車站是當今國內設備最完備、最先進的。而張通和卻不以爲然，他認爲應該是北京火車站，列舉了它許多的優點，也批評了大連站的不足，且也帶點民族主義色彩說，大連火車站是過去日本人設計興建的，而北京火車站則是我國自己設計建造，理所當然符合我們的國粹。彼此相互爭拗了一回，張通和看見表兄已按捺不住火氣上來了，他連忙改換過口氣說：「看來是各有優缺點，那就是各有千秋吧。」張通和以二元論調和使爭拗一下便平息了。吳靜怡的看法是既然是認爲正確的就不應該因爲對方堅持而讓步，擴大一點來說，倘是個大是大非問題，正確在你一方，爲遷就堅持錯誤的對方，那豈不是向眞理投降？這樣能辦大事嗎？但她經過細想後，又覺得這樣把一般事擴大的原則性的大事是不合邏輯的。「也許張通和此舉是不傷和氣息事寧人之故吧，想來也有他的道理。」她又原諒了他。

單戀表哥，深情難斷捨

　　張通和母子到來以後的這段日子，給這個小家庭帶來了親人團聚的溫暖和歡樂，特別是三個青年人的相聚，使這一直以來謐靜異常的家頓時熱鬧起來，這當然因爲多得了張通

和。原先這個家多半的時間是母女二人相居，隔代人的隔膜，能互相投合的事不多，嬉戲笑語當然少見。吳靖海大多日子是出差在外，即使他休假回來，母子和兄妹間也多少有著一層說不清楚的薄紗相隔著，各自的內心當然溫暖，但年輕人卻會感覺缺乏激情和活躍。吳靖海較多的日子是在海上，那輪船中狹小的天地和每日刻板的作業，加上天天見著的是水連天和天連水的大海，日子久了真成了個呆人。難得獲得了休假，過個痛快的日子。但回到家中，開始幾天，一家親人溫暖團聚倍覺全舒心，但往下又是過著呆板的日子，使他又厭倦了，甚至有時悶得真想縮短休假回到輪船上去。而吳靜怡當得到哥哥將要休假回來的訊息，當然是高興萬分，她想著的除能與哥久別相聚的歡樂外，還有的是哥哥一定會自海外給她買來些盼望已久的國內買不到的心愛的東西。同樣地，大家歡快地相聚了幾天後又回復到往日平凡而刻板的日子中。吳靜怡正是豆蔻年華，喜歡熱鬧，她常不甘於老關在像籠子似的家裡，幻想著假如身上長了翅膀能到處飛騰多好。她對張通和竟愛慕起來，但只是藏在心裡，畢竟她仍年幼，對性愛的事羞於表露，但思想往往是難以克制行動的，在一些細微的舉止上卻被姑姑窺見到了。比如說，在吃飯時她往往把較好的肉菜用自己的筷子單獨夾給她的表哥，且常常挨著他身邊坐。每當張通和換下來的髒衣服，多

半是由他媽幫著洗的，但吳靜怡卻搶先和她的衣服一起給洗了。有時她哥要與張通和上街買東西，哪怕她正在家中忙著也要擱下要求陪他們一起走。但如他哥單獨要出去逛街或是散步等，她從不要求陪同前往。當她知道表哥喜歡打羽毛球，雖則她從未涉足，但卻特意上街買來羽毛球和球拍要表哥教她練球。總之，只要是表哥喜歡的，她都想法去迎合。

張媽看見這局面將要往深處發展，很是擔心。這一方面是因為這表兄妹是血緣親族不宜聯姻，又因為張通和在天津已有了個成熟的物件，她不願意看到要將它拆散。經過一番思考，她首先去找她嫂子吳媽商量，一說之下，吳媽也有同感，除了完全同意張媽的看法，更認為吳靜怡年歲尚輕，還在讀書，遠不是談婚論嫁之時。二老經商議，決定由吳媽去勸說她女兒。

吳媽對她女兒沒有作劈頭蓋腦的批評，而是對她作了利害的分析，諄諄勸導。吳靜怡聽了她媽的話一直默不作聲，表現平靜，沒作任何表示，她媽以為她的談話收到了效果。吳靜怡心中雖有思想矛盾，但只是一閃念，她這單戀之情不是輕易一下可抹去的，她幻想著要與表哥遠走高飛。

趁虛奪愛獸行逞欲

他如餓虎擒羊地一把摟住了她，忙掏出手絹捂住她想叫喊的嘴，迅速地將她按倒在床上，儘管她使勁掙扎，但力氣比她大得多的他更乘著酒醉的瘋狂，已使她毫無招架之力，像落入虎口的羔羊任他擺布了。

　　王燕自接到張通和抵達大連不久的來信，暢談了在那邊舒暢快樂的生活，更可喜的是他的腿傷已幾乎全好了，拐棍已扔掉，這使她十分高興。因為信中情話綿綿，她不便讓別人看，她首先將喜訊告知她哥，然後又給雙親說了。她很快便寫了回信，話語對他極為關切，且要他在各方面、細微角落都要注意安全保重，末後又引用了她近來看過一本愛情小說中的情侶間十分感人的情意纏綿的話語。她很滿意這封

信，她料想他看後一定有她同樣的感覺。

到張家串門子套消息

　　信發出後，她計算著日子，他的覆信該來了，但等著等著總見不到，每當下班，自行車進入了小胡同快到家時她便急急地快蹬幾下，看看有沒有他的來信，但總是得了個空，她既焦急又喪氣，對這令人沮喪的事作幾個猜想，但僅是揣測而已，無法肯定。她又寫去了一封信，但比上次的簡單許多，只是詢問他為何沒有覆信，也表露了她急切的心情，沒有責備他，且關心他說倘若他是病了的話，千萬要及時去看醫生，勿耽誤了。信的最後她寫道：「立即給我來信，不要延誤，我盼望死了！」

　　發信後，到了該回信的日子，且又過了許多天也未見來信。此後她又陸續去了兩封信，皆如石沉大海。

　　她情緒低落到極點，操作時差點又要出廢品了。一個和她較要好的女工徐麗英與她談心事時，她吐露了她的心聲。徐麗英是個黨員，在一次組織生活會上，她彙報了王燕近日的思想動態。就這樣，雖然李春來不是黨員，也不知從哪條管道，把王燕的狀況傳到了他的耳中。李春來倏地眼睛亮了起來，他覺得機會來了，機不可失，他決定「揮兵進攻」

了。當夜他便到了張通和家，正好他老爸在。對張家他已是常客，李春來因家不在市內，有時於節、假日中張通和常請他來家作客。更遠一些說，自打他二人當年報考技校，李春來便有一段日子天天到他家共同補習應考，有時因未帶乾糧，中午便讓他在家吃飯了。多年來從不間斷踏進他的家門，可以說是自少年始看著他長大成人的。

　　他首先問起張通和的近況，張爸說他一直沒有來信，但張媽卻寫過一封信來，說通和的腿傷已好得差不多了，在那邊過得很愉快。因為覺得李春來是他兒的至要好友，更因晚飯時喝了點白酒，興致一來便無話不說，他竟把張媽來信所說及的關於擔心張通和表兄妹可能相戀的事和盤托出。但他說明據張媽信中所說，這全是表妹的單戀，張通和可能還未察覺。

　　李春來高興極了，他還沒有將張爸沏給他的茶喝上一口便急著告辭走了。他春風得意馬蹄疾，在回去的路上歡快得幾乎蹦跳著走路，精神全集中在下一步的行動計畫上，恍惚間竟把擋在前面的一個拄著拐棍的老人給撞倒了才清醒過來嚇了一大跳。他趕忙將老人扶起忙賠不是，在幾個圍觀的人督促下，讓老人活動一下，老人也點頭承認沒什麼損傷才讓他繼續走他的。事故使他把原來所想著的思路給打斷了，他埋怨著暗自罵道：「真倒楣，碰著了這該死的老頭！」本來

是興沖沖的，為這老頭的衝撞，他感到是個不好的兆頭。但很快他又返回剛才所想的，對前景仍充滿信心。

翌日一上班，李春來藉故要借一把扳手，來到了徐麗英的機床旁，他知道她與王燕在一個小組，她是王燕在車間中最要好的，通過她把昨晚自張爹處聽來的消息再添油加醋地捏造一些傳播過去功效特好。徐麗英正在做開機前的準備工作，按下電門把機床轉動起來，李春來便來到她跟前說要借用扳手，當她彎下腰打開工具箱取出扳手交給他後，他順便問了一句：

「王燕今天怎麼不見來呢。」

「她去衛生所看病了。」

「看來她近日好像是心事重重啊！」

「也許是這樣，天有陰晴，月也有圓缺，人怎能沒有個快樂和憂愁的？」徐麗英只表面地應付一下，她不想將她女友心底的祕密掏出。

「前些時她不是與張通和談戀愛嗎？」

「你怎知道的？」

「張通和與我像兄弟般的至好朋友，我怎能不知道？」

「啊，原來這樣。那你知道有關於他們些什麼嗎？」徐麗英也正為王燕的苦惱而憂心，既然李春來這麼一說，她也想從他那裡知道些真實情況。

「我當然知道，張通和去了大連，在他舅媽家過得美極了。而且風流快活！」

張通和的信成了謎團

徐麗英對李春來的「風流快活」這句話特別敏感，怎麼王燕天天對他望穿秋水，音信杳然，牽掛得連心都揪出來了，而此刻李春來卻說他正在風流快活？於是反問他：

「你怎麼知道的？」

「他到了大連不斷有信給我，前幾天還收到過他的信哩。」

徐麗英更納悶了，一個是不斷通信，一個是音信全無，她焦急了。但她對李春來仍有懷疑，又對他發問道：

「這會是真的嗎？怎麼……」她幾乎把王燕的祕密說漏了嘴，趕快打住改了過來：

「李春來你不要瞎說。」

「我怎能瞎說，是張通和在信中白紙黑字寫著的。」他挨近些她較小聲地說：「他和他表妹在那邊愛上了，兩人卿卿我我，形影不離，天天遊山玩水、吃海鮮，怎不風流快活？」末了，他還為這編造的謊言加些分量補充說：「我想既然這樣，張通和肯定不會再理王燕的了，可能連信都沒給

她一封！」

　　徐麗英覺得李春來的話還順理成章，無奈地低聲說：

　　「正是。據王燕說他確實一直沒有給她來信。」

　　李春來見到此番只簡短的對話已大獲成果，十分高興地吹起了口哨拿著藉故借來的扳手走開了。

　　聽了李春來的話後，徐麗英的思想便七上八下，她不知該對王燕說還是不說。倘說了，怕她一下承受不起而思想更沉重，但不說吧，悶葫蘆裏著，對她也沒好處，最後還是決定對她說了。

　　王燕聽後自然震動很大，但對張通和的一直與她斷絕聯繫，她也曾有過可能會這樣的想法，但她仍有疑點，其一張通和不會是個花心的人，不可能這樣全無良心，其二是消息出自李春來口中，她已深有體會他過去曾有過對她追求的表現，會不會是對情敵的捏造而使自己取勝。她決定親自去找李春來弄個清楚。沒想到卻是李春來前來找她了。他計算著過了好些天，該是徐麗英已將他的話傳給了王燕，本想等待王燕自己找上門來，但他急不可待地先去找了王燕。

　　機警的王燕見他不請自來，當然是有所企圖，在他來說，事不關己，為什麼這樣熱中於來找她呢？她思前想後，已覺事有蹊蹺。當下班鈴響後，大家從車間走出到中央大道時，李春來等著王燕並肩而行，娓娓地述說了關於張通和在

大連所發生的事，繪聲繪色，彷彿他親眼目睹一樣。當走到廠大門前的自行車棚，王燕要進去取車了，他的話還未說完，便把她拉到一旁繼續說。末了，王燕要求他把張通和的來信給她看，他無法推拖，只得答應。

隔天上班，王燕便來到他跟前要求看信，李春來煞有介事地搔了搔腦袋說：「哎呀，給忘了，明天給妳捎來。」

又過了一天，當王燕又去找他要信時，他推說信已找不到了，已翻箱倒櫃地找過也未找著，會不會是丟在地上當垃圾給掃走了。「你放心，我盡力想法找出來。」但王燕已隱約看出他的破綻，他說過自張通和走後他一直至今不斷地通信，當然不僅是一封，而是許多封了，怎麼現在連一封也找不著，就是照他所說可能當垃圾給掃走了，絕不會把這許多封信一起被掃走了吧？她這樣一問他，他一時便語塞起來，只應付說：「明天我一定給帶來。」

隔了兩天，他悄悄地到了王燕機床旁，讓王燕先把機關了，挨近她悄聲地說：「信已找到了，妳說我多糊塗，原來放在了褥墊底下。」王燕半信半疑地問道：「帶來了嗎？快給我看！」李春來奸笑了一下說：「妳別忙，在車間眾目睽睽，不是看那信的適宜地方，況且現在又是上班時間，耽誤工作不好。這樣吧，今晚妳到我宿舍來好好看，同時我還有關於張通和的事要對妳說。」

　　對於李春來的三番數次的推拖，現在又要到他宿舍去看信，老兜著圈子，不知要搞些什麼名堂。王燕已懷疑他所謂多次與張通和通信的真實性，這一方面他與張通和的友情已因為她的關係已大不如前甚至是對立狀態，怎會與他不斷通信呢？另一方面是既然是張通和已給他寫過多次的信，怎麼現在一封也拿不出？她斷定李春來一定有詐，決定不到他的宿舍去，但張通和的音信斷絕之謎一直在困擾著她，尋不出要解開此謎之路，她又想到不妨去試試看，也可證實李春來的弄虛作假。千慮一失，她不禁不由自主地去了。

一雙色瞇瞇的眼睛

　　李春來雖住在單身宿舍，理應是集體的房間，但他算是老工人了，又經過他的善於交涉，半講理、半叫鬧地住進了樓下的一個小單間，這給他帶來許多方便，比如邀來了二、三個要好的人玩玩撲克、喝酒歡鬧等等至深夜也不妨礙他人。而且他在郊區鄉下的親友往往進城來也可在他這住處歇歇腳住上一、二天，方便不少。

　　當王燕甫一進屋，看見燈光下的小方桌上擺滿了酒菜和水果等物，吃驚不已，她對正在起立笑口盈盈地迎接她的李春來問道：

「你這裡還有別的客人要來嗎？」

「沒有別人，就是妳。請坐，請坐。」他指著桌旁的唯一的一把軟椅讓王燕坐下。對於這種異常的招待和他笑嘻嘻的臉上那雙色瞇瞇的眼睛，令王燕心慌起來，她不為李春來布下的這種似乎是歡樂的氣氛而感覺愉快，相反地她恐怖起來，她想這莫非是個「鴻門宴」，即時轉身就要走，但又想到既然來了，信還沒有看到就走，不是白費了嗎？於是說：

「李春來，今晚你要我來是專為了看信，我們都是天天在車間見面的工友，破費搞這些幹麻？」她指著桌上擺著的東西，接著又說道：「講正經的，快把信拿出來吧！」

「哈哈，妳太見外了，看信好辦，妳別忙。王燕，我們都是已有兩年的老相處了，今晚難得相聚，讓我們痛快一下，吃點東西、喝喝酒再說。」李春來把放在王燕跟前的小酒杯斟滿了白酒後又往自己的杯子斟上，端起了杯子想讓王燕回應他，說：「一場難得的相會，咱們乾杯吧！」但王燕卻紋絲不動，婉言地拒絕他道：

「對不起，我不會喝酒。」

「那麼喝點低度的葡萄酒吧，這是女人喝的酒。」他拿起早準備好放在桌上的一支葡萄酒說。

「不，這我也不能喝。」

「好吧，既然這樣，妳就吃菜吧。」

「我剛吃過飯，肚子很飽，吃不下。」

李春來雖再三地要求她喝酒、吃菜，但王燕垂著的雙手毫無所動。他只得獨自吃喝，原來他設想的是今晚王燕的到來定與他觥籌交錯痛快對飲，但結果卻是個相反，令他很是沒趣，連續地喝下了多杯，空肚子進酒是較易醉人的，剎那間酒精已使臉上起了變化，連耳根也紅了，充血的眼球定睛地盯著有些模糊的呆坐的王燕，對她正不斷催促快把信拿出來的要求置若罔聞，只是喃喃地說著醉語：

「我好心的……專為妳準備……這些，妳卻一點不……領情，不買我帳！」

王燕沒有搭理他，知道他已半醉了。對於今晚李春來的極不尋常的布置，並不是為了讓她來看信，而是另有其謀，她已洞燭其奸，一陣恐怖的冷風頃刻掠過了她的心，要轉身就走，正當拿起手袋從座上起立之際，李春來其實只是半醉半醒，他立即放下酒杯猛撲過去，勢如餓虎擒羊地一把摟住了她，忙掏出手絹摀住她想叫喊的嘴，迅速地將她按倒在床上，儘管她使勁掙扎，但力氣比她大得多的他更乘著酒醉的瘋狂，已使她毫無招架之力，像落入虎口的羔羊任他擺布了。

李春來這一獸行舉動是一個預謀，他已認識到要得到王燕，即使用欺騙的手法，她真的相信張通和拋棄了她，他也未必得逞，所以便決定來個先下手為強，使既成事實而占有

了她。今晚的擺布，他原想以酒把王燕灌醉後下手，但她滴酒不喝，箸菜不吃，且她看苗頭不對正欲要走，他不能讓煮熟的鴨子飛了，只得迅速行動。

王燕垂頭喪氣地回家後，沒有與家中任何人說話，倒下床便睡了。隔天早上她說病了，要哥往廠裡打個電話替她請一天假。第二天上班後，她首先找到她的小組長又是摯友徐麗英訴說了前天晚上的遭遇，且說僅是對她一人說了，連家人一個也未知。徐麗英一聽之下火冒三丈，當即把機床關上，拉著王燕一同去找車間領導投訴，但王燕使勁拉住她不讓去，眼淚盈眶，哽咽著說：

「妳且慢，這樣去彙報，情況一爆發，馬上傳遍全車間甚至全廠，我還能有臉見人嗎？我還能在這廠待得住嗎？徐姐，我找妳主要是商量怎樣對付這事。」

琢磨不透李春來真正意圖

徐麗英雖然聽從了王燕沒有去找領導，但一時也苦無良策。

李春來當晚闖了禍後，隔天上班未見王燕，打聽之下說是請了一天假。他心中老惦著她回家後不知怎樣，他擔心的不是王燕，而是他自己將會怎樣，像個犯罪的竊賊一樣。待

　　過了他內心很不平靜的一天，翌日上班，王燕來了，他專注著她，看見她一來機床未開動便即去找徐麗英，看她臉上的表現是疲憊而怒形於色。他放下了工作，藉故上廁所，走近離徐麗英機床不遠的一個角落，窺見到王燕的哭訴與徐麗英的激動，他斷定是針對他的了，但不久便見王燕回到自己的機床旁開機工作，未見再有別的行動。但他心仍不安。又過了幾天，見無動靜，周遭的人除了徐麗英和王燕見到他不打招呼且怒形於色外，一切如常，他害怕的心便稍稍平復下來。

　　於是他開始下一步的行動。他首先針對王燕的家人，看準王燕不在家時攜帶些禮品到了她家中。其實未進屋前他是心跳不安的，他摸不清究竟王燕是否已把那事向家人說了，這次造訪其實是一次冒險，他打算有被憤怒逐客的可能。當他敲門進屋後，二老見他笑容滿面雙手拎著大包小包禮品進來，不知他有什麼喜事，也很客氣地招呼他坐下來奉上菸茶，王爹並親自劃著火柴湊到他含著的香菸點上，他見到這十分融洽的氣氛，心情完全放鬆開了，坐在木製沙發上，翹起了二郎腿，深深地吸了兩口菸，慢條斯理地說：

　　「這次來拜訪不為別的，就是我的至好老朋友張通和在大連發生了事，使我不得不負疚來一趟，就是關於王燕……」他把話打住了。二老一聽是關於張通和，這是他們全家近期最關心的事，王爸急忙問道：

「張通和怎樣了？你知道有關他的消息嗎？」

「當然知道，他一直是和我通信的，他在大連的情況已在信中全告訴我了。」接著他便繪形繪聲地述說了張通和在大連如何過得風流快活，特別濃墨重彩地描述關於張通和表兄妹相戀的風流韻事。使得二老聽來吃驚得目瞪口呆，王媽臉色驟變，呼吸急速地不斷喘著氣。她坐不住了，由王爹攙扶她回房間躺下休息。當他出來重新又坐下後，仍不斷搖頭歎息。李春來也即時變得嚴肅起來，表示十分同情和惋惜地說：

「我也以老朋友的身分去信嚴肅地批評了他，這樣不講道德、毫無信義、朝三暮四的作為真是無恥之極！不過，事情看來很難挽回，現在他樂不思蜀，仍未想回來。我作為曾是他的老同學、老朋友，應該分擔些責任，今天特來向老人家道歉的！」王爹雖然驚駭與憤慨，但李春來此番似是真情實意的表現也受到了感動，他說：

「張通和的作為實在不應該，他既然這樣負心，我們也將勸說女兒和他斷了，沒什麼了不起。不過雖然作為朋友，他是他，你是你，他的作為由他負全責，你不必攬他的過。」

王爹不想再談關於張通和的事，他已十分鄙夷此人，但對李春來如此代友負過並送來了厚禮而產生了好感，當李春

來告辭時，他不但送到門外，且陪他至公共汽車站，待他上了車才轉回。

到了傍晚王燕下班回家，二老忙著把白天李春來造訪的事說了。王燕對張通和變心的事早已從李春來口中知道了，她雖還是半信半疑，但腦子已將它置之度外，現在主要占據著她的是李春來傷害了她的事。現在經父親對他誇獎不已，知道他已上當受騙了。憤懑驀然湧上心頭，她真要脫口而出道出了李春來的獸行，但仍是強忍著，沒有作聲，對老父所言不置可否。當然，老父對她這麼重大的事卻不以為意而感不解，便向她道：

「妳對張通和這樁事怎麼個看法？」

「李春來早已對我說過，在沒有確證前，我不會全相信他的話，這人另有意圖，不懷好心，是不可靠的。」

王爸思前想後，覺得說什麼代友負疚，並無故送來這許多禮品很不尋常，不大順情理。飽經世故的王爸，細想之下覺得女兒說的在理，但還是未能琢磨透李春來的真正意圖。

千山萬水兩地情繾綣

至於吳靜怡對他的示愛，他早已覺察，但一直想著迴避，他
不是不喜歡她，他總是以表兄妹的關係來報以愛的。他更多
地想著的是遠在天津的王燕。

　　張通和自首封信發給王燕後，久未見她覆信，很是納
悶，後又相繼發去第二封、第三封仍未見回信。這下便引起
他各種的猜疑，但他仍想方設法與王燕取得聯繫，想從橫的
方面得到她的消息，給王雨去了信，又未見回。在別無他法
的情況下，他硬著頭皮給李春來去了封信，但又是杳無回
音。他仍把思想集中在王燕身上，他回想起在家時王燕如何
對他一見鍾情，始終如一地堅定的愛著他，而他也以同樣的
愛回應予她，兩人是珍惜這愛情的，怎能甫一分開就起變化

呢？「不會的，絕對不會！」他信心十足地下結論說。他猜想定是發生了什麼意外的事。但即使王燕出了事，她哥王雨以及李春來怎麼也一樣音信杳然呢？這確是個疑團。

表妹吳靜怡的曖昧

在煩悶中，吳靜怡曾幾次邀請他外出遊玩或上街購物都被婉拒了。她知道他心情煩悶，也知道他為什麼煩悶，祕密握在她手中，她之邀請他同去遊玩，也是想排解一下他那煩悶的心情，這樣便可將他的思想集中到她身上來。打自張通和來後不久，她就對他產生愛慕，後見張通和無大反應，且媽媽又曾警告要她住手，她知道阻力很大，但她那種要強和浪漫的氣質驅使她定要衝破阻力而達目的，她想盡了辦法，多主動與他親近以至示愛。當她自姑姑處瞭解到張通和還有個在天津的戀人王燕正是如膠似漆似地相戀著，知道這是個最大的障礙，因此她想到要使他們音信隔絕，經過各自的猜疑以致出現矛盾，導致最後告吹，而身處這邊的她則加強火力施以粉紅色攻勢，兩雙配合，不是事可成了嗎？她的考慮還是較周全的，她想到單封鎖王燕一人不行，他倆仍可通過其他人的途經互相得到資訊。因此她決定全部封鎖。

吳靜怡這方法的實施其實也簡單，一方面只要掌握了門

外信箱的鑰匙便可使一切外間的來信都被她全控制了。因為現在的信箱有三把鑰匙，除她外，母親和哥都各有一把，但沒有理由要把他們的收回，簡單的辦法就是換了一把新鎖，鑰匙只她獨有，問題便全解決了。至於發信的問題，因為郵局所在地離住所較遠，乘公共汽車是三站路，蹬自行車也得花十多分鐘，若步行的話則要半個多小時。吳靜怡早就對張通和打了招呼，倘他要發信，只交給她便行，因為她每天上學必路過郵局，騎著自行車只要下來一下把信放進郵箱便可，因此張通和每次發信都交給她代發，有時因未貼郵票她也承諾代貼。張通和從未去過郵局，也不知郵局所在何處。

　　就這樣，有關張通和的一去一回的信便全落入她的手中。而張媽給她老伴寫去的信，卻是她自己在一次上街購物時路過郵局投進去的，是唯一被漏掉的一封，而這封信恰恰間接地又是造就李春來起到了發揮淋漓盡致的破壞作用。對於往來的信件全被隔絕，張通和不是沒有想到過吳靜怡的經手有關，曾對她發問過二次關於信件被阻斷的問題，她當然表示每次都正常代發出，與他同樣不知原因在哪？張通和只有相信她的回答。

　　在大連的近二個月中，吳靖海領著張通和幾乎所有名勝景點都參觀過了。但吳靜怡卻想到旅順口的舊俄炮臺沒有去過。她一提了起來，張通和便聯想到看過的一本叫《對馬》

的小說述及過，那腐敗的沙俄在一九○五年日俄戰爭中的慘敗，在書中所敘述的至今所得印象極深，既然不遠千里來此，有機會去憑弔一下這昔日戰場的遺址是值得的，他欣然同意。是日仍是三人同往，到達目的地後，張通和撫今追昔，連繫著小說的描述與實地觀察，感觸良多，他逐個在許多被炸爛的水泥地堡上上下下走動，目不暇接專注地四處觀看，聯想著當年戰鬥的慘烈，也要專心聽著老大連表哥的有聲有色的介紹，一不小心，在邁上地堡的臺階時一隻穿著皮鞋的腳鉤住了一塊被破水泥塊包著的凸顯的鋼筋摔倒了，他倒在臺階上起不來。兄妹二人慌張地連忙將他扶到了一個平臺上躺著，他已動彈不得。吳靖海讓妹妹留下守護著他，自己跑到管理處打電話給醫院開來了救護車把他送進了醫院。

經過醫院照片檢查，確認是舊傷處被摔破裂，住院了一小段時期後因醫院床位緊張，讓他提前回家養傷了。

吳靖海的假期屆滿，他即要返回輪船重過海洋生活了，張通和在家養傷的伺候工作只有讓給二位老人和妹妹。他據張通和的委託附著醫院的證明寫了個因傷復發續假的申請發出後便動身回單位去了。吳靜怡除星期日外，日間大部時間都要上學，但她仍將幾乎所有的剩餘時間來照顧張通和。有一天，她從信箱中截獲了一封姑父自天津發來給姑姑的信，她細心地拆開來看到是他給姑姑去信的覆信，信中說到李春

來曾到過他家問起關於張通和的近況，他已把姑姑來信所說及的特別是關於她對她表哥的曖昧關係的事向他說了，並說李春來和他幾乎是莫逆之交的老朋友，所以不懼與他細說。但他信中說及李春來聽後，雖然故作鎮靜，但從他一聽之下，彷彿是知道買獎券中了頭彩似地連茶也不喝一口當即開心地便要告辭了。並且說，關於他們表兄妹的事是樁壞事，應及時制止，但李春來覺得高興，那就令人費解了。吳靜怡讀完了信，小心地再把它封好，不留拆過的痕跡，然後將信交給了姑姑，她不斷思索。知道李春來這名字是從王燕寄來給張通和的被她截獲的三封信中拆開偷看所知道的，雖從王燕信中輕描淡寫地說到此人仍不時地糾纏她，使她已知李春來是正在追求王燕，是張通和的情敵。此刻吳靜怡聯想到姑父來信說到已把她與表哥的曖昧事告知了李春來，當然令他如獲至寶地會向王燕及其他人大造輿論，以增加他對王燕追求的力量。這使她眼前一亮，像是一艘航行在大霧瀰漫的大海中迷失了方向而驟然看見了燈塔的亮光的航船一樣興奮似地，使她似乎獲得了如何到達目的地的指引。

餵食魚湯毫不閉澀

　　在交還了姑父的來信給姑姑的兩天後，她挨近了正在縫

補衣服的姑姑身邊坐下，開頭與她敘了些家常，稱讚她會勤儉過日子，針線又精細。姑姑回應她說：「不縫縫補補哪來那麼多布票買新衣服，政府不是號召『新三年、舊三年、縫縫補補又三年嗎』？」吳靜怡聯想到一個新發現提示她姑姑說：「現在市面上出現一種叫『滌卡』的布料，既耐穿又好看，穿起來筆挺筆挺的，但價錢較貴，且市場上不易買到，要走後門。」「什麼滌卡，滌卡的我未聽說過，更沒有看到過。」姑姑詫異地問道。吳靜怡回答她說：「那就是滌綸與棉混紡的卡機布，滌綸就是一種化纖。現在這裡不好買，聽說天津較易買到，因為天津有廠家生產。」說到天津，吳靜怡便順著關心似地問道：

「前天妳不是收到一封天津的來信嗎？那邊怎樣？」

「還不是那個樣子。」

「姑父怎樣呢？你們丟下他一個人能放心嗎？他近來的情況怎樣？妳曾把在這邊的情況告訴過他嗎？我想老人家也一定很關心遠在外邊的你們的。」吳靜怡步步深入的意圖掏出她的真話。

「他很好，至於這邊的情況……」姑姑有些囁嚅了，還沒等她往下說，吳靜怡便搶先替她說下去：

「妳定說到過像我媽那次與我談到關於我和表哥的事，對嗎？」

　　姑姑爲難地沒有作答，實際上是默認了。

　　「那麼姑丈父來信的反應怎樣呢？」

　　「他也反對你們表兄妹相戀的事。」

　　「他也給旁人說了嗎？」

　　「在信中，他說了那就是妳表哥的老朋友李春來，他多年來都是我家的常客，所以很熟，他把你們的事也對他說了。」

　　吳靜怡只要姑姑有這句話她就心滿意足了，像個餓極了的人，一旦獲得了食物那般高興。在她來說，這句話可能起到扭轉乾坤的作用。

　　在一次吳靜怡端著魚湯送進張通和的房間，向半躺在床上的他遞了過去，當張通和接了過來用湯匙一匙匙地喝著，覺得他挺費力，她便把椅子往床沿移靠攏些，湊到他跟前，接過他手上端著的碗和湯匙給他餵著。張通和臉上露出了感謝的笑容。當把湯喝完了，她將空碗放到床邊的桌上，掏出自己的手絹像是伺候小孩似地替他揩了揩嘴，然後表示擔憂似地說：

　　「昨天姑媽對我說剛收到姑父的一封信。」

　　「這信給妳看了嗎？」

　　「還沒有。」

　　「她說了信中說的什麼嗎？」張通和關心地問。

「說了，你爸沒什麼事，他很好。可是……」她故意停頓了一下。

「可是什麼？快說！」他有些焦急了。

「可是也說了關於懷疑我們相戀的事。」

「這是胡扯，他根據什麼說的？」

「據說是姑媽去信時對他說的。」

「我媽也老糊塗了，她根據什麼？靜怡，妳說是不是？」

不祥之兆浮上張通和心頭

吳靜怡沒有回答他，只是眼睛發亮地對他盯著，向他顯示似乎預設了。她繼續往下說：

「姑媽還說道信中提及到有個你的老朋友叫李春來的曾到過你們家。」

「到我們家怎樣？這小子不像話，我給他寫了信也不回。」

「他很關心你，想向姑父瞭解你的近況，姑父已把我倆的事全給他說了。」

她這麼一說，張通和急起來了，全身發熱，他忘記了傷口，下肢一挪動，痛得他哎喲了一聲，淚水也流出來了，並激動地說：

「我爸真糊塗，怎麼把這想當然的事也給李春來說了，這不壞了事嗎？」張通和的焦急，吳靜怡心裡全明白，她暗自高興這一招成功了，明知故問道：

「李春來不是你的好朋友嗎？能壞什麼事呢？」

但張通和沒有作答，他正在心煩意亂。

吳靜怡此刻全掌握了他的心情，對他作了些安慰和勸告，攙扶他全身躺下，替他蓋好了被子便退出去了。張通和經過細想後，最大的埋怨便是他表妹，她不該這樣自作多情地對他的親暱讓旁人也感覺到了。其次老媽也不該捕風捉影地寫信告知老爸。更令他惱火的是他竟然也告訴了李春來，李春來當然是他的好友，但因為他對王燕與我之間插上一手，這是我最大的不滿。王燕是鄙夷他的，但他臉皮厚，還不歇氣地糾纏她，我堅信王燕是忠心於我的。經過吳靜怡給他傳來的話，對於他表兄妹的莫須有的韻事，讓李春來知道了，他深知李春來定會乘虛而入，肯定趁勢對王燕「大舉進攻」，甚至可能不擇手段地施以蠻手。聯想到不僅是王燕，且連他所有去過信的人都不予回信，這不是個不祥之兆嗎？他越想心裡越焦慮，恨不得立即插翼飛回天津去！可恨現在有傷在身，動彈不得。心情的惡劣，使他胃口也壞了起來，吃的得很少，身體自然衰弱，傷勢的康復當然就要推遲了。兩老，尤其是吳靜怡看在眼裡，憂在心中。但癥結何在？二

個老人是不很清楚的，只有吳靜怡心中有數，她知道禍根是她刻意地對他做了的傳話，她心有愧疚，但她知道這只能是不可為而為之。她仍以體貼的動作和溫柔的愛撫話語對他的伺候，以期獲得他更大的歡心。

玲瓏浮凸的曲線

　　白駒過隙，時光像流水似的很快地過去，張通和的傷經過精心護理，特別是吳靜怡體貼入微的關懷，也慢慢地好了起來，仍拾回上次用過的拐棍扙著在院內作些小散步。

　　北方的春天來得較遲，四月分有時仍需穿上寒衣，但夏天似乎來得很快，「五一」節一過，在午間那燦爛的陽光照射下，人們已感覺身上已有些灼熱了。張通和的腿傷已一天天地好轉，用了一段時間的拐棍便丟開了，可以往離家稍遠處活動散步，像雛鳥學飛似的謹慎地循序漸進的練習著。被困守在狹小的屋中多時，只能透過窗玻璃觀看室外的景物：白天的陽光或雨水，晚上時而是深藍色的有月亮的星空，有時則是漆黑伸手不見五指、只能聽見大風颳來海濤的吼叫。更令人心生恐懼的是黑夜中的狂風暴雨，猛烈得已分不清襲來的是海浪還是雨水。而最使張通和欣賞的則是晴朗的白天，窗外坡下一條大道的行人有的匆匆而過，像是急著去辦

什麼事。但有的卻是閒悠地似乎在散步。最為表現生氣的卻是早上太陽初升時和日已偏西的午後，三三兩兩的背著沉重書包上學和放學的學童，他們有的蹦跳、有的嬉鬧，尖銳的童聲響亮地衝進了窗戶，強力地表現著生命的青春，也令他回憶起他快樂的童年。被困守著狹窄的籠似的屋中，觀看到生機勃勃的窗外景象，便羨慕外邊人們的幸福和覺得自己的不幸。一個強烈的期望那就是一旦他日已經傷癒，必定到外邊痛快地遊玩它一下不可。

　　天氣漸漸炎熱起來，張通和的腿傷也好得差不多了，而吳靜怡又到了暑假期。她早已計畫好，現在張通和已痊癒得差不多，暑期中一定要陪他玩個痛快，她也看出張通和也有同感。

　　一個晴朗而溫熱的一天，溫和的海風颯颯地吹著，那帶著鹹腥味的海風撲面吹來，使人覺得雖未吃魚，卻彷彿魚已將要到了嘴上。吳靜怡和張通和並肩而行，他倆穿過鬧市，到了一個海灘公園。吳靜怡嫋嫋婷婷，戴上一頂細草編織的帶花紋的女式闊邊草帽，上身穿著馬甲似的緊身「的確良」白襯衫，一條天藍色粗條紋不長不短的適中的絲質裙子下邊踏著一雙雪白的半高跟的皮涼鞋。這雙鞋樣式挺新穎，在國內很少見、是她哥這次休假回來專為她自國外買來的，她今天首次穿上，一雙新穎而出眾的鞋子，又有一個標致的男伴

陪著，給她增光而倍感自豪。

　　她倆遊罷了公園，到了海灘泳場。吳靜怡是有備而來的，她已把泳衣裝在包裡，但來時並未徵求過張通和是否下水的意見。她原是個游泳愛好者，每年一到夏季她經常邀請同有此愛好的同學或友人到此游泳，已鍛鍊成個好手。當她徵求張通和是否下水時，他猶豫了一下，他確實很想下水，但對他的腿是否可行仍拿不準，但還是下決心與她一道下水，這下吳靜怡真的樂了，她當即去給他租了一條泳褲。正當張通和坐在沙灘上專注地觀看眾多的各式各樣的泳客時，吳靜怡自更衣室出來了，一個嶄新的形象倏地出現在他面前。平時看慣了她穿著寬大的衣服，體形被衣衫掩蓋著，此刻她穿起緊貼著身軀的比較暴露的泳衣，玲瓏浮凸的曲線顯現出窈窕的身軀，深色的泳衣與裸露在外的白皙的肌膚、色澤分明的相映下更是顯眼。令張通和更為矚目的是她豐滿的胸脯緊貼著泳衣而高高隆起，他震顫了一下，情不自禁地想入非非，眼睛頃刻模糊，瞬間才清晰過來。吳靜怡已意識到她此刻的出現已感動了他，微笑著正面地挨近了他，手搭著他的肩背柔聲地說：

　　「我好看嗎？」

　　「是的，妳很美！」他再次陶醉地打量一下她健美的身軀。

她也是首次瞧見他穿著游泳褲外裸露的全身，雖然他臥病數月，體格已不如前，但仍不失那運動員的壯碩身軀；他那肌肉發達的胸脯與籃球手特有的堅實的臂膀，充分地顯示男性的健美，看著也令她讚歎。

戲水相悅順勢擁吻

沙灘上的人也真不少，有的全家大小都來了，在一個太陽傘下休憩和吃東西，但有的卻暴露在陽光下有意識地作日光浴，當陽光將他的皮膚灼痛了，他便下水遊了一會兒再回來。可有些人卻不是來游泳，而是來消遣，他們根本不下水，連泳衣也沒穿，只在太陽傘下鋪上一條大毛巾在打撲克或是下棋，啤酒瓶狼藉地扔滿在地上。更增添熱鬧的是孩子們叫嚷著嬉戲奔走，令海灘幾成了個遊樂場。

「我們下水吧。」吳靜怡牽著張通和的手向海中走去。因為大傷初癒，不知他能否一下適應，為審慎計，她讓他下水。張通和稍作了一下熱身，走前幾步便縱身一撲往遠處遊去。吳靜怡仍在沙灘上觀看著，注意他的動作，張通和嫻熟的泳姿和較快的速度令她頓生意外，她完全放心了，瞧見他正往回游時，她撲通一聲躍入了水中，快速地來個自由式迎向了他。當張通和還未來得及對她的接應，便被她撞個滿

懷，兩人嘻笑著在水中相抱在一起，順勢接起了吻來，然後沉入水中，頃刻又雙雙浮出水面，於是迎著微波游向海的遠處。兩人同是自由式比賽，但畢竟張通和已覺自由式太費力，改換了蛙式，慢慢便落後於吳靜怡了。當她游回到淺灘時，與他相距還有十來公尺，吳靜怡獲勝了。

「該罰你什麼？」她笑呵呵地以獲勝者姿態自豪地說。

「應該說是獎勵妳。」

「那麼該獎我什麼呢？」

「妳自己說吧。」他體貼地以手代毛巾揩去她泳帽下往臉上滴著的水。

「我未想好，你既然要獎勵我，那就由你提出來吧。」吳靜怡也同樣回以用手輕輕抹去他短髮上流向臉部的水珠。

「那好，那就請妳今晚到館子吃頓晚飯。」

這樣定下來後，吳靜怡仍感意猶未盡，繼續下水往遠處以蛙式游了幾個來回。而張通和則微感疲倦未隨她去而坐在沙灘上休息觀看她的泳姿。

由吳靜怡的指引，他倆到了市內一家普通飯館吃晚飯。她雖是被請之客，但因她是個老大連，一切較熟，所以儼若主人，她除點了自己愛吃的外，也徵求他所喜歡吃的，她稱這叫兩結合，是個好意頭。當然少不了啤酒，這是張通和要的。經過了一輪的身體運動，幫助了腸胃的消化，兩人胃口

大開，吃得比平時較多。對吳靜怡來說，今天是她最愉快的一天，她覺得收穫要比預期的好，最突出的是單獨與男伴同泳是破題兒第一遭，而意想不到的當她穿起泳衣站到他面前時，他竟然稱讚她說「妳很美」，回味這句話至今仍津津有味。長久以來，對於情愛的表現一直趑趄不前，令她心焦。今天算是打開了堅冰，使雙方情意融合了，難得相聚在這家飯館可以暢談了。

　　張通和因長期困守在屋裡，身心的痛楚更令他蔫蹇萎頓。吳靜怡今天的邀請正是他久已期盼的。一貫愛好活動的他，此番卻為傷痛而被禁錮了數月，像小鳥被囚在籠中一樣的痛苦，今天的出來，穿梭在麇集的人群中，彷彿是從闃無人跡的荒島回到了人煙密集的大陸。更令他開心的是能與吳靜怡同戲於海中。他本來也是個游泳好手，但多時已未涉足了，加上他病臥數月，難以估量此番下水能否勝任，但結果卻是令人滿意的。經此一考驗，他高興地認為自己的體力正在恢復了。

補償許久以來被迫禁錮所欠的債

　　至於吳靜怡對他的示愛，他早已覺察，但一直想著迴避，他不是不喜歡她，他總是以表兄妹的關係來報以愛的。

他更多地想著的是遠在天津的王燕。而王燕卻久無音信，在沒有得到確實消息前，對她只能是作著各種的猜想。但自那次他躺在床上，吳靜怡餵他喝湯時給他說了李春來到過他家且獲知了那些莫須有的他表兄妹相愛的事。他綜合了各方面反映出來的蛛絲馬跡，相信王燕肯定是變了，且很可能是李春來插手所造成。爲了證實吳靜怡所說的無假，他又詢問過媽媽，媽怕惹事生非，本不想讓他知道，但據說吳靜怡已對他說了，她只有如實地告訴他。這樣，他更肯定王燕變了的想法。

今天偕同吳靜怡出來遊玩，溫和的海風似已將他多日來的被籠罩著的陰雲一一吹散，他毫無拘束的與吳靜怡痛快地嬉戲遊玩與歡笑。

在飯館中，兩人端起了大玻璃杯的冰鎮啤酒對喝。吳靜怡只喝了半公升便不想喝了，但在張通和的勸導下勉強又喝了半杯，白皙的臉蛋蓬地緋紅起來，剩下的半杯讓張通和喝了。在張通和點的主食未到前，吳靜怡的餃子被端來了，她顧不得熱騰騰的餃子會燙嘴，首先夾了一個要張通和張開嘴往裡送，他依從了她，卻將喉嚨燙得直叫。她這惡作劇玩笑的成功，樂得她哈哈大笑。與表哥開玩笑，她還是首次，可見一層拘謹的薄紗已被揭開了。她還是能吃，盤中的四兩糧票的餃子一下便被吃光了，她不忌在男性面前顯出並不斯文

客套，也放開胃口不斷吃菜。而張通和卻把服務員端來的冒著熱氣的半斤天津烙餅吃得盤子一點不剩。

　　雖則今天玩得痛快，但兩人心中所想的卻並不一樣。吳靜怡的心情是完全放開的，她傾心於張通和，認為所有前進的障礙都被掃清，前面已是一片坦途。而張通和雖則對於王燕似已死了心，但在未有確鑿事實根據前，他仍存有一絲希望。再者他對吳靜怡雖有好感，但這表兄妹的血緣關係不宜結親之忌，他不是沒有想到的。他畢竟與那尚是黃毛丫頭、不諳世事、以感情代替一切的吳靜怡理智許多。他今天的縱情玩耍與開懷暢飲多半是為了補償許久以來被迫禁錮所欠的債。

沒有婚禮的婚姻

他們幾乎是沒辦什麼婚禮，儘管李春來和家鄉的母親及其他一些親人，以及王燕的父母都力主要設宴請客和作些通常俗例的做作，但卻一一遭到王燕的極力反對。

　　王爸父女雖已談論起關於李春來，而且王燕也想法幫他分析李春來仍有可疑之處，但對他給她施以過的暴行仍羞於對雙親啟齒。但李春來又頻頻地到王家來，且不時又攜帶些小禮品相送，對所有的家人道盡甜言蜜語，他不顧王燕的有意迴避，且對他時而表示親暱而回以怒目而視，但他苦心孤詣，殫精竭慮地要討她的歡心。

李春來對王燕求婚

　　時光的流轉，王燕所盼望的張通和仍音信全無，雙親也感失望了。李春來鍥而不捨地頻繁上門討好，首先是二老有所心動，李春來窺見時機已近成熟，快是瓜熟蒂落了，在一次與二老的單獨敘談中，他作了個帶西方味的求婚，首先獻上了一件較重的禮物——一隻金手鐲（這是他的祖傳之物，土改時被他母親匿藏在夾牆中而倖免被抄走）然後行了個深躬禮單腳跪下，這突如其來的異舉，令二老驚慌不已，王媽險些被驚出心臟病又要發作，幸好只是瞬間他便坐下鄭重地說：

　　「我對令嬡王燕傾慕已久，望能與她結成連理，白頭偕老。」

　　這話使二老聽來並不覺刺耳，因為他倆近日也談論過此事，二人意見並無分歧，只是覺得女兒並不是如他倆所想的，所以王爸當即回答他說：

　　「你今天的請求我們也想過，只是不知女兒想的是怎樣，還要問問她，因此這禮物我們不能收。」他雙手將禮物奉回。

　　「現在是新社會，婚姻大事不能單由父母做主，主要還是順從後輩的意見。」王媽也補充了一句。

　　李春來聽了後，知道二老這關基本一過，心頭暖了一下，但王燕的這一關他是意料中不好過的，但他手上已握有一張王牌，仍覺得是樂觀的。他笑吟吟地說：

　　「伯父、伯母，二位看得起我這個農家出身的孩子，我很高興！」他拱手相謝後接著說：「二位說的對，當然還是要王燕的首肯，這事我覺得還是好辦。」

　　當晚，王燕下班回來，二老把今天李春來前來求婚的事對她說了。這早已是王燕所料到的，她不感到驚奇，反應是冷淡的，她沉默，沒有表態。其實她心中充滿著矛盾。近日她常感覺身體不適，偶有嘔吐現象，月事也不正常地停歇了，奇怪的想吃酸的東西，她找來有關生理保健知識的書來看，對照當前自己的現象，她吃驚起來，莫不是⋯⋯她不敢想下去了。為了不使左右的人包括她的雙親知道她這種現象，每於體內有反應時，她急忙走進衛生間去躲避。在飲食上她極力保持正常，克制著不讓別人看出她的異樣。她左思右想，覺得唯一可以傾訴的人只有徐麗英，徐麗英這個懷過孩子的婦人，一聽便大吃一驚地說：

　　「這很可能是有孕了，妳趕快到醫院去檢查，這是李春來作的孽，真該死！」

　　王燕為保守祕密，她不在廠中的衛生所檢查，而到了市內的一家婦幼醫院去，得到的結果是懷孕了。她顫抖的手拿著有醫生簽字的檢驗單幾乎暈了過去，坐在走廊上的長椅上沒有想到要回去。

　　心中彷彿被壓著塊大石似的，她還是邁著沉重的腳步回

去了。她首先將檢驗單交給徐麗英看。徐麗英當她到醫院去後，心中一直想著她的事，她估計她九成九是有孕了，同時也想著如何幫王燕應對這樁煩人的事，當她接過檢驗單看了後，知道正是她預想到的，她不感到驚慌。王燕見她鎮定自若，知道她有所打算，便急忙問她：

「徐姐，我該怎麼辦啊！」

聽了王燕將要哀哭的顫聲，她拍了拍她的肩背，像撫慰小孩似地安慰她說：

「趁時間還允許，把這孽種落了！」

王燕一聽之下，像沉了船的海員，望見天邊朦朧的霧色，正有一艘輪船駛來一樣的興奮，她緊握著徐麗英的手，表示贊同地說：

「唉，我怎麼早沒想到呢？要不是妳的指點，真把我愁死了！好，就這麼辦吧。」

徐麗英要使王燕不因過於興奮而忘記了一切，又提示她說：

「這只是我們二人的意見，這麼大的一件事，妳還要回去徵求一下妳父母的意見啊。」

生米煮成熟飯

　　王燕一想也是，但對這椿事產生的始末一直把雙親瞞著，到了如此地步才對他倆揭開，她覺得自己是個罪過，不管怎樣，到了如此田地，只有破釜沉舟了。

　　對於李春來前來求婚，兩老實際已經首肯，但王燕卻遲遲未見表態，而李春來卻更頻繁的前來造訪，他想過現在去碰王燕還未到時機，仍是單向二老施以一定的壓力，讓他倆轉而對王燕的促進，待時機成熟時始去碰王燕便可水到渠成了。他總是在王燕不在場時對二老似是關心而實際是催促要王燕表態，而二老也束手無策，只答覆說王燕近來心情不好，她說她心煩意亂，不想考慮這問題。

　　一天，王燕因頭痛低燒，衛生所給開了二天的假，她閒在家裡，王媽在詢問她的病情中順便提及了關於李春來求婚的事，王燕想到即時就把關於與李春來所發生的事件和盤托出，但細想一下，還是待父親晚上歸來時對二老一起談好些，於是答覆媽說，到晚上和爸一起談。

　　晚飯後，照例喝了點白酒的王爸移坐到木沙發上點起一支菸和正喝著王媽替他沏起的花茶，自覺頗有舒適感。此時王媽正把自飯桌收拾起來的盤、碗等拿到廚房去洗刷，盤、碗在清洗中的互相碰撞著發出清脆的陶器聲在外廳也清晰可

聞。待王媽把飯後的工作做完了，解下了圍裙出來，坐到與老伴並排而隔著一張茶几的木沙發上，她以眼光提示了與她倆面對坐著一張木椅上的女兒，要她開始說話。王爸正翹著二郎腿在抽菸，對母女倆忽然坐到他跟前來頗感意外，但經女兒一開口，她那少有的十分嚴肅而低沉的話語，使他當即把還未抽完的菸往菸灰盤裡按熄了，茶杯子也沒再端起，專心在聽。當王燕的話說到最後關於檢驗結果證實是懷孕時，王媽被刺激得經受不住而當即暈倒，她心臟猛烈跳動，眼前一片黑，冠心病又發作了，二人便驚慌起來，王爸急忙進房間取出常備的急救藥當即讓她吞下，他們這樣的遭遇已不是第一次了，特別是王爸已多少有了點經驗。此刻首要的事是對王媽的急救。

　　王燕本來對自己發生的這些事久未披露有負雙親，正在負荊請罪，沒想到因此而刺激母親，因而暈倒，她十分慌張，怕母親出現生命危險，她主張立即送醫院去。但王爸根據過去的經驗，硝酸甘油片是可以解決的，他堅持觀察片刻再說。果然服藥不久後王媽便慢慢醒來，兩人被壓在心上的石塊陡然落下了。而關於王燕剛才說著的事卻不敢對她再提起。

　　王媽經過了兩天的休息，身體的精神都恢復了正常，這件令她揪心的關於女兒的不幸事又回到她腦際中來。大兒子王雨也出差回來，就在晚飯桌上她首先提出開了個家庭會。

王雨一回來，王爸就把王燕發生事的經過向他說了。他一聽之下火冒三丈，他認為李春來這混蛋的行為不僅殘害了他的妹妹，而且害了全家，是對他家的侮辱。在飯桌上他仍堅持要向法院控告他，二老對李春來雖感憤慨，但木已成舟，你一告他，可能使他要受法律的懲處，但王家、尤其是王燕卻被蒙受了羞辱，在親友中盡失面子。雙親的意見是現在事情還未公開爆出，就把它隱瞞下去吧，既然李春來多次要求成婚，那就成全了它吧。而王燕也有急切要解決的是腹中正在成長的肉塊問題，她按照徐麗英的意見要將它流產。但二老認為既然要成婚，那胎中的兒算是合法的了，何必要打掉呢？至於王雨，他仍氣憤未平，但考慮到一則張通和音信全無，即使不久前曾發過電報去也未見回覆，似已絕望。聽到傳說他在大連已另有所歡，雖未證實，但各個跡象推測是值得懷疑的，他真想不到這個老朋友竟會無信義到如此，妹妹對他的期望可能要落空了。此外，對於二老的想法也不無道理，如要依法起訴，即使贏了，李春來受到懲處，雖出了一口氣，但也是兩輸，造成了雞飛蛋打的局面。他想如果照兩老意見作下去，必然是吃了個啞巴虧，這杯苦羹是難以喝下的。

　　在王家這場風波後不久，李春來又登門拜訪了。他也是選擇王燕不在家時才來。但甫一進屋，嗅覺靈敏的他已覺氣氛有異，首先是主人全無笑臉，繼後又未見如往常當即沏茶

奉菸，但仍請他就坐，且王爸也隨後坐在他身旁，似欲與他談些什麼，李春來在納悶中只有沉默坐著，待王媽蹣跚地自房中出來坐下後，王爸首先說明道：

「她剛生病過了，現在才好了些。」

「伯母什麼病？老人家要保重啊！」李春來似關切地問道。

「還不是那老毛病，冠心病唄。」

車間工友派發糖果也免了

王媽聽到說的是關於她的病，便按捺不住說出了她的病因了，她頗為激動，喘著氣，像是喉嚨有口痰卡住似的，發聲混濁地說：

「就是因為王燕的事囉，這丫頭事情發生了這麼久還對我們隱瞞著，到了迫不得已時才爆出來，把我嚇昏了！」

王媽這麼一說，心中有鬼的李春來已領會到這定是因為他闖了禍的事，他震顫了一下，但仍裝模作樣地明知故問道：

「王燕怎麼啦？她發生了什麼事？」

對他這樣的做作，令王爸生氣了，他站了起來，指著正坐著的李春來高聲地說：

　　「王燕發生了什麼事你不知道？還要問？」王爸於是將事情全部揭開，連批帶責地申斥了他一頓。李春來知道紙包不住火，也曾預料總有這麼一天。他原想抵賴，說不是強姦，而是通姦，這樣罪過就大不一樣了。他甚至想過連通姦也否認，但現在王爸已說出了王燕因而懷了孕，那便不好抵賴了，因為他曾聽說過現在的醫學可以從嬰兒身上驗出與生父同樣的血緣而可以證實，因而打消了這想法。至於如否認強姦，王燕必然以其細枝末節的過程訴說來證實，從推理分析，雖無旁證，但想也難以逃遁，且這樣做必然與王燕關係全破裂，要得到她就難之又難了。當王爸經過對他的批評和責備後，李春來垂著頭，把翹著的二郎腿放回了原位，他緘默不言，收斂了慣常的笑臉，表現得莊重和嚴肅，似有懺悔之意，實際上是默認王爸所說的一切。他同意二老對這事的處理意見，這正是他求之不得的，他對王燕要將胎兒流產也反對，這樣可能驚動眾人，真相一旦曝光，他便無立足之地。但如保胎兒就必須很快成婚，否則王燕腹部日見隆起便無可掩藏而祕密便被暴露，這意見二老是和他一致的。但王燕怎樣呢？必須與她商討，這工作要由王爸來做了。

　　王燕的氣還未順下來，她不僅對李春來全無愛意，且憎恨之心仍未泯滅。對於父親對她的解釋也認為在理，形勢比人頑強，她只有屈從。

　　經過商討，除王燕兄妹沒有爽快點頭而呆若木雞似地沉默不語，實際是勉強同意外，其餘的人同意他倆立即去辦理登記結婚手續之聲是較清晰的。

　　對於與李春來同去辦理結婚登記手續，這是王燕最感為難和最不願意的事，儘管李春來嬉皮笑臉地多次對她催促，且刻意通過她的雙親去催促她，但王燕仍不為所動，暗自哭了幾回，怨恨自己命不好，作夢也沒想到自己是個清白少女竟無辜地落到如此不幸的地步去嫁給一個她不愛、甚至是憎惡的人！

　　她拖延了好些日子，被他們催得沒法，才勉為其難地與李春來一起去辦理了登記。

　　他們幾乎是沒辦什麼婚禮，儘管李春來和家鄉的母親及其他一些親人、以及王燕的父母都力主要設宴請客和作些通常俗例的做作，但卻一一遭到王燕的極力反對，因而只做了些簡單的儀式，即使是按慣例對車間的工友派發些糖果也免了。李春來也無奈地單獨回到老家在沒有新媳婦同在的情況下請了些親友吃頓飯，回來時由他單獨「補課」向車間的工友分發了些糖果便算了結了這椿婚事。

飄動的心不知所蹤

經過張通和的再三分析與說服，真是心有靈犀一點通，王燕終於同意了他的意見，但她的心情是矛盾的，當她一想到還要繼續與李春來生活下去便心寒起來，對於決心要去三線仍像雲一樣變化莫測，像吹拂著的風沒有固定的方向。

炎熱而又快樂的夏天很快地過去了，吹來了颼颼的涼風將樹上的黃葉颳落到地上，又從地面捲吹了起來四散地飄落，秋風將乾燥的塵埃和著落葉對人們襲擊著。吳靜怡的暑假期要結束了，她所讀的水產學校是最後一個學年了。她沒想到近二個月的暑期就這麼快地過去，這是她有生以來最浪漫而又是最感快樂的暑期，她仍戀戀不捨地不想讓它這麼快地就過去。但那無情的秋風像颳下落葉似地把她那美好的假

期也吹走了，要回復到學校的生活中去。

表兄妹最後的告白

　　張通和所續的病假也將屆滿，雖然他是工傷，不受半年勞保工資限制，但他的腿傷已完全康復，也該回單位上班了。對於過去這假期間與吳靜怡的接觸確實也加深了兩人的感情，甚至不僅是吳靜怡、且他也已經有了愛的感覺，似乎已一步步地往前發展有墜入愛河之疑。而他雖在這溫馨繾綣的氛圍中，愛的誘惑不斷地向他襲來，但卻仍有著某種理智的東西對他在警惕著。有時他幾乎控制不了，他恨自己感情的脆弱，咬著牙要頂住它。

　　當二人在行將分別中，吳靜怡一天晚上到了他的房間來，依偎著正靠著床頭在檯燈的光照下看書的張通和，她將他的書拿下放到書桌上，柔聲地說：

　　「我們相聚的時間不多了，今晚好好談談吧。」

　　「妳想談些什麼呢？」他以微笑回應她。

　　「我們今後的關係……」她停下來，想等他把話接下去。

　　「我們的關係不是表兄妹嗎？」

　　「你這是廢話，我說的是……」她仍想讓他接下去說，但他緘默不語，她忍不住了，說：

「我們訂下終身大事吧，我想我挨過這一年，畢業分配工作後，我們就可結婚了，到那時我們請求組織我調去天津或是你調來大連都可以。」

這麼一件大事，張通和雖不是沒有想到過，但他是持否定態度的。此刻吳靜怡來了個突然襲擊，使他措手不及，被窘住了，半晌沒有作答。她急了，雙手捉住他的肩膀使勁地搖了幾搖，聲音接近到已是叫喊了：

「快說吧，怎麼不說？」

張通和瞥見她雙眼湧現出的淚水亮晶晶地閃爍在燈光下。他知道這是她的真情，是天真的全被感情包裹著的真心，他也被逼得似已別無退路，只得啟口了：

「妳不要被感情蒙蔽著，我倆的問題困難多著呢，比如我媽和妳媽就不同意，這兩老是難以說服的。倘若我們真的成婚了，社會上和醫學角度上對血緣關係的聯姻是不會首肯的。」他稍停了下來，考慮再三才決定說：

「妳也知道我原在天津已有了戀人，但在真況未明前我不能無故拋棄她。」

張通和說到後面的話，令吳靜怡心中一震，她心裡明白，這全是她製造的祕密惡行，至今令張通和仍蒙在鼓裡，她想到說不定已令在天津的對方變心了，這原是她想要達到的。不料到如今他仍不忘舊情想到不拋棄她，將心比心，心

靈在翻騰，頃刻間良心受到責備，「這不是陷害人的勾當嗎？」她自我責備說。她不再強求他攤牌定終身的事了，但她決計不能對他吐露那個祕密，他仍惦記著天津的王燕，一旦因她所做的惡行令其變了心，而張通和卻落了空便可回頭向她招手了。她仍親暱地緊握著他的手說：

「我是愛你的，怎麼也沒變，當然愛是雙方的，我不會強求你，我今天向你許願，當允許你需要我的愛時，我是會相應地回報予你的。我們永遠是表兄妹，我終生也不會忘卻對你的愛。」

其實張通和何嘗不會為她的愛所動呢？只不過他理智而痛苦地抑制著它罷了。

他感謝她現在的表現。

揮別大連，張通和回天津

張通和與母親回到了天津的家裡，還未等上班報到，他的第一個到訪的客人便是李春來。當他得到張通和回來的消息便立即前來了，他神色惶遽，當張通和伸手與他相握時，愧疚的心情已微露在他的臉上，但他仍堆著笑臉，回握著張通和的手用力搖了幾搖，表示歡迎他的歸來。坐下後，為了先安定好張通和的情緒，對他此番大連之旅問長問短，並稱

讚他腿傷康復得很好，膚色雖黑了點，但很健康。張通和對他這麼急切地到來，心想他定有什麼急迫的事，但見他只顧盡聊家常，便反問他關於他離開後的情況，當他回應這些時，總繞著圈子說得不是很順當的，最後才結結巴巴地切入正題放低聲音說：

「我和王燕上個月結婚了。」話音一落便把眼光投向張通和的臉上，注視他有什麼反應。李春來的雖是寥寥一句話，但對張通和確實震動不小，雖則此前因音信阻隔，疑點重重。他曾想過會否像此刻李春來所說的那樣。現在出自他的嘴裡，對張通和雖不是完全意外，但打擊確實不小。他臉色陡然變得蒼白，半晌才冒出了一句話：

「你們是怎樣結婚的？」

李春來見他反應這樣平靜，雖然肯定他內心是痛苦的，但他不會考慮這個，只要不會相互打鬧一場便算好了。他情緒穩定了下來便應張通和的要求，抹去了他對王燕的強暴和懷孕等等醜行，卻強調對方家長同意，王燕最後也同意等等。聽他這麼一說，張通和最不滿的應該是王燕了，她怎麼這麼輕易就投向了李春來了呢？她不是一向拒絕他的嗎？此刻他的內心從失望轉為憤慨了。這時，他想起了一個忠實的朋友，便問道：

「王雨是怎樣態度呢？」

「我與他接觸很少，聽說他最後也同意了。不過可能是他工作較忙，所有我們婚事的活動都未見他參加。」

張通和聽了這話，心中稍稍得到點安慰。

臨別時李春來表示歉意而親熱地說：

「我們都是老朋友了，我辦喜事時遺憾的沒有請到你，改日請到舍間作客補請吧。」

當晚李春來下班回到家中，王燕早知道他去看望了正自大連回來的張通和，他剛一踏進了屋，王燕便急切地問道：

「你去看了張通和？他現在怎樣？」

「妳這麼關心他幹嘛？他現在已不是妳……」李春來最忌諱的是王燕又說起了張通和，因而回答她的問話是粗聲粗氣的，且帶著點酸味，對最後一句話他也覺不便說下去了。但王燕因為要知道張通和的情況心切，忍著氣不計較他了，仍接著對他說道：

「你告訴我呀，他的腿傷已全好了嗎？他在大連這幾個月過得怎樣？他跟你說了嗎？」

李春來還是愛惜這新婚之妻的，他不想讓她失望而怨他，便將今天與張通和會面的情況一一說了，隱去會見時他失望和憤懣的表情，美化他樂觀的表現，並說當他聽到他們已結了婚時，他是笑呵呵的，並祝他們幸福快樂。王燕聽了她對張通和所預想的表現大相徑庭很覺意外，她想到莫非是

他真的在大連愛上了他的表妹，甚至結婚了？當然她也知道李春來的話不可盡信，但在疑團未解開前，她總是痛苦地被它糾纏著。她真想親自去會見張通和，但現在她沒有這勇氣，而張通和竟然如李春來所說的聽到她已與他的情敵結了婚而樂呵呵並致以祝賀，這真難令人相信這是真的。不管如何，當未見到張通和的一天，這疑惑是無法解開的。她對自己說：「現在怎能去見他呢？李春來所作的惡行和我當前的處境他肯定是沒有對張通和說了的，如我去見他，能瞞著良心把它隱瞞過去嗎？紙包不住火，他總有一天是會知道的，但我如面對著他能好意思啟齒嗎？我沒有這樣厚的臉皮，我沒有臉見他，我不能去！」王燕倒在床上啜泣起來。

兩老友敵意萌生

張通和對李春來這個老朋友已全失去了信心，甚至已萌生敵意。他對李春來到訪時所說的一番話仍覺有許多疑點。但對王雨仍抱有信心，他相信王雨能對他說真心話，於是當李春來走後，他當即去找王雨。當他走近王雨家時，正好王雨從家裡出來想到街上去散散步。在昏暗的街燈下，他驚愕地發現前來的是張通和，驀地想到他妹愧疚對他的事，身子倏地趑趄了一下，但張通和快走了兩步到了跟前來笑臉以對

地伸手與他握著。彼此寒暄了幾句後，王雨想到在家的雙親
倘見到了張通和的尷尬場面不好受，便叫他不要進屋了，一
同到一家小酒館裡去敘談。

　　王雨對妹妹的結婚未請過任何親友，他自己也不曾參與過
關於這椿婚事的活動，此次與張通和來到小酒館也不是為補償
那婚慶而來，要說個目的嘛，說是為張通和洗塵也可以。

　　張通和是久別的好朋友，相會之下應該是興高采烈的，
但此刻王雨那複雜的心情，雖臉上仍露出點笑意，但愧疚之
心使他眼皮老是垂下耷拉著不敢正視對方。但張通和已摸到
了他的心態，在喝過了一大口啤酒後，他首先開口說道：

　　「事情我已經知道了，李春來今天曾來過我家，說是解
釋吧，但他也僅是簡略的把過程說了，說得都是順順當當
的，我想事情不會這麼簡單。你是我真心的老朋友，又曾是
我與你妹相識的媒介，我相信你會把事情的全過程告訴我
的，所以我連夜來找你。」

　　王雨對他妹妹這椿婚事正如一根難以拔除嵌在喉嚨的
刺，痛楚久久未能消除，隨著日子的過去，如今稍稍平復了
些，今天又再提起，且面對著的又是關係最大的主人翁，令
他思想的波瀾又再湧起，一時竟想不到如何開口，沒想到去
動筷夾取他所點來的擺在面前的盤中菜，而是端起沉重的大
玻璃杯子一股勁地喝著面上還浮有白色泡沫的啤酒，眼看容

量一公升的杯中僅剩下了一半，他臉未變色，但雙眼微紅，撲的一聲把杯子放下，眼光專注著正在等他啓口的張通和，說：

「到如今我也未瞭解你這幾個月在大連的情況。讓我首先把這邊所發生的事情經過一一告訴你吧，然後也請你把那邊的事對我說說，合二爲一就是個全過程了。」

「好的，就這樣吧。」張通和點了點頭。

二人於是一講一聽，筷子和酒杯都端放在桌上沒去動它而專心在談話中。

王雨侃侃地把話說完，他結尾的話是：

「就這樣，一樁除李春來得勝而高興、其他人特別是王燕和我被迫喝下這杯苦羹而苦不堪言。」

張通和才想到又端起杯子不斷地把剩下的酒喝到了見底。他垂下了頭，憎恨的心全落在李春來身上。先前李春來歪曲述說的曾令他對王燕有過憤慨的想法，現在則變作了對她的可憐和同情。沒等王雨的要求，他主動地將在大連的幾個月生活情況一一說了。爲了讓那關鍵的焦點弄得更清晰，他著重把與表妹的關係坦率地說個清楚，特別是今夏的浪漫之泳等等繾綣之情的細節如小說般說得生動而具體，但終究理智克服了感情，因而淺嘗輒止，表妹也因他不棄舊情的感動而幡然悔悟對他諒解。

　　王雨相信張通和所說的眞實，持續了近半年的雙方隔膜的疑團部分地解開了，像早晨的大霧被疾風一下吹開，冉冉升起的太陽開始露出了半邊臉面，一致認識禍心根源是李春來。但尚有一個疑點還未解開，那就是雙方來往的信件甚至是電報怎會被隔絕的還須探查下去。

　　夜已深了，小酒館的客人僅剩他倆，店主要打烊了，王雨付過帳後二人步出門道別各自回家。

郵包解釋了一切

　　吳靜怡自與張通和分別後，她心緒一直是不平靜的，她想得很多，回憶起這個不平凡的夏天，對張通和仍是魂牽夢縈，常在睡夢中夢見他那快樂而肌肉結實的臉笑對著她，當她身軀挨近了他時，他卻倏地走開了，便被驚醒，夢中斷了。她埋怨他心靈的火石怎麼打不出一點火花。「不，不對。他這塊火石是曾被我擦著過火花的，但很快便熄滅了。他不是不愛我，而是不能愛……他不是個硬漢，而是個愛的弱者！」她對自己說。她雖埋怨他，但仍對他留有美好形象的回憶，這回憶終於戰勝了怨氣，她原諒了他，不，是諒解了他。她想到他在天津的戀人叫王燕的，此時可能正在興高采烈纏綣纏綿地和他相聚了，但也可能因她所作的惡行而致

離他而投向別人或是那個叫李春來的。即使是他倆和諧相聚了，但那通信隔絕之謎無法打開，可能會使他們增添了一層相互懷疑的薄紗。她取出鑰匙打開了久未動過的抽屜，內裡堆放著一大撂信件，這都是她先前所截留的發出和寄來的信件。她把所有的都取了出來，內裡蓋著天津郵戳顯然地是女性端正筆跡的來信，和張通和委託她而未被寄出的信，並有一件較顯目的天津王雨拍來的電報，這電報發來時，送電報人敲門時正好是她開的門把電報收下不幸而又遭厄運了。她找來了一張牛皮紙，把它包裹著封了起來，上面寫上張通和的名字和他家的地址，迅速跑到郵局將它寄走了。

　　把郵件寄走後，她像卸下了千斤重擔，因彌補了一個她錯誤的損失而鬆了一大口氣，有從深井救人的感覺。「把我的債還了！」她對自己說。但細想之下，實際上這債是還不清的，因她這一惡舉而使別人遭受了不可估量的損失，此刻她是無法知道的，幸而她悔悟過來，淪肌浹髓地接受了張通和的勸告，使行進的車扭轉了方向，不致讓它墜入懸崖。對此還是值得她慰藉的。

　　張通和下班回到家時，張媽交給他一個郵包，他接過一看，上面寫著吳靜怡所寄的，拆開一看，大吃一驚，只是一些他所熟識和不熟悉的信件，但連一張說明的紙條都沒有。他只費了點腦筋想想便知曉這郵包的來龍去脈。他沒有怨恨

吳靜怡，他原諒了她，且還感謝她，回想起那晚離別前她最後的表現，便知曉它原因的始末，寄來了這郵包便說明了她幡然悔悟的表現，當此他感到她更覺可愛。

　　張通和想立即去找王燕說明這事，以便釋疑。他原想王燕此次屈辱下嫁李春來當然與她別無去路是主因，但音信隔絕，致使李春來造謠他另有新愛而絕望是有關係的。但活動著的思想一下又轉了過來，他深信王燕會相信他對她的愛是堅定的，李春來只不過是為了得到她而中傷他罷了，因而便會不解自明。至於現在與新婚不久的王燕相見只能增添彼此的痛苦，他暫時打消了。

王燕對李春來更加憤恨

　　王雨對他妹妹婚後的新家從未踏足，他們雖曾多次見面，但都是王燕回娘家時相見的。一天王燕病了，醫生要她腹部熱敷，她想到家裡有個熱水袋，當王媽去看望她時，她要求借來使用，王媽回家後便叫王雨騎車送去，王雨忌於與李春來見面，選擇他不在家時來到妹妹處，兄妹的交談是投機的，現在對家中所有的親人能暢所欲言的就只有她哥了，她將胸中的鬱悶一一向他傾訴，當說到了關於張通和時，她問他張通和回來後是否與他會過面。這樣一問，王雨心頭便

潮湧似地翻騰，他把那晚在小酒館與張通和會面的情況一一地對她說了，王燕聽著便激動起來，她思想的焦點集中到李春來身上，原來在這方面製造矛盾的主角竟然是他，她將李春來首次與張通和會面後回來所說的與此刻王雨的傳述相對照是大相徑庭的，李春來對她說了些假話。她本來因腹部疼痛而躺著，此時竟忘卻了痛楚而坐了起來，激動使她漲紅著臉，雙手在說話時痙攣似地舞動，她說：

「李春來所說的假話確曾使我對張通和有過失望，客觀地也有因為從來未見他有過一封來信，但我一直不敢相信張通和竟這麼負心！」

「關於相互信件的斷絕問題，最近張通和告訴我說問題已清楚了，那就是他表妹有意把所有來往的信件扣下，現在她覺醒知錯了，良心驅使她認錯將所有這些信件全部寄回給他。」王雨把她的話插了進來。

王雨本來對張通和的表兄妹相戀事是半信半疑的，現在證實他表妹確曾愛過他，且曾險些墜入了愛河，但張通和淺嘗輒止，把車煞住了，而她表妹也悔悟過來，且寄還了所有信件而認錯。他原諒了她，「知錯就改也是好的。」她對自己說。然後她問了一個她最關心的問題：

「張通和現在對我怎樣看法呢？」

「他不怨妳。當他回來後，李春來首個到訪他所說到關

於妳的情況後，因他說的假話，他是怨憤妳的，但自我把眞相對他說了，他反而同情妳了。」

知道了張通和現今對她的態度，王燕因而感到些安慰，但卻加深了對李春來的氣憤。

當天傍晚，李春來下班回來時，看見王燕仍躺在床上，心中有些不滿。本來因爲今天晚上工人文化宮有個文藝晚會，其中一個工人業餘歌唱隊的節目有他參加表演的。因爲王燕生病休假，要她先把飯做好，待他一下班回來便吃上，好趕時間赴會。但一看廚房是冰冷的，毫無燒火景象，再一看王燕仍躺在床上未見欠身，他不滿意了，粗聲地問道：

「妳肚子痛得起不來了嗎？怎麼還未做飯？」

王燕沒有答話，睜開眼睛也沒看他，只是捂著貼在肚皮上的熱水袋。見她沒有答話，看看桌上的雙馬蹄鈴鬧鐘距離開演僅半個多小時，他更是急了，聲音更粗了點說：

「我不是交代過妳早些做飯嗎？」

王燕扔開了熱水袋坐了起來，憤懣地回應說：

「我病了還要我做飯，你有良心沒有？」

「妳不是答應過我的嗎？要不我乾脆就到外邊吃了。」

「你走吧，你到外邊去吧，不要在家裡吃了！」

王燕既沒有給予提早做飯，卻更說出那突如其來的氣話，使他也來氣了，本來的粗嗓門更是提高了聲度責難說：

「妳講不講理？妳有意想耽誤我，妳不把我看在眼裡，妳是不是要把我趕出這個家？妳早已對我不懷善意！」李春來被氣得臉紅耳赤，脖子也粗了起來，口沫四濺地指責她，看看桌上的鬧鐘已逼近開演的時間了，他想一轉身就走，但被王燕扯住衣服拉了回來，她被氣得淚水漣漣，幾乎是叫喊的聲音說：

「你不能走，你還沒說清楚！」

兩相扭打，就這麼流產了

但李春來沒依從她，一股勁想扔開她拽住他衣衫的手，但她卻死命地抓住不放，李春來便使盡了蠻勁一扔，她便一下倒在地上。他回身一看，仰臥在地板上的她抽搐了幾下便不動了，李春來驚慌了，他俯身摸了一下她的胸口，心臟仍在跳動，急忙將她抱起放到床上，然後到隔壁請一個工友將她看護著，他到外邊打電話給醫院派救護車來。

王燕被送進醫院後仍昏迷不醒，經醫生打針後才慢慢甦醒過來，隨後不久腹部便劇痛不止，日夜守護著的她媽媽兩天兩夜都未闔過眼，當她挺不住坐著一打瞌睡時，王燕的呻吟苦叫聲便把她驚醒了，當她持續不斷地叫喊得太久時，王媽提心吊膽地急忙去喚醫生，隨後下體便大流血，護士已把

沾滿血汙的隔褥子換了好幾次。血流盡了，仰臥著的她，死人般的毫無血色的慘白得像塊白紙似地臉一動也不動了。所有的家人和關心她的工友像得到噩耗似的驚慌地前來探望。關於她此次流產事故的起因，除李春來外，其餘所有的人都未明真相，當有人問起李春來，特別是王媽嘮叨了他幾次，他總是諱莫如深哼哼哈哈的，若追問得多了，他無法迴避時，只敷衍地說可能吃錯了什麼東西了。但經過醫生檢查的結論，王燕後腦有挫傷，斷定是摔倒導致流產的。李春來又改口說她曾自行滑倒過。

　　經過醫院組織了幾個較資深的醫生會診定了個急救方案，王燕的大出血被止住了，同時又迅速地輸了大量的血，她逐漸甦醒過來，臉色也開始微泛紅潤，王媽也得以雇來的一個護工所代替而稍稍得到休息。在王燕病重的日日夜夜中，李春來以工作崗位離不開作藉口，只於晚上來一趟後便把整個下半夜的看護任務交給了王媽。至於張通和，當一聞訊王燕病重送入醫院，他便驚恐萬狀地不再考慮各種影響因素急急前來，對於醫院一個主治大夫對急救無大把握，他聯繫院長組織會診，醫院血庫對同類血型血漿闕如，他透過關係請別家醫院支援，為了不使王媽守護疲勞過度，他奔走街居委會雇了一個護工。李春來對如此對他妻子的重病出盡氣力，若是旁人他當然感謝萬分，但卻是張通和，這使他不會

毫無酸意。相比之下，在王燕病情緊急的那幾天，張通和日夜奔忙，把自行車也蹬壞了。而李春來呢，只是下班後吃過晚飯前來待了一會便回家睡大覺，他對王媽解釋，因爲隔天還要上班，不能睡得太晚，否則精神不足會出事故的。其實據知在此期間他回去後曾與別人打撲克至半夜還不止一次。對於王燕此次轉危爲安，在鬼門關前拉了回來，親友中一致地認爲張通和起了個關鍵作用，就連李春來也不否認的。表面上他不得不對他讚許和感謝。即使是張通和這期間所作的一切，王燕正處在昏迷中毫不知情，他仍忌妒重重，但卻諱莫如深。

　　王燕的病日漸好轉，已能起床在室內漫步，不再需專人護理了。她稍稍好轉後，在王媽的詢問下，她把此次流產的眞相都說了，經過王媽的嘴向前來探病的徐麗英述說了，這樣傳說便不脛而走，讓全車間都知道了。

　　李春來的虐妻流產事件傳遍了車間，首先是徐麗英義憤塡膺，她要向黨支部彙報，書記聽後也覺李春來錯誤嚴重而找他談話，李春來承認有過失，但堅持說雙方都有責任，且王燕是主要的。這麼一來便要雙方在場對證才可分辨，但王燕仍在住院，此事無法進行，只得擱著。

率先支援三線，李春來闖出名號

　　一股強勁的「暴風」驟然襲擊到廠裡，消息傳出的是要將一部分人員和設備搬到大三線去。去三線的什麼地方，那邊究竟是怎樣的情況，人們一無所知，但卻議論紛紛，特別是傳到了家中老少，有如災禍臨頭，唯恐輪到了自己。有時過去慣於燒香拜佛的老人家，現在沒香可燒，也沒佛可拜，只有在門外雙手合十向天求請保佑。

　　本來大家聽到的都是傳說，還未有過一個正式的官方說法，但車間勞動秩序已開始混亂，經常三三兩兩將機器開著空車海闊天空地聚談。車間領導自身也背著包袱不知去三線的名單中是否也有自己，所以對當前車間勞動紀律的鬆弛他也是隻眼開隻眼閉。有時見到工人鬧得出格無法迴避，只得裝裝樣子口頭上糾正一下。

　　在全廠的動員大會上，黨委書記把報告準備得十分充分，大致是兩大部分，第一部分是政治形勢，是主要部分，強調這是最高領袖偉大戰略部署，三線建設不好，老人家睡不好覺，這是個號召中心。第二部分便是結合當前職工憂慮的活思想，逐個批判，這是從各個黨支部收集到的。最後是號召大家踴躍報名。

　　儘管黨委書記作了無懈可擊的動員報告，但人心浮動仍

難以扭轉。官方的宣傳是三線地處南方，氣候溫暖，工資比這裡高，有地區保貼，生活物資供應充足，價錢便宜，全家遷去，保證住房，戰爭一旦爆發，大後方確保安全。但群眾間的傳說卻是大相逕庭，他們流傳著三線那邊山巒重疊，山林瘴氣易使人染病，少數民族野蠻凶殘，物資短缺，價錢又貴，這少數民族地區經濟落後，連一般日常生活用品也買不到，更可怕的還傳說山間經常出現豺狼虎豹。這些負面的傳言壓倒了官方正面的宣傳，即使車間領導號召再三呼籲大家報名，但支援三線辦公室是門可羅雀，報名冊上全是空白。

　　本來，按照廠黨委的部署，是一貫地用之四海而皆準的老辦法，領導一號召，群眾便紛紛響應報名，然後按需要批准，一氣呵成。但事與願違。

　　群眾報名，領導批准的這老一套想當然的辦法行不通，任務便無法完成，這還了得？這是個戰略任務，從工廠到車間的領導急得像熱鍋上的螞蟻。廠黨委星夜開緊急會議商討對策。對於報名冷落的原因，有的委員提到要把階級鬥爭提到高度，甚至懷疑是否廠裡潛有美帝、蘇修或是臺灣特務造謠破壞。決議是首先狠狠打擊壞人造謠破壞，嚴辦幾個造謠破壞分子，保衛科要強化對敵鬥爭行動，黨委宣傳部要加強正面宣傳，把謠言壓下去。保衛科雖使盡渾身解數但壞人始終一個沒抓著，對三線艱苦的流言仍有市場。曾經認為巧妙

的運動群眾的報名辦法擱下了，代替以名之日自願與組織需要相結合，實際是領導定名單，不願走也得走，不走的除名。當然強扭的瓜不甜，但爲了完成任務，這瓜雖不好吃，但畢竟算得到了是瓜。

在這支援三線的浪潮中，有個突出的例子，當實行報名辦法中，報名冊尚是空白一片時，有個勇於率先報名的人是李春來，這是他期待已久的能有個出人頭地的機會。過去一直以來，爲了那富農階級成分的束縛，入團沒有他，入黨更沒門，連參加民兵都未被允許，他意識到他是在另冊上的。他不平，但向誰訴？且又不敢訴，只有壓抑在心上。對於去三線，他考慮到換個新的地方，便是個新的天地，有可能擺脫像這裡的窘境而有個新的作爲。又因爲廠和車間已動員報名多日卻無人問津，他若率先一舉打破這萬馬齊喑的僵局，定會使他綻放異彩。果如他的所料，他此一舉當即爲黨委宣傳部作典型捕捉住了，他們好像忘記了他的階級成分嗎，寫文章在廣播中大肆宣傳報導，要李春來寫決心書，以至向全廠廣播支援三線的動機是爲了讓老人家睡好覺等等。原來是沒沒無聞的李春來，名不見經傳，瞬間聲名鵲起，倏地成了紅人，甚至似乎是個英雄了，連他那虐妻流產事件也被拋之九霄雲外去了。李春來的這一舉，經過廠黨委的大樹特樹，開足了宣傳機器馬力，但積極回應的寥若辰星，眞正得益者

卻是李春來。

跟不跟進，張通和左右為難

　　李春來這一炮打紅後，回過頭來便是動員他的妻子王燕了。但王燕巴不得擺脫他，表示不願意去，理由是目前她身體不好，對她來個緩兵之計，說你先去了，待我身體好些時再跟著來。三線物質條件這麼差、又缺醫少藥的，我現在去了，只會令身體搞得更差。

　　李春來對她也無計可施，若王燕不與他同去，連老婆都動員不來，他這個先進典型不是打了折扣嗎？

　　張通和是與大夥一樣，沒有前去報名。他是在黨委動員報名失敗後改為志願與需要相結合辦法後，支部書記與他談話所謂「通不通五分鐘」後決定要他去三線的。書記的理由很簡單，張通和所操作的大立式車床要搬到三線，按規定人要隨機走，他必須隨機同去。不去也得去，反正他孑然一身，去就去吧。

　　李春來去三線是鐵定的了，但王燕一直堅持不與他同去，雖則經他多次的動員勸說、乃至懇求、甚至出動車間領導下命令，王燕仍堅持著。但當她知道張通和被決定要去三線時，她被震動了。「我是決定不想走了，如果他也不走該

多好哦。」她這麼想。

她作了大膽的決定，要與張通和相會，她寫了張小紙條，約請他晚上在原來她倆初次相會的那個街角小花園見面。

晚間的天色很好，天空是湛藍湛藍的，沒有月亮，但繁星閃閃，王燕穿過大街上來往的路人，進入了街角的小花園。她一踏進了園中，便勾起了一年前的往事，那晚她是與張通和同行時偶爾進入了這園子，由此便像走在一條彎彎曲曲的羊腸小徑上沒有盡頭似地到達不了愛情的大道。當日的她對張通和雖是初識，但他那美好的形象對她彷彿已不是萍水相逢的陌生者，而像是許久以來已認識而又從未謀面的心儀已久的意中人。

她今天的到來對丈夫說是回娘家。吃罷晚飯，把洗碗的任務交給了李春來便匆匆走了。現在她選擇了燈光較弱的石凳上坐下，目的是為了不讓被熟人發現這祕密的相會。她記起了看過的小說有過有夫之婦偷偷與情人幽會的描述，她不禁嘲笑自己今天又當了這個角色，但她不以為是羞恥，而是勇敢地反抗。自從張通和離開天津去大連那天起，至今已大半年了，雖則當王燕流產住院時，他曾日夕為她奔忙，但從未單獨會面，彼此談心。待王燕痊癒出院便各忙自己的，從未謀面。回來後的許多情況是相互從間接中知道的，但畢竟

是隔了中間層，總不如面對面的親切。她看了看腕上的表，按約定時間還差五分鐘，「他會不會來呢？我托人給他的條紙他沒有答覆，我真草率，未等他應允便貿然來了。」她忽地著急起來，伸長了脖子往園門那邊眺望，果然半暗中一個較高的壯實身形、踏著石板的皮鞋聲一步步地張望著移向前來，她認定了確實是他。張通和穿著白色「的確良」襯衫，淺灰色的西褲下踏著雙剛擦亮的皮鞋。原來那瀟灑壯實的形象一點沒有改變，她驚喜得心卜蔔地跳，他真的來到了！彼此同時地很自然地張開雙臂擁抱起來，她欣喜和激動交雜的眼淚沾濕了他的臉滾落到他頸脖的襯衫領上。他倆半晌沒有說話，他將她扶下坐在石凳上親暱地說：

「妳要我來幹什麼？」

「我多麼想見你，你也想我嗎？」

「當然想，不過……」

「不過什麼？」

「妳已經是別人的妻子了，我怎麼好再去找妳呢？」

「你不知道這是怎麼回事嗎？你當然知道。我是被迫嫁了個我所不愛的人。我仍然愛著你，你還一樣愛我嗎？」

「當然愛，但已不可能了。」

「只要你不嫌棄我這被糟蹋過的人，事在人為，只要不灰心，我們的目的一定可達到的。」她緊握住他的手，表示

要他也有信心，「我聽說你已決定去三線，我勸你把這打消了，我也決定不去，讓李春來去他的吧，我們就可以在一起了。你說呢？」她側過臉緊瞧著他在思考著發窘的眼睛，等待他的回答。

「那怎麼行呢？我是隨機床走的，據說這是規定了的，廠方怎能答應讓我不走呢？」

「只要你不走，他們不可能把你架上火車走的。」

「那廠裡就要開除我了，我今後怎麼找到工作？」

「大小夥子，怕會把你餓著肚皮？車到山前必有路。怕什麼！」

「妳不怕會餓著，我怕。聽說廠裡已下決心，被公布了名單不去的人，不僅要除名，且連戶口也給卡了。雖然這是傳說，但果眞這樣，還能活命嗎？」

這一條路走著瞧吧

張通和的回應，已把王燕原先那美夢似的想法冷卻了不少。張通和說到了他如不去的前途，引發了她也聯繫考慮到她自己。

「這畢竟是個浪漫的美夢，但擺在面前的殘酷現實障礙你怎麼去邁過它？」她冷靜下來想到。接著她歎息地問道：

「這麼說，我們該怎麼辦呢？」

「我倆都一起走吧。」

「那怎麼行？要我一輩子做李春來的妻子，我寧願終身守寡，煩死人了！」

「這一步我們看來非走不可，下一步到了三線看情況再說吧，正如妳剛才所說，車到山前必有路，到時看看該有什麼路可走吧。」

經過張通和的再三分析與說服，真是心有靈犀一點通，王燕終於同意了他的意見，但她的心情是矛盾的，當她一想到還要繼續與李春來生活下去便心寒起來，對於決心要去三線仍像雲一樣變化莫測，像吹拂著的風沒有固定的方向。

園中的人漸漸稀少，先前有的家長領著小孩在草地上玩耍的鬧聲、因他們已離去而寧靜許多，周邊的兩張石凳上兩對情侶正在喁喁私語，有一對還摟抱起來。一陣馥郁的花香被微風吹送到來，令人心曠神怡，為情侶們增添了繾綣的氣氛。一棵正盛長著的垂柳，和風把它吹拂得颯颯作響，垂楊嫋嫋，搖曳著低垂下來的柳葉輕輕地柔擦著正在深思的王燕的臉，又擦過了張通和的頭髮，並留下了兩片尖尖的葉片，他將它摸摘下來，分了一片給王燕，並說：「我們的前景是它：『柳暗花明又一村』。」兩人都會心地相顧而笑。夜深了，該回去了，他倆吻別分手離去。

　　王燕雖表示過同意張通和的意見，但心中仍矛盾重重，她沒有像張通和對前景那樣樂觀，主要是考慮往後怎樣與李春來那無法忍受的長期生活下去。「他們兩人都走了，我不走往後怎樣過呢？再說倘若連戶口都沒有，成了黑人，那豈不是要活活餓死嗎？」她在心中度量著，看來只有「走」這一條路了，走著瞧吧，正如張通和說的前景可能是「柳暗花明又一村」吧，但願如此。

　　她深夜回到了家，李春來早已睡了，但被她回屋的響聲所驚醒，他睡眼惺忪地問道：

　　「已經是半夜三更的，幹嘛在家裡待這麼晚？」

　　「和爹媽商量事嘛。」

　　「商量什麼大事？這麼要緊？」

　　「看你還在睡夢中，幹嘛還要問，不就是那去不去三線的事唄。」

　　李春來近日正爲王燕不願去三線的事所窘擾，現在一聽她與家裡還有商量的餘地，本來想責備她回來得太晚，現卻打消了，精神一下便亢奮起來，他當即從床上坐起，急切地問道：

　　「那商量得怎樣？快說。」

　　「去不去我還在考慮。」王燕有意留點後手。但李春來聽來仍覺愜意的，因爲王燕已從先前的「不去」進而升級爲

「考慮」這表示已有了進步，他高興地說：

　　「好好考慮吧，不去是不行的。快睡吧，望妳明天醒來有個好的決定。」他未等王燕收拾停當便又躺下先睡了。

第二章

風雨生波
波難止

一場權鬥風起雲湧

鐘振興只有藉口為緩和當前的緊張局面，又與縣委書記聯繫暫緩執行原先逮捕的決定。但這不是就此甘休，他瞥見剛才李春來的氣勢洶洶，完全不把他看在書記的分上，懷恨之心更是加倍。

載著眾多的支援三線建設的青、壯年職工的火車奔馳了三天三夜到達了目的地。

慣處於廣闊平原的北方，現在來到了群山巉峻的西南腹地，人們不禁有個好奇的新鮮感。倘若此番是旅遊，則頗見有價值，但細想之下，此後便落戶生根在此，心中不禁淒然。

典型批判，揪出階級思想

　　在一個小縣城車站下了火車後，接載的卡車便等待著他們，在繞山的公路上奔馳了不一會便是目的地了。這是一條長長的山谷，兩面有著高山屏障，一條小溪從山谷的底處潺潺流過，這就是時興的稱謂「三、山、洞」。這個廠就要建立在這裡，而且正在改變它的自然面貌。山谷已成個工地，廠房正在興建，雜訊震撼了整個溝壑，運輸建築材料的卡車源源不斷地開來，卸車巨響的回聲一下一下的彷彿是從空間丟下了炸彈響徹了山谷。這些喧鬧的雜訊看上去似是一片繁忙的景象。

　　這首批自天津到來的數百職工，住在臨時的工棚中。他們全是生產工人，基建是由建築公司承建的，他們無從插手。基建未完工，生產設備進不來，大家只有待著。原在天津時被說得十分火急，一天都不得延誤，可現在來到了卻無所事事。當然，特別是些年輕職工們天天上山打獵、下溪捕魚，確有其所樂。但細想一下，許多人拋妻棄子，離別父母，離開了生產崗位到這大山溝裡來天天遊玩、打獵、捕魚，照原樣支取國家工資，這究竟是為個啥？書記和廠長被質問得啞口無言，只能解釋是兩地的銜接失誤關係。其實他們也知道天津原老廠方面因為這批人一旦決定要走，就趕快

讓他們走，以免夜長夢多，無事生非，不走的一天責任仍在他們，走了則算交差，萬事大吉，矛盾便落在這邊了。

工廠臨時黨委開會研究了，本想以基層黨組織來起核心作用收斂這渙散局面，但經組織幹事一查，幾百人中黨員寥寥無幾，怎能起核心作用呢？正在無計可施中，還是書記想出一個辦法，組織學習毛主席著作。開始時這辦法確靈，每天上下午各二小時，遲到缺席當平時上班的缺勤，是要扣工資的。書記首先召集大夥做了個動員報告，強調學習毛主席著作要結合實際，活學活用，也就是我們來到這大山溝為的啥？是為了執行毛主席的偉大戰略部署，三線建設好了，毛主席老人家便睡好覺，因此要快馬加鞭把三線建設起來。

在分組討論學習中，對《老三篇》的學習從理論到實踐，討論得也順利，但當組長按書記的指示聯繫到現實那就熱烈了。那幾乎是壓倒性一致的質問，既然要加緊建設三線，要我們千里迢迢趕來，卻是天天閒著沒事，遊山打獵，下溪捉魚，把我們原來長著的手繭也脫皮變嫩了，這能叫讓毛主席睡好覺嗎？

小組長把這情況彙報到黨委，並要求書記出面作解釋。書記眉頭一皺，又是個老問題，他想知難而退，提議廠長去解釋，但廠長推說政治學習應是書記的職責，廠長只管行政和業務，推來推去，書記拗不過，只得硬著頭皮承擔下來。

他琢磨了一個晚上，想出了一個自認為較圓滿的解釋。他不敢召開大會了，生怕人多嘴雜，只開了個小組長會，他解釋說，我們現在組織學習毛主席著作就是武裝頭腦，比如說到打仗，就要兵馬未動，糧草先行。而我們現在搞建設也是生產未動，思想先行。這思想就是毛澤東思想，把頭腦武裝好後建設自然輕裝前進。再說，有人提到現在遊手好閒，學習毛主席著作比什麼都重要，怎麼是「閒」呢？這認識是錯誤的，要糾正過來。書記的這一解釋，他自認應該是無懈可擊的了，但組長回去在小組中一傳達，有人便反駁說：

「既然要先學好主席著作，武裝頭腦，幹嘛不早在天津來學，既可一面工作，一面學習，條件比這裡好得多，而現在這山旮旯兒吃不好、住不好、睡不好，大家活受罪，又白開工資，浪費國家錢財，為的啥？」

當小組長在例行彙報時，把這又反映上去時，這論調卻被書記抓住了辮子，他說要抓住這典型批判，這是懷念城市舒適享樂生活，是資產階級思想作祟，害怕山溝清苦，實際是想逃避三線建設。這下上綱上線，一經傳達到小組，組長話音一落便一片鴉雀無聲，誰都害怕作典型受批判。這場小爭論最後是書記取勝而平息。

但不幸的是「屋漏又逢連夜雨」，建築工地因材料供應不上而全面停工。基建工地上原來的雜訊干擾卻一下戛然而

止，靜悄悄的，彷彿又回到原來的自然狀態。

要求工人不怕苦不怕死

此後的基建工程便時斷時續，有時因爲是鐵路中斷，或是公路因塌方受阻而材料運不進來被迫停工。基建屢屢受阻，竣工期一延再延，這使領導機關也焦急了，一個副部長帶領著他以下的司、處長等一行五人前來檢查了。

副部長召集了基建與生產兩部分的負責人開會，所聽到的彙報，延誤的原因百分百都是客觀造成所致。副部長會上最後作的結語，是讚揚了生產工人在無工作的情況下組織學習毛主席著作，武裝了頭腦，奠定了以三線爲家的穩固思想。並建議基建隊伍也這麼做，副部長的指示是：一定要抓緊學習毛主席著作，學好了，一切問題便可迎刃而解，山溝裡艱苦點算個什麼，要想想紅軍二萬五千里長征的艱苦，要學習王傑的一不怕苦、二不怕死的精神。

副部長一行的檢查組，本來打算是找出工程延誤原因而批評追究責任的，但現在經這些頭頭把原因都推到客觀上，而這些外界的配合部門又不是這個副部長所能管轄到的，要扭轉這局面眞如老鼠咬龜無從下手。最後的指示只能用起學習毛主席著作這萬靈丹做結語。

　　基建隊伍絕大多數是雇來的當地農民，且許多還是少數民族，公司黨委遵循副部長指示要他們學習毛主席著作其難度有如牽牛爬樹，他們中許多不僅大字不識一個，甚至連這名稱都未聽說過。黨委指定一個宣傳幹事向他們反覆誦讀《老三篇》，聽著聽著，有的把它當作催眠曲呼呼地睡著了，儘管幹事把他喚醒又批評，過後依然如故又睡著了，甚至打起鼾來。幹事讀了多遍，他也累了，停下來要大家討論，聽者個個木訥著臉，面面相覷，室內鴉雀無聲，幹事見此尷尬場面也無可奈何，只得草草收場。

　　大約經過近一年的攻關，包括廠房、道路和宿舍的土建工程已算完工，設備也開始進廠房安裝了。休閒了近年的生產工人，開始配合安裝公司安裝設備。經過長久露天放置著的機器，雖有外表包裝，但拆開來一看已是鏽跡斑斑。

　　經過設備安裝驗收合格，操作工人也費了大勁把鏽跡清除，機器擦得雪亮，經過試車運轉合格，正準備開工幹活了。一個大雨滂沱的晚上，以溝壑的盡頭為主加上兩邊山上的流水像瀑布似地傾瀉入了小溪，又從溪中漫到地面，路面和廠房已成一片澤國，許多機器被淹過了半身，鋪裝在地面的馬達全被淹了。有基礎的大型設備的凹陷地洞被水灌滿得像個小魚池，光亮地浮著厚厚的一層機油。所有機床中的電器部分全遭破壞了。但洪水較快地便退去，廠房裡黃泥漿混

合著黑色的機油鋪滿在地上，最惱人的是機器的下半部、有的甚至是全部被黃泥漿所沾滿了，這樣的清洗功夫比原先拆箱安裝時所費的力氣要大好多倍。廠方經過派人找當地的農民訪問，雖對少數民族的語言不大懂，但卻大致瞭解到這種山洪暴發情況大致是三、五年有一、二次。今年的似乎要嚴重些。這無疑是原先選址和設計人員僅考慮到防空上而未顧及到防洪的失誤所致。

　　經過機修部門的工程師和技術員與工人逐台機器共同檢查水淹後的破壞情況，寫出了報告，並開了個修理需求材料的清單，所列的絕大多數是電器材料，這些材料經與庫房核對，大多沒有或數量不夠，採購員拿著清單開車到省會城市採購，這家全市唯一的五金電器店經理接過單子吃驚的發現有這麼大宗的生意，但可惜單子上絕大多數是從未進過貨的陌生商品，經理也無奈搖頭表示尚付闕如。這也是所有當日計畫和設計搬遷三線的人員從未考慮過的。

　　材料買不到，待修復的機器只有擱著。當然這不是不可以解決的問題，就只有到沿海大城市去採購，比如上海或天津，當然駕輕就熟，首選是天津。對於往天津採購材料自然是所有來自天津的人視為熱門美差。但無疑這當然是採購員的差事，他人是不可以問津的。但這雖是件很普通的事，卻又起了個小小的波瀾。首先是電器技術員提出所需要的材料

有些是要具有較嚴格的技術要求，列出不少技術資料，差一絲一毫也不行。這麼一來把不懂技術的採購員嚇倒了，萬一出錯，買回來的不適用，既誤工又浪費，這責任怎能擔當得起，於是他提了個兩全之計，與技術員一同赴天津。這意見得到了廠長的同意。可技術員不只一個，一石激起千層浪，大家都想公差回到天津走一趟，矛盾又在此發生。既然管理機床電器的技術員提出特殊技術要求可獲公差去天津一趟，管線路的、管儀表的也相繼提出了要求，甚至同是管機床電器的幾個分管大型設備、中、小型設備和精密設備的技術員也各自提出不同的技術要求。這麼一來把廠長也難倒了，他想把矛盾往下放，要由設備科長定。可設備科長是個老滑頭，經廠長這麼跟他一說，他滿口答應說：

「要我來定嘛，幾個都該去，東西買回來，二話沒說的，全由你負責。廠長，你說是嗎？」

「這種做法，說不定以後還有連鎖影響，那你該怎麼辦？」廠長憂慮地說。

「在我設備科來說就這幾個人去，保證再沒有其他連鎖影響，但其他部門我就不擔保了。」

天津採購一波三折

廠長仍在猶豫不決。

消息卻傳遍了全廠。工人們看見技術員鬧著公差去天津也不甘示弱，他們提出說：

「你們成堆的技術員公差去天津，買回來的材料和配件裝上後，它好不好用，最後的驗收是操作工人，你不適用，我機床開不了是你的責任。」這個連鎖反應的小小的公差天津風波卻驚動了全廠，廠長也有所顧慮，職工到三線後，離鄉背井，一直過慣了大城市生活，驟一來到了這大山溝，生活艱苦，人心浮動，人人都想著外面，即使出一趟公差也是費盡心機找點理由拚命爭取。對於這次公差天津所引發的小小漣漪，弄不好便會演變成巨浪，連鎖的激發引起別的事端，因此他決定提交到黨委討論。

在黨委擴大會議上，把總工程師請來列席，設備科長和供銷科長也參加，當供銷科長把清單交予總工程師過目時，他戴上老花鏡細看了一遍說：

「就按單上所列的購買，若有短缺的需要別的代替，你打電話或電報回來給我決定。就由採購員去，不必技術員跟隨。此例倘一開，今後採買什麼都要技術員出馬，那豈不是身兼二職了？我想這是全世界的工廠都沒這樣做的。當然，

在美國如有特殊技術要求的新產品向對方訂貨，雙方都要有專業技術人員參加的，但這已不是普通的採購了。」

總工程師的話言之有理，真是「千人之諾諾，不如一士之諤諤」，書記和廠長及其他委員和二個科長都頻頻點頭，難題便迎刃而解，會議就這麼決定了。

一場小小風波就算平息，但一些曾做過公差回鄉夢的人雖已夢醒，但懷鄉之心仍是魂牽夢繞的隨而不舍，不知什麼時候颳起了一陣風，波瀾又會被吹起。

自最初決定採購員去天津採購，經過一波三折，至今仍是他一人出去，已經延誤了一星期了。到了他抵津後，經過幾次電報電話請示總工決定後，把採購物資從鐵路托運回來已整整耗去了一個月。待採購材料回來，經過安裝修理，特別是被水淹過的電機，要拆卸開來重新繞線修復烤烘就費了一個多月。一千幾百員的工廠就因此番水患停工了三個多月。這只是個粗而又粗的工期損失計算，工廠尚未建立成本核算，經濟帳也無法算出。

從首批接到十萬火急奔赴三線至現在正式投產也近二年了。有的在津剛結過婚一雙前來的在此生了娃娃也已一周歲了。

由於山溝裡的生活與城市有很大差異，廠黨委也不是視若無睹，他們也同樣是自己身受，所以把生活作為重點來

抓，但卻受制於客觀條件，許多事是想爲而不可爲的。比如
吃的方面，周邊的不多的少數民族的農戶一向沒有種菜的習
慣，即使政府動員他們去種，那山坡上的岩石縫裡連草也難
生，能種什麼呢？他們日常的副食品主要是辣椒，這是他們
人體所需的丙種維生素唯一的來源。周邊無菜可供，只有派
車往縣城去買，而那個僅一條小街的縣城實際是個小圩集，
要逢集市日才能買到不多的菜。一個小小的集市，怎能供得
連家屬的三、四千人每天消耗的副食品？鮮菜供不上，人們
就只能每天大多是吃著廠裡自遠處購來的鹹菜，至於肉類的
供應眞如鳳毛麟角，行政科將全部集市的豬肉購來也無法使
每家或食堂的每人吃上一頓。集市是按市場經濟規律運行
的，你越搶購，供不應求，價格就越升。職工們算過，現今
以同樣的價格買來的東西，不及在天津時的一半。他們因想
起當年在津時廠方動員他們到三線來時曾有宣傳幹部宣稱三
線物質更富，價格便宜，在那邊只要花在這裡不到一半的錢
就可吃得滿嘴流油，且工資還有補貼。而現在工資紋絲未
動，物價卻漲了一倍，且天天吃鹹菜，憤懣怎能沒有。但曾
這樣胡吹亂說過的領導或幹部一個都沒有來，人們才知曉這
些不會到三線來的傢伙以不負責任的吹牛假說來騙取他們完
成動員的任務，認爲這是上當受騙了，但要找這些人算帳此
間卻無處可尋，於是就把氣憤發洩在現領導身上。

搶購不到只有撿菜葉

在一個集市日，二輛卡車採購後開回來，但只有一部車載著東西，另一部卻是空車。人們早就在球場排成長隊在等候，汽車一到以爲就可開始賣東西，但採購員叫住且慢，他拿出算盤撥了好一陣子，然後用粉筆把價目寫在一塊小黑板上，掛到車廂的護欄上。站隊的人看了黑板的價格都吃了一驚，不約而同地伸著舌頭驚呼：

「又漲了這許多！」

採購員忙大聲解釋說，現在是此地蔬菜青黃不接的淡季，這集市東西少，價錢自然又漲了，只能採購到平時的一半，他指著那部空車說：

「這不，是空著回來的。」

處於這種境況下，東西漲價是次要的，要緊的還是能否買到東西填肚子。看來情況嚴峻，個個唯恐輪不到自己，特別是隊伍的後半截。一對夫婦牽著個小女孩，排在後半截，女的在向男的嘀咕道：「打早就催你出來，磨磨蹭蹭的，你看，排得這麼後，這丁點東西多半輪不上我們了，眞倒楣，往後幾天就只有光吃鹹菜了！」有的發急的人從後邊隊伍中往前邊熟悉的人中擠進打尖，後邊的便呼叫噓他，一個大個子氣不過地前去將他拉了出來，於是發生了爭吵。果然不幸

而被那婦女言中，冗長的隊伍中只有不到三分之一的人買到所規定的限量，採購員便宣告東西告罄，不要再排隊了。隊伍雖然一下解散，但買不到東西的人叫鬧聲震天價作響，那小女孩看見爸媽空著手，而另一些人則一捆捆的蔬菜提著回家，失落的悲傷從中而來便「哇」的一聲哭了。為了安慰孩子，她媽急忙往前俯下身拾取丟在地上被散落的菜葉子，小女孩見狀也停止了哭泣而跟著媽媽去拾破菜葉。撿拾到的雖是幾片破碎菜葉，無濟於事，聊以自慰罷了。

買不到東西的人並未散去，就是買得到的也不甘心，一同叫鬧著。為首的是李春來，他們首先圍著採購員質問，第一是菜價賣這麼高，根據是什麼？是否隨意由自己定個價中飽私囊？第二是這個集子買不到菜，廠裡有的是汽車，不能開到別的集子去買？

被質問的採購員，今天在集市中受到了阻滯本來就一肚子氣，現在又被群眾圍攻，更是火上澆油，他高聲反駁說：

「一個集子同樣東西都有幾個價，我是邊買邊登記的。」他將登記著的小本子掏了出來翻開向大家顯示，又繼續說：「還要什麼根據？你們要我向農民要發票不成？吃飽撐的！至於要派車往別處採購，你們去找我們科長、去找廠頭，這不是我的職責，找我白搭！」

群眾覺得找採購員解決不了問題，也是由李春來帶領奔

向廠部，已是下班時間，廠長室當然大門鎖上，他們又轉去廠長的宿舍，推開了門，他夫人和孩子都在，就缺他一個，人們質問廠長哪去了？回答是不知道。其實廠長觸角靈敏，當聽見球場聚眾喧鬧氣氛不對，後又見人群蜂擁地向他的住處奔來，他知道苗頭不對，連飯也未吃急忙躲到山上去了。人們四處搜索未見廠長，又是由李春來領著往書記宿舍奔去。門被打開，書記一家正在吃晚飯，一家四口圍著的桌子，當中也是放著一大盤鹹菜，另一個大陶碗盛著的也是鹹菜湯，他的一個十二歲的大男孩正往一個打開了的肉罐頭裡夾著肉吃。書記被突然喧嚷著竄進來的人群嚇懵了。他意想不到爲首的竟是李春來。李春來雖是個普通工人，但在天津時因爲是首個打破僵局帶頭報名去三線而被渲染得紅到發紫的人物，且臨別時曾爲他帶過大紅花的，書記當然對他熟悉。

　　廠黨委書記鐘振興，他也是原天津老廠的領導之一，遷來這裡的人他大都熟悉，對當今廠裡職工生活困苦的情況他也是身受，爲了副食品的供應，他曾跑過省裡、縣裡，當局領導均熱情接待，並讚揚職工不畏艱苦從沿海大城市來到這不毛之地的犧牲精神。對於副食品的供應問題省裡責成縣裡認眞去辦，縣裡也承諾要盡力而爲。但來來往往，他與廠長坐著吉普車幾十公里的跑上跑下，請示、催促無數，至今仍無動靜，狀況依然如故。找到了縣長，縣長只有搖頭歎息說：

「我們這個山溝子縣本身都衣食不足，你們這幾千人的大廠要使本地供應充足，真是硬要從雞窩裡飛出只鳳凰來不成？」

李春來帶領大夥討公道

面對這一籌莫展的僵局，鐘振興也估計早晚職工中會鬧出事。他也作過個壞想法：鬧出事也好，不然老把矛盾焦點都落在我們廠領導身上，上邊只會批文件、動嘴皮這個那個，卻不解決實際問題，鬧一下就會驚醒他們了。

李春來一夥一進屋卻非同小可，首先把他們未吃完的晚餐搬開，要他們家人全退到房間去，只留下鐘振興一人與他們辯論。李春來首先開腔說：

「對不起鐘書記，打擾了你們的晚餐了。我們今晚一個也未吃晚飯，你們還有鹹菜，且還有肉罐頭，而我們連鹹菜也沒有了，今晚也吃不成飯了，這樣的生活你也清楚的，我們怎能過下去？」

李春來的話剛落音，其他人都搶著說，李春來讓一個女工先說，她把在天津時那些宣傳幹部怎樣把這邊說得天花亂墜欺騙我們來這裡，現在卻過的是什麼日子？我們一家四口，大孩子高小畢業後來這裡沒初中可讀，失學兩年了，老

二因營養不良，得了軟骨病，學都沒法上，現在還是天天吃鹹菜，得不到營養，非病死在這裡不可！她說話時的手指尖差點觸到了書記的鼻子上。

　　其餘的人讓李春來安排一個個的接連發問，主要是指責廠領導沒有負起責任來改善他們的生活困難。領導天天忙著、喊著要快馬加鞭，大幹快上，但來這裡已兩年多了，這匹病馬卻越鞭越慢，大家多半的時間是閒著，要幹又幹不成，當然上不去。你們常不離口地說著要使三線趕快建設好，使老人家睡好覺，但毛主席也說過要「關心群眾生活，注意工作方法」，今天我們連鹹菜都吃不上了，你們是怎樣關心的？

　　其實群眾是語重心長，話是實事求是很誠懇的，但鐘振興本來就滿肚子委屈，現又是被一幫職工不期而至闖到家來批評指責，一時竟按捺不住，站立起來，退到方桌後面，隔開了貼身的群眾，面對著桌子彷彿又是在作報告似地申辯說：

　　「我們的苦況你們有所不知，我們何嘗不想讓大家生活得好些，建設加快些，可天不由人，這樣那樣的問題接踵而至，這是眾所親眼目睹的。我們不是聖人，我們沒有回天之術。」說罷手往桌面上一敲，賭氣地坐下垂著眼簾對誰都不搭理。

　　一個小夥驀地從後面排開了眾人，衝到方桌跟前指著他

說道：

「既然你鐘書記都認爲這廠無希望了，我們泡在這裡活受罪幹嘛？好，你帶領我們回天津去吧！」他轉身往後面問道：「你們贊成不贊成？」

毫無疑問，這當然一致的響亮地回應道：

「贊成，一百個贊成，鐘書記帶領我們回天津去吧！」人們一下便激動和活躍起來，七嘴八舌地都想湧到方桌跟前要書記應允帶領他們回天津去。

鐘振興此時有些慌張了，他後悔剛才有些話的失誤，便忙解釋說：

「同志們，同志們！安靜點，安靜點！我剛才說的是當前的客觀困難好像是暫時無法解決，但我想只要有了毛澤東思想是無往而不勝的，一切困難今後定會解決！」

他這些極爲抽象而又是老套公式的沒有具體措施的解釋是說服不了群衆的。李春來一馬當先地反駁他說：

「你天天口頭上都不離毛澤東思想，你一定把毛主席著作學到家了。但這個廠現在搞成這樣子，上不來又下不去，枉費了國家的錢財，荒廢了我們的青春，你又是怎樣運用毛澤東思想？過去的暫且不提，我們要聽的是今後怎麼辦？我們今晚回去就要吃沒菜的白飯，你說該咋辦？」

鐘書記召開黨委會應變

鐘振興其實是葉公好龍，他原希望群眾鬧起來把矛盾上交便可了之，但此刻他瞧見群眾正圍困著他擺脫不了，現在首要的問題是要使個脫身之計，他說道：

「同志們，你們要知道我雖是一把手，但我們是集體領導，許多事我個人是無權決定的。這樣吧，明天我立即召開個黨委會議，把你們提出的問題好好研究研究。怎麼樣？」

眾人也明白他的虛與委蛇，使暫時得以脫身，即使召開黨委會，所謂研究研究也是難有好辦法的，李春來也看穿了這個，他把書記奚落了一頓後，回頭對大夥說：「大家知道，我們等鐘書記明天開黨委會後的答覆。」他又回過頭對著書記說：「明天看你的了。」

大夥見鐘書記無奈地點了點頭，便由李春來領著散去了。

群眾散去後，鐘振興的妻子和孩子們把尚未吃完的晚飯重又搬了出來，擺在那方桌上，妻子把盛著米飯的碗端給了他，他做了個手勢表示不吃了，妻子以為他嫌飯涼了，對他說：「我去把它熱一下好嗎？」他又擺了擺手表示不要。他端坐靠在椅背上似是閉目養神，其實是在沉思。他覺得自己也很冤，我不也是被點名到這裡來同大夥一齊受苦嗎？怎麼現在卻成了個磨心。眾矢之的，把我當作了靶子！大家鬧著

回天津去，我何嘗不願意，但這行嗎？這真是痴人妄想。唉，我真倒楣。他想起了李春來，真是沒料到他原是個支援三線領頭的標竿子紅人，現在卻帶頭鬧事，且口水沫濺到他臉上在批評指責他。這小子從檔案中看他的剝削階級家庭出身，在天津時虐待老婆致流產的帳還未跟他算。當宣傳部長為要樹立個標竿帶頭報名支援三線，我也曾提過他這些問題，但黨委多數人都是實用主義者，說把舊帳一筆勾銷了，看現在的。為適應時勢需要，我勉強也同意了，怎麼知道這反骨傢伙現在卻反起我來了！他越想越氣不過，睚眥必報！他狠對自己說「等機會抓住他的辮子好好整整他！」

鐘書記確實履行承諾，翌日一上班，特意著辦公室找廣播站發開黨委會的通知，這是前所未見的，其用心就是讓大家都知道他沒有食言。黨委會開了整個上午，決議的中心點是向上級打報告，說明廠裡當前正面臨極大的生活和生產危機，要報告的起草上也把昨天嚴重的鬧事起因和情節詳細地寫進去（這是鐘書記特意提出的）至於當前怎麼辦？會議接納了群眾的一條意見，就是派車往遠處採購副食品，這是群眾所要求的能辦到的唯一的一條。會議到最後鐘書記作總結時，他責成辦公室即時寫出一通告，首先批評昨天的鬧事者，要求全廠職工同心同德、團結一致、克服困難，在毛澤東光輝思想指導下，大幹快上地使工廠迅速投入生產。

這張空洞無物的公告，實質是膝癢搔背，並沒有如黨委所要求的那樣，卻正是相反。因為起碼當前生活的艱難沒半點得到解決，那決議去遠處採購副食品的遠水救不了近火。卻也不知從何而起，回天津去的呼聲卻一下傳遍了街談巷議，謠言不脛而走，煞有介事似地，有些人誤以為真，額手稱慶，把珍藏的名酒打開對飲祝賀。

這事卻不得了，它使工廠像得了個正在迅速擴散的惡性腫瘤，致命的細菌侵蝕著廠中的各個部門，使正在作著投產準備的各項工作差不多停頓了下來，工廠處在半癱瘓狀態。

廠長孟建國那天傍晚他溜到了山上，躲過了一場群眾的發難，把矛盾卸到書記身上，他暗自慶幸自己得了個好運。但到此刻廠中的謠言滿天飛，工廠處在嚴重的危機中，他能袖手旁觀嗎？作為行政的領導，他不可能像那天輕鬆地一溜便可避開，他知道他要負起責任的。他與書記不約而同地在辦公樓的走廊中碰到，齊聲的說起了要迅速地開黨委會研究這樁事。鐘書記這回不是要辦公室廣播通知委員開會，而是仍以常規的個別電話通知。

其實鐘書記早就心中有數，自那晚群眾圍攻他時，那個小夥首先發難提出要回天津去是個苗頭，要抓住這苗頭追下去，他已著保衛科派人下去調查了。黨委會的緊急會議，其實全是鐘振興的發言，他習慣地首先把這件事提到階級鬥爭

的綱上去，綱舉便目張。他熱中於處理這樁事，當然首要的是他的職責所在，但那晚使他全家受擾而晚飯被中斷，他自己也被群眾指責受辱，當然懷恨在心。他認定今天發展成如此的混亂局面，那天在他家的哄鬧是個起源，造成今天的局面濫觴於此。他首先想到的是李春來，他沒有忘記那天他曾下過決心伺機狠整他以報復，所以當他交代保衛科下去調查時，把李春來列為重點。

保衛科調查，李春來被列主謀

李春來此次奔赴三線本是得意滿懷，首先是獲取了個先進的美名紅遍了全廠，被帶上了大紅花，其次是原先以為是此番已無望與妻子王燕偕行，但她卻倏地回心轉意一同來了。這是使他值得高興的。但好景不長，此地狀況之糟不僅他已感受，且他所接觸的周遭的人們更是怨天尤人，人們除咒罵老廠和此間的領導外，他也是個被發洩的物件。對他熟識的人譏諷他的搶先報名是為了出風頭想當官。一般的人則認為他沽名釣譽帶了個壞頭，連累了大夥到此間受苦。但也有為他辯護的，這大多是些幹部，當然這是少數。他們替他辯解說，建設三線是老人家的戰略部署，領導決定了要你去，你能不去嗎？報名只不過個形式，後來連報名都不用

了，你還不是乖乖的來了嗎？李春來帶了個頭，只不過是助長一下聲勢而已。

然而李春來畢竟他身在群眾中，人們怨氣最方便直接發洩在他身上。他有苦難言，其實他也未想到此間的情況這樣糟糕，他原來也和其他人一樣相信老廠的宣傳人員胡說八道地把此間說得美美的，而現實的處境擺在面前，他也和其他人一樣想發洩一下，但曾為他辯解過的幹部勸他忍耐，告誡他「小不忍則亂大謀」，不要玷汙這先進的光榮稱號。但李春來卻是個有主見的人，他想與其天天被群眾視為異己，有的對他冷嘲熱諷，有的乾脆指桑罵槐地謾罵，不如站在大夥當中，一朝崛起，以洗脫這臭名。那天他領頭圍攻黨委書記便是他的發難開始。此後颭起的回天津風卻並不源出於他，到底是怎麼颭起的，他確實也不清楚。當保衛科的調查人員按書記指定的途徑把調查報告呈上在書記面前，所列的為首分子李春來是跑不脫的，其次是當晚呼喊回天津的那叫莫有為的小夥子，另一個也是當晚訴苦二個孩子生病失學的叫文麗珍的女工。這三人所列的罪狀大多是他們日常所出的對生活不滿的怨言，至於具體行動，那就是那晚聚眾圍攻書記。李春來當然被列為主謀，但搜集不到他對現實不滿的怨言。而莫有為自那晚在書記住所喊過回天津去後便無其他活動，但這之後便被有意或無意的參與過的人所傳出去了，調查人

員也無法找出個源頭來，在毫無頭緒的情況下，只有把罪名安在李春來和莫有爲身上。其實保衛科的所謂調查，實際是不成調查，他們只簡單地將那晚在書記住宅表現較突出的三個人列出，加上一些他們的尚未核實的言論便是個調查結果。

　　當鐘振興把這報告提交到黨委討論時，他破例地首先發言陳述李春來的錯誤嚴重，他既帶頭圍攻書記，肯定又是在下邊颳邪風的罪魁禍首，此人如不懲罰，則廠必無寧日。眾委員覺得一把手既已定下結論，便不加思索隨聲附和了。至於那個莫有爲，既然是首個喊出回天津的，雖保衛科未能查出此後他進一步的活動情況，但可推理他應該是此案的首犯。而關於文麗珍的問題，鐘書記沒有首先表態，眾委員多數意見認爲她確是困難較大，人是感情動物，不平則鳴，遇有困難怎不會舒散呢？領導上應該是幫助她，而不是懲罰她。最後是如何處理這二個人的問題。這下鐘書記又首先表態發言了。對於李春來，他出身於剝削階級家庭，惡性難改，婚後又因虐妻致流產。就以階級觀點來說，對他應該是新舊帳一起算。他剛才說過倘不處理，廠必無寧日。這樣，他提議呈報縣委及縣府逮捕法辦。至於莫有爲，據保衛科肯定他是颳邪風的首犯。此風不煞，廠必大亂，因此對他也要嚴懲，報請逮捕法辦。這意見已獲大多數委員同意。但廠長孟建國卻有不同意見，他認爲保衛科的調查報告對兩人違法

的證據不足，行動方面只是那晚的所謂圍攻，言論只是聽來的，未經核實，這不能構成犯罪。你若在證據不足的情況下把他關進監獄，將來倘有什麼風吹草動，他們一下便會翻案的，那時我們就吃不消了。但他話音剛落，鐘振興立即便反駁他說：「什麼證據不足，我就是證據。那晚圍攻我一個多小時，使我全家連飯都吃不成，往後又造謠生事，令全廠幾乎全陷癱瘓，這不算罪還算什麼？但若嫌罪狀還不夠，保衛科可斟酌在文字上多加添些筆墨。」

縣委書記表態政治事件

在絕大多數委員對書記的意見表示贊同下，孟廠長的異議孤掌難鳴，當然是被否決了。會議通過了立即呈報逮捕法辦二人。

保衛科遵照書記的意旨，把報告在文字上加以潤色，並在二人的罪狀上添以濃墨後，鐘振興便即與保衛科長叫來吉普車攜上報告一同奔赴縣城。

他們首先拜會了縣長。縣長最近本來也想找他商量副食品特別是蔬菜的供應問題，現在正好來了，他急不可待地未等來客說話，便訴說起在這青黃不接的蔬菜淡季中，工廠每個集市都抬高價格收購一空，全鎮居民連高價菜也買不到，

反應強烈。「你們不來，我也會到你們處商量這事的，這確是件難辦的事，既要支援你們的工業建設，又要照顧我們當地的居民，如何找出個兩全的辦法來呢？我們要好好的研究這事。」縣長說。但當鐘振興回答說已決定派車去遠處採購了，不過當地的供應責任仍不能放鬆。縣長聽了「仍不能放鬆」這句話覺得不太順耳，但又不好直接反駁，只是仍用回過去他說過的老話：「我們已捉襟見肘，這窮山溝的雞窩是飛不出鳳凰來的。」鐘振興無意再糾纏這事，主動將話題轉了過來，他說：

「今天我們來也是因為你剛才說及的關於蔬菜等的供應問題。我們廠正因此發生了一起騷亂的事，現在由我們保衛科易科長把經過和處理意見彙報一下。」經縣長點了點頭後，易科長就攤開了寫就的報告說開了。

報告讀完後，縣長沒有即時發言，他思索了好一陣，特別是關於要逮捕法辦二人，他考慮良久後說：

「對於當前生活必需品供應的缺乏，我們也不是沒有責任，主席也說過『關心群眾生活，注意工作方法』嘛，但群眾的出格行為是要批判的，不然發展下去便難以收拾。至於你們要將為首的二人逮捕法辦……哦，逮捕法辦，這要認真考慮了，一方面這是否罪有應得？另一方面是產生效果如何？這恐怕都要認真思考的。」

鐘振興聽了縣長的話後，心便涼了半截，但他仍奮力爭取，著力把那晚對他圍攻的人描述得如狼似虎，張牙舞爪地差點沒把他打了，以及影響工廠現在呈半癱瘓狀態，局勢的嚴重非對二人嚴處不得以壓制下去。他說畢，縣長沒有即時回應，半晌才說：

「這樣吧，這事關重大，還是請與縣委許書記商討一下吧。」

二人到了縣委會拜見了許書記。當他聽完了述說後，甚表贊同，覺得事態嚴重，非重辦不可以扭轉局勢。聽了許書記爽快的表態，鐘振興心頭一下便熱乎起來，既然縣委書記已定了調，保衛科長便問道要不要經什麼程式，許書記當即回答說這是政治事件，可由公安局直接逮捕收押，往後再由司法部門審理。許書記當即接過報告書在上面批示收押拘留。

關於要逮捕李春來和莫有為的消息不知從哪裡走漏了風聲，消息不脛而走，很快便傳遍了全廠，是個震驚所有人的大新聞，特別是對於那晚參加過圍攻書記的人驚動更大，他們唯恐從李春來開始的逮捕波及到自己，其中兩個與李春來較要好的朋友，一個叫何秉權，另一個叫車健的那晚雖未與鐘書記面對面對陣，但卻聲勢不小。他倆也唯恐會步李春來的後塵，於是急忙找到李春來商討對策。李春來當然也為自己著急，當即把莫有為叫到一起商量，一致認為逃避是不可

能的，只有採取主動，先下手為強。他們遊說那晚去過鐘書記家的人煽動說大難將要臨頭，只有主動出擊，以群威群膽去壓倒它。於是去組織以這些人為骨幹，羅集了近百人前去質問書記。

黨委書記辦公室的門外擠滿了人，鐘書記見前來的人聲勢洶洶，料想可能又是像那晚似地鬧事來了，驚恐異常，躲也躲不及，只有硬著頭皮靜觀動態。為首的除李春來外，還有莫有為、何秉權和車健。仍是首先由李春來與書記對話，他說：

「鐘書記，傳聞廠裡要逮捕我和莫有為，我們現在前來要問問究竟我們犯下了什麼罪？」

逮捕急轉彎，話留伏筆

鐘振興一聽之下，驚愕萬分，他想，怎麼昨天才批准的事，今天就傳給他們知道了呢？前去縣裡的只有我和保衛科長，回來後還未知會任何人，這事倒怪了，一定有內鬼！對於李春來等的質問，倘若直白說了，大夥當然鬧開，弄不好可能還會動粗，為了不吃眼前虧，在無可退路的情況下只有偽裝否認。他回答說：

「你們哪裡聽來的？怎麼連我也不知道？」

「現在已傳遍了全廠，你還假裝不知道？」

「那是謠言，肯定是謠言。一定是有壞人在搞破壞，造謠惑眾，我立即叫保衛科去查，嚴辦那些壞分子！」

「你敢肯定沒有這回事嗎？」

「當然。」

「好，既然這樣，我們就回去，你若欺騙我們，定沒有好下場！」李春來回轉身對後面的人們高聲說：「大夥聽著，鐘書記已否認這事，說這是謠言，是壞分子製造出來的。大家現在與鐘書記當面對證，倘若不是謠言，造謠者便是他，按他的說法要嚴辦！」他又回轉身對書記問道：「是不是？鐘書記？」鐘振興無可奈何地勉強點了點頭。但補充了一句：「現在沒有這回事，但我不能擔保你一輩子。」他最後補充的一句話，顯然是埋下了伏筆，但也難以反駁他。

群眾散去後，鐘振興獨自靜坐，他納悶這樣祕密的關於捕人的事一下子便被洩漏了，且把他弄得很是被動，逮捕是縣裡批准的，但現在被迫說沒有這回事，這使得往後事情難辦了。他只有藉口為緩和當前的緊張局面，又與縣委書記聯繫暫緩執行原先逮捕的決定。但這不是就此甘休，他瞥見剛才李春來的氣勢洶洶，完全不把他看在書記的份上，懷恨之心更是加倍。

　　好不容易費盡了不少力氣，第一批產品出來了，經過檢驗部門的勉強鑑定是合格品，但總工程師卻並不滿意，沒有簽字。黨委決定召開慶功大會在即，並已邀請縣裡有關部門領導包括書記、縣長，以至省裡、部裡的代表，還有記者到會。而總工程師卻未通過，這不是有意阻撓嗎？鐘書記即著孟廠長去處理。孟建國找到總工商議，總工說得條條是道理，結論是產品如放出去，極可能被退回來，這會令廠的聲譽大跌，總工也說明他已不是按嚴格的要求不差累黍，即使有些小瑕疵也通融了，但總的要求產品應是正品。孟廠長在一籌莫展中想出個好辦法，總工也不用簽字，產品也不發出去，慶功會照開，可以陳列在慶功會的台上供展覽，待會開過後返修合格總工簽字後才出廠。這樣使大家都鬆了口氣。

牢獄之災躲不過

鐘振興迫不急待偕同保衛科長揣上原來的批文驅車趕到縣裡向縣委書記彙報，把原來的批文改了，僅逮捕李春來一人，罪狀增加一條就是刻意製造事故，破壞生產，企圖令工廠月計畫不能完成。

張通和與王燕自來到三線後，他住的是單身宿舍，而王燕住的是家屬住宅，相隔咫尺，卻經常偶有碰面，但在眾人相聚的公開場合下，他倆只能作個一般的見面寒暄，但眼睛是互相傳情的。王燕曾幾度邀請他到她家作客，但張通和礙於面對李春來仍懷嗔怪，卻是躊躇不前，始終未往。在一次他倆偶於路上單獨不期而遇時，較放開地作了交談，互相傾訴雖近在咫尺，卻如相隔天涯，見面而不得親熱，形若一般

常人，相互同樣訴說常常受著痛苦的煎熬，王燕帶些責備的
口氣說：

「你爲嘛總不願到我家來呢？我知道你是不喜歡李春
來，但你既然喜歡我，這個家有我的一半，你就作爲我的那
一半來吧！」她捏住了久未接觸過他的手，理直氣壯地說：

「說老實話，現在他占的那一半應該是你的，是你被他
強占去的，現在你雖然奪不回來，大大方方地進出有嘛不可
以！」

三人異地首聚

張通和確被她的話有所打動，他首先領悟到她性格的堅
強和對他愛的深切，相對照下便覺得自己是軟弱了，自慚形
穢，應以她的勇氣來回報她。

張通和在一次不期而至地來到了李春來家。李春來因爲
出去串門回來晚了，王燕把飯做好就獨自先吃了，現在當張
通和敲門進了屋，他正在吃著剩下的飯菜。驀一見進來的是
久違的老朋友，不勝驚愕，他原想張通和因爲了王燕的事從
此不會踏進他的家門了。此刻張通和進來，他當即放下碗
筷，起立相迎，並表示大方地呼喊正在內間裡看書的王燕出
來接待客人。對於張通和的驟然來到，儘管他竭力顯得自然

些，但尷尬和芥蒂是難以消除的。而張通和因為是有所準備而來，所以顯得比較自然些。

　　他們談的大多是家常，當說到了近來副食品供應的糟糕情況，這是當今廠中見面的普通話題，李春來卻完全放開了，他頗激動，手舞足蹈的。他說群眾對他的埋怨是毫無道理的，他說：

　　「有人說我帶頭報名來三線是為了想當官，我現在當了什麼官？還不是和大夥一樣天天上班幹活、下班吃飯就鹹菜？其實我也一樣在老廠時上了那些瞎宣傳幹部的當受騙了！」

　　張通和卻是比較冷靜，他有意識想引起王燕開腔搭話，他說：

　　「王燕也不是跟你一起來了，如果你不來，她怎麼能來？她不也是跟你一起上當受騙嗎？」他用眼睛示意了一下王燕，她會心地對他微笑了一下，說道：

　　「本來嘛，我早下決心不來了，就是他，」她指了指李春來，「不說你想當官，但你卻成了廠裡支援三線帶頭的大紅人沒錯吧？就這樣，因為要保你這個大紅人，非千勸萬說把我扯來了！」

　　張通和跟著接過她的話荏說：

　　「當然囉，如果妳不來，他這個先進帶頭的人連老婆都

不跟著來，起碼是失去光彩了，把妳也拉來了，他紅人的名聲不是更響了嗎？」

其實二人都心照不宣一唱一和像唱雙簧似地在譏諷李春來，而他卻如啞巴吃黃蓮，有苦難言。

張通和這次的造訪似乎是融洽而暢快的，這樣便創下了今後他多次的到訪。

王燕做了頓豐盛晚餐

儘管山溝裡食物供應這麼困難，但王燕透過去集市或到農家以較高的價錢買到了肉、雞和蛋等。買來了這些東西，她沒有即時煮吃，而是約請張通和到她家裡來吃飯。為了這頓晚餐，她已作了二天的準備，她沒有對李春來說明用意，但這不尋常之舉當然令他要弄個明白，他問道：

「今天既不是妳、我的生日，又不是什麼大節日，幹嘛忙來忙去弄這麼多菜？」

「來這裡快兩年了，你吃過幾頓葷菜，把人都餓瘦了。今天改善一下生活你就大驚小怪了，我做了，你不要吃！」王燕瘦著嘴在責怪他。

「我吃，我當然吃！妳不說明，我怎知道？」

「還有，張通和是你的老同學，你也清楚，打開天窗說

亮話，你是從他手裡把我奪過來的，現在他孑然一身，天天吃鹹菜，也怪可憐的，我想把他也請來。」

李春來聽了心中一愣，他當然不歡迎張通和，尤其是她翻起了舊帳說什麼從他手裡奪過來這令他最忌諱的話，他想到若他們接觸一多，已經熄滅的火花不會又被擦著？

但畢竟他與張通和確是有著一段難以忘懷的淵源，王燕雖說了他所不中聽的話，也應有點負疚的心。更使他放心的是，自張通和從大連回來後，得知他已與王燕結了婚至今這麼長時間他反應一直平和，沒有發生過他所不如意的動作。

他太瞭解他這老同學了，他為人本分、忠厚，他不會以其人之道還治其人之身作了非分的事的。他認同了王燕的此舉，且高興地說：

「把我留著的那瓶『竹葉青』拿出來吧，讓我們好好喝它一頓！」

張通和應邀依時前來敲門進入屋內，他未想到李春來會起立笑臉相迎，且緊握著他的雙手，意欲擁抱而未果。李春來招呼他坐下後，便邊喝茶邊海闊天空地聊開了。張通和不抽菸，李春來噴著的煙霧令他嗆咳了起來，他歉意地當即將菸捲往菸灰盤裡按熄了。

帶有酸意的醉話

　　王燕在廚房裡正忙著，聽見客人已到，正好她的菜已做畢了，一盤盤地端出來。令張通和吃驚的是這豐富的菜肴，是他闊別已久的了，他已領會到在此貧瘠山溝能弄到這些東西不知要費盡多少辛苦，他從心裡感謝王燕。

　　王燕端出來的菜中，較突出的一道是清燉母雞，另一道是燉圓蹄。這是她刻意重現張通和首次在天津到她家作客，也是他倆萌發了愛的開端可紀念的一次、且同樣是她母親所做的兩道較突出的菜。王燕用心良苦，巧作安排。張通和一看也心領神會，完全明白王燕的用意。她用了當日的做法，首先用自己的筷子掰開了煮爛的蹄膀夾了一大塊肉送過去張通和的碗中，而過後不久，張通和又回報以用自己的筷子撕開了一條雞腿遞到她的碗中。回憶往事，吃在嘴裡，甜在心中，二人心照不宣，相顧而笑。因為張通和不喝白酒，而那瓶竹葉青，就只有李春來獨自斟飲，他對於王燕導演的意欲勾起甜而又澀的往事趣劇毫無所覺，只顧吃喝他的。而二人卻正眉來眼去，憶當年的快樂，無言地相互傳情。為了助慶，從不喝酒的王燕拿過放在李春來跟前的酒瓶在張通和與她各自的杯中倒滿一小杯酒，二人碰乾了杯。

　　「竹葉青」雖不是烈酒，但功力也不算小，李春來獨自

就喝了近半瓶，這是他近二年的首次，這瓶酒是離津時一個朋友作為送別贈與他的，兩年來一直沒有動它，主要有酒無肴，使它無用武之地，今天實際是沾了張通和的光而不覺察。他本來是較有酒量的，但許久以來從未沾酒，現在一下子喝多了，不覺竟有醉意，在酒酣耳熱中，他要張通和挪到他跟前來，一股酒氣沖著他的臉面，說：

「通和啊，你是我在這裡唯一最老的朋友了，你幫過我，我永遠記得，我沒有很好的報答過你，今天王燕準備的酒菜，就算是我請你的吧，你不喝白酒，我知道，你已同王燕乾過了杯，但無論如何也要和我乾一杯！還有，」他臉朝向王燕說：「王燕妳與我一場夫妻也從未舉杯對飲過，今天讓我們三人共同乾一杯吧。」他拿起酒瓶，往二人的杯中斟滿，也往自己的杯中添了些。二人也只得回應他的提議一齊舉杯喝乾了。張通和雖然聲稱不喝白酒，但畢竟他過去曾有過喝啤酒的底子，雖兩小杯下肚還算不了什麼，但王燕把這杯乾後，喉嚨被刺激得像針刺一樣，胃裡彷彿被火燒得滾燙，她嗔怪李春來這個倡議，尖聲地說：「你真黑心，把我難受死了！」李春來雖稍有醉意，俗語說酒醉三分醒，他當即反駁她說：「打早妳與通和乾的怎麼不吭聲，和我乾的就嫌棄我了！」這個帶點酸意的話使二人都愣著。張通和沉著臉，沒有吱聲，而王燕卻反駁說：「你吃什麼醋！張通和是

我們的客人，你剛才也說過，他也算是你請來的，我與客人乾杯，雖不大好受，我好意思說嗎？你早不提議共同乾杯，等我們乾了你又來，我喝一杯已不好受了，還喝了你的第二杯，當然受不了。」她不知是為喝了兩小杯酒還是有點生氣，臉紅紅的，眼瞪瞪地盯著李春來。

張通和眼見這原來是歡愉的飯席一下要演變成僵局，便想扭轉方向，他提議說：

「你看，咱們光顧喝酒、說話，這麼好的菜還顧不上吃，都涼了。王燕，是不是請妳拿去熱一下再吃？」他瞥了一下王燕，她便端起了菜盤往廚房去，剩下二人便聊起家常來。氣氛似乎開始緩和下來。

新舊帳一起算

廠裡為了迎接慶功會的召開，為增加職工的信心氛圍，行政科派去外地採購副食品的車相繼運來了大批東西，每個職工都分得了五斤醃肉、三斤豬油，及其他蔬菜如土豆、胡蘿蔔、洋蔥、大白菜等，把窄小的宿舍廚房堆得走不開路了，而且在慶功會當日，在食堂搞了個豐富的大會餐，人們像過節日似地喜有笑容。

在此後的一段日子裡，人們的情緒便較安定些，回天津

的謠言自然不擊自破。生產秩序雖然未能完全正常，但大體上總可以守著自己的工作崗位。鐘振興卻並沒有忘記李春來二次對他挑釁鬧事這件事，他時刻沒有放鬆尋找機會對他的懲罰。但現在廠中局勢好轉，表面上是一片平靜，他無從下手。

　　裝配鉗工李春來在一次安裝主機的齒輪包時把齒輪裝錯了位，未經詳細檢查便將外殼合上，試機時包內劈里啪啦聲大作，因齒輪互相嚙合不好而把輪齒擊碎導致外殼也被擊裂，整個齒輪包要報廢了，而主機就缺少了一個部件，當然出不了廠，這便影響了當月的生產計畫完不成。在黨委檢查工作會議上，廠長孟建國彙報了這件事故的情況，鐘振興一聽既驚又喜，但還是表現著惋惜和憤怒，孟建國的彙報剛落音，他便拍了一下桌子說：

　　「這麼大的一件影響全廠月計畫的事故，又是出在這個李春來身上，這傢伙我不知他存的什麼心，一而再再而三地生事，可以從他的家庭出身聯繫他的所作所為來分析，這應該是件政治事故，階級鬥爭嘛。」

　　孟建國對書記提到階級鬥爭的綱上，且認定是政治事故有不同看法，他說：

　　「我認為這是一樁責任事故，在沒有有力的證據證明他有意破壞前，一般情理上應該認為個人操作上的過失。過失

有大有小，這在工廠裡是經常發生的，如果隨意拔高到政治事故，那今後誰也不敢幹活了。」

　　其他黨委委員，特別是分管生產和技術的副廠長大都附和孟廠長的意見。而贊同鐘振興的卻是少數管黨務的兩個委員。鐘振興此時焦急起來了，如果即時表決，他要嚴懲李春來就要落空，便硬下決心，作爲會議主持人不作表決了，就在會議總結發言時咬定是件政治事故，新舊帳一起算，結合他的階級出身，屢教不改，應予逮捕法辦。他還有一個理由，就是李春來即使在未發生此事故前就決定逮捕的，後來因內部走漏消息，群眾起鬨而暫時緩辦，現在又添了這次事故實是罪有餘辜。

黨委書記的公報私仇

　　會後鐘振興迫不急待偕同保衛科長揣上原來的批文驅車趕到縣裡向縣委書記彙報，把原來的批文改了，僅逮捕李春來一人，罪狀增加一條就是刻意製造事故，破壞生產，企圖令工廠月計畫不能完成。縣委許書記因是舊案未執行，現又添新案，未要來人費多少脣舌便爽快地批示照辦。

　　隔天的一個深夜，縣公安局開來了一輛吉普車與廠保衛科人員配合從住處將李春來拷上手銬推上車送進了縣看守所。

隔天下午，以公安局的名義在廠大門前佈告欄上貼出了一張簡單羅列著李春來因犯二度率眾圍攻廠領導及蓄意製造事故破壞生產等罪收押拘留待審的通告。

雖然鐘振興曾經肯定過沒有要逮捕李春來的事，但後又加上一句「不能保他一輩子」的伏筆，現又添加了一條更似是鐵打的破壞生產的政治事故而逮捕他，似乎無懈可擊，他自己也覺心安理得。

而那天在現場李春來的同夥何秉權與車健，還有莫有為，懾於會步李春來的後塵而未敢躁動。儘管不僅是他們，就大多數職工的分析，黨委把此次的明顯的責任事故定為是政治破壞，實際是鐘振興的公報私仇。

李春來的被捕雖然起到了些對職工的鎮懾作用，公開地對領導的對抗有所收斂，但卻有一股暗流，在工人操作幹活中，每每互相提醒小心些別出事故，寧可慢些免得出事蹲大牢！就這樣，廠裡要求的所謂快馬加鞭，卻變成了疲塌、小心翼翼、甚至是磨洋工。廠中曾經有過一段時期的穩定狀態，因李春來的被捕就像在平靜的湖水中投下了一顆炸彈，水花四濺，原來是清澈的湖水，卻被泛起的泥沙雜物攪混濁了。而李春來卻由原來因帶頭報名赴三線當了紅人被群眾咒罵，現在卻因為大眾向黨委爭取福利被無辜栽予破壞生產之名入獄轉而受到景仰。這樣，要使工人們能堅守崗位幹活卻

並不容易，一旦風吹草動，卻是冰山一角。人們經常將機器開著空車三兩人在聊天，遲到早退像傳染病似地逐漸增多，以致下班鈴響後出廠門的人僅三三兩兩，更多的人早就溜回家做飯去了。書記和廠長們見狀心裡著急，但苦無良策，書記於是召開了黨委會研究如何擺脫這困境，作出的決議是把廠大門關了，上班時間沒有車間主任的放行條門衛不得放行。人雖關在一起，但心不在廠裡，依然出不了活。

此時無聲勝有聲

他倆有如久別重逢，又似失而復得的可貴，雙雙感動地熱淚盈眶，沒有一句對話，擁抱和眼淚比語言作了更充分的表達。此夜的相會，不僅是使他們精神和肉體上得到歡快，而更大的收穫是奠定了他倆今後較恆久的愛。

李春來的被捕入獄，一時使王燕驚駭異常，雖則曾有過李春來的好友何秉權和車健等前來探訪對她進行安慰，但她疑惑不解怎麼原是個支援三線的大紅人，一下就因為出了個平常的幹活事故就成了階下囚。她與李春來雖是同床異夢，貌合神離，但畢竟已共同生活了近三年，一旦剩下她孤單一人，原來習慣了的生活發生了變化。過往對於與李春來的婚姻就正如她吃著的一塊苦澀的餅子，既不願意吃，又不能不

吃，只有勉強將它吃下。

支部書記退回王燕離婚申請

　　寂寞中她當然想起了張通和。但未及時去邀請他，他卻悄悄地來了。他主要是得知李春來被捕而前來看望她。進門後兩人並沒多談關於李春來的事，而談的大多是他倆過往在天津的可懷念的日子，對比著今天蹲在這荒涼的窮山溝而不勝感慨。張通和瞧著窄小的房間還留有李春來門後掛著他油漬斑斑的工作服和床下他的勞保工作鞋等等，表面上仍如往日兩人共棲共息著，但現在卻是留著王燕孤單一人，他感慨地問道：

　　「妳能就這樣安心生活下去嗎？」

　　「你也清楚知道我們是怎樣結合和怎樣生活到現在的，我們的相處，就正如一杯難以嚥下的苦羹，你不吃也得吃，吃下肚子難受，現在我不需吃了，當然會有身心輕鬆的感覺。」

　　「那妳想過今後該怎麼辦呢？」

　　「我還沒有很好的想，因為還未弄清楚他是臨時拘留還是將要判刑。若臨時拘留，他可能不會很久被放出來，即使是判刑也會有個期限，出來後還不是我們夫妻團圓。」王燕

苦笑了一下。

「妳還想今後仍要夫妻團圓嗎？」

「我不想，我眞不想！但該怎麼辦呢？你給我出個主意吧。」

「我的辦法是……」他低頭思考了片刻，繼續說：「妳現在就可以提出離婚。」

王燕忽然醒悟，茅塞頓開，她急著回答說：

「我怎麼沒有想到呢？早該要這樣了。但是要辦離婚需要些什麼手續呢？領導會不會批准呢？」

「妳不用管他是拘留還是判刑，反正妳要離婚現在是較有理由的，要抓住時機，倘若他被放了出來，這機會就會失去一大半了。」

關於王燕離婚的事，雖然全是張通和所出的主意，但他爲了避嫌，仍然由王燕自己奔走去辦。但車間這第一道關便未被通過，領導理由有二，其一是李春來案情尚未審判，爲此而提出離婚爲時尚早，其二是現在車間人心浮動，應要促進安定，夫妻上鬧離婚不是添亂了麼。支部書記對她二話沒說便把申請書退給了她。

王燕申請離婚被阻後，她又請張通和到她家來商量。張通和夜裡到了她的住處，進屋後，見她愁眉苦臉，知道事情並不順利。當她把申請受阻經過說了後，他沒有先與她商量

對策，而是挨近坐到她的床沿上，握著她的手，喁喁地在她的鬢髮邊的耳旁問道：

「妳打算離婚後怎麼辦？」

「噢，這還用問，當然是和你結婚囉！」

「那我不願意呢？」他有意逗她。

「你不願意也得願意，是你出主意要我離婚的。」

「妳離婚也不等於就和我結婚。」他再次地逗她。

「你不和我結婚，我只有死了！」

「真的嗎？」

「真的！」

張通和情不自禁地擁抱住她，說：

「我怎麼捨得讓妳去死，我定要和妳結婚！」

二人緊緊地摟抱在一起，順勢躺倒在床上，首次度過了一個夢幻般的良宵。

張通和與王燕的愛情，像原來是一座平靜的水庫，一旦閘門被打開，流水便滔滔地湧出無法歇止。他倆情欲的火，像在野外拾聚了一堆乾樹枝，只需一根火柴把它的乾葉燃著，便從火苗發展為紅紅烈火，勢不可收。那夜之後，彷彿是他的家似地，張通和到王燕那裡許多時都不請自來，這對王燕自然是個安慰，但遇有相隔較久未見他來，她便焦慮恐有什麼變故，當邀請他來到時便責備他。但他申辯說：

「其實我何嘗不老想著妳，不過……現在已有人對我們有反映了。」

「那你就害怕了？不敢來了？這倒好，這正是考驗你對我是真心或是假意。」王燕雖則嘴裡硬，但她也不是全無顧忌的，她忙問道：

「你聽到了反映些什麼？」

「因為我常常外宿，在這裡不比天津，在天津我可以藉故去親戚或朋友家過夜完全有理由。可是在這山溝中你去哪裡了呢？因此同室的夥伴便懷疑起到妳這裡來了。」

「那你怎麼回答他們的？」

「我只好編說到朋友處打撲克打了個通宵。」

「噢，你就因此不敢來了。我說，張通和，既然如此，確實也沒有退路，你若找旁的亂七八糟的理由，反而會弄巧成拙，不如乾脆承認了。我們雖不合法，但卻合理。」

流言蜚語傳遍車間

王燕這麼一說，張通和心中不免一驚，一向比較講究面子的他，要他乾脆承認這椿似是羞於人的事，他是很不願意的。他憂慮重重，囁嚅地說：

「那我們今後將怎樣見人呢？」

　　「你呀，冤枉是個男子漢，我是個有夫之婦都不怕，你還怕什麼？你有充分的理由為你辯護，你我原是一對戀人，只是李春來用不正當手段把我奪了過來。而我的理由更多了，他是用犯罪手段在無可退路的情況下硬與他結婚的。現在他蹲了大牢，我提出離婚，領導沒批准，那不能怪我。」

　　王燕的這番話，給了他一點勇氣，他想：「這也是，一個有夫之婦的女人也能理直氣壯地不怕，這便顯得我的懦弱了。」

　　相隔了一段時間沒有會面的二人，他今夜沒有回去，又過了一個溫馨而甜蜜的夜晚。

　　按照往常在王燕家過夜，他總是在天亮前便離去，這樣不易被發覺。但這一夜可能睡得較晚，二人又是興趣盎然，疲勞了些，醒來時已天濛濛亮了，他趕緊爬起，穿上衣服，打開了門，剛邁出屋外，隔壁的門也咿呀打開，走出一個女人，朦朧中他認出是他車間的一個銑工蘇珍，幾乎是打了個照面，他無法躲閃，忙將帽子的鴨舌拉下差點遮住了眼睛，但已不為蘇珍所不認得，她驚呆地瞅著他急步地走下坡去。

　　蘇珍是個饒舌婦，平時在車間中經常是嘀咕張家長李家短的，以及哪家的夫妻吵了架，或是幼稚園的一個小孩從山坡上跌落傷了，甚至今天哪家母雞生了個碩大的蛋也是她的話題，所以有外號「廣播電臺」之稱。這次出其不意的清早

碰到張通和自王燕家出來，她如獲至寶，是件大新聞，不愁沒有話題了。這天上班後，機床還未開動，她急不可待地把「廣播電臺」開啓了，向靠近她機床的三兩個女工友分別嘮叨了一陣。之後，人們都把眼睛轉向王燕，而王燕也不明就裡，她未想到昨夜的祕密會被發覺，也不以爲然，繼續幹她的活。但消息經蘇珍傳播後便不脛而走，最後便傳到了車間領導中去。

一個工廠，若是勞動紀律嚴格，工人奮力幹活，專心致意，沒有閒功夫說這道那。但倘若廠紀鬆鬆垮垮，幹不幹一個樣，幹私活多，幹公活少，大家閒閒悠悠，無事生非的事必然多了起來。這廠便是這樣，不時地三天兩頭便會有各種不同的新聞在傳播，最終也多半傳到了車間領導中已是習以爲常了，一般不以爲然。至於現在所傳張通和與王燕私通的事，算是不小的新聞，但畢竟是所傳而已，在此多事之秋，他們也以少理爲佳，沒有人前來稟告或是沒有上級下令徹查，他們也是採取「民不告，官不究」的原則，不會主動調查。

張通和早上自王燕家出來，不巧正碰著這個「廣播電臺」，他知道事情必被敗露。過去，他經常外宿，同室的夥伴對他只是懷疑，未有確鑿證據，但今早上實實在在地與蘇珍打了個照面。大清早從王燕家出來，除了與她共宿外還有什麼可辯解的，當務之急是要想出個對策。他夜間又到了王

燕家來，把早上的遭遇對她說了，王燕方才明白今天「廣播
電臺」東闖西串，人們帶著疑惑的眼光老瞧她看，原來如此。
雖是個突如其來的消息，但王燕要比張通和鎮靜，她說：

「這事夠倒楣的，落在蘇珍手上，她不會給你好看，但
你也不要害怕，天不會塌下來，頂多是受處分，不會蹲監獄
的，最可怕的是人言可畏，咱們的人，好事不出門，壞事傳
千里，人們會把你說得無地自容。但你要頂住，頂多是把我
們開除了，開除更好，求之不得，我們回天津去。」

「王燕，我佩服妳的堅定和勇氣，但現在不能坐以待
斃，要主動想辦法，我說現在唯一的良策是妳能爭取到離
婚，之後我們立即結婚，問題便可迎刃而解了。」

「這辦法倒是好，但怎麼去爭取呢？車間滿口拒絕，還
去找誰呢？」

王燕說詞正合鐘書記心意

張通和思索了一會，說：

「你可以直接去找廠裡，找鐘書記。大家都知道李春來
的入獄全是鐘書記的所為，因為李春來曾兩次指罵過他，已
被他視為眼中釘。我想倘若你去找鐘書記請求離婚，會正合
他心意，他雖把他關入大獄，可能尚嫌不夠解恨，若批准了

你離婚，便使李春來雪上加霜，雖人未亡，但家已散，正是對他落井下石。你說對不對？」

「對極了，張通和，可我又沒有這樣想過，虧你想到了，你雖然膽子小些，但腦子卻比我靈。好，明天一上班我就去找鐘書記。」

這難題似乎已獲得解決，他們便把話題轉向了今後。二人想入非非，彷彿離婚已成定局，結婚也定是事實，便浮想聯翩，計畫著今後的打算，王燕還企求生個小孩。自從那次被傷害流產後，此後便成了習慣性流產，一直沒有生育，她想與張通和婚後到天津醫好此病生個娃娃。

談著、談著，已是午夜了，萬籟俱寂，早些時還聽見群狼在山頂那邊的嚎叫聲也沒有了，取代的是屋後一棵孤樹上的貓頭鷹叫聲。少有的山間晴朗的夜空，皎皎的圓圓的月亮已越過山脊爬上了山谷的正當中，正好透過窗戶斜斜地照進了屋內。為了能夠欣賞在這山間難得的月色，他們把燈關了，一束淡淡的月光便凸顯地照著兩個依偎著的身軀。張通和原來的驚惶受挫，經過方才二人交談，此刻彷彿罩在頭上的陰霾已被風吹散，太陽的笑臉漸又露了出來，大地重又回到歡快和光明。他倆沐浴在月光中上了床，心情像苦盡甘來似地甜蜜，願把此前的憂愁苦澀一概拋掉，享盡當前的溫柔和快樂。月光像蜻蜓點水似地從那邊山背越過山頭，沒好久

又隨著雲朵的遊動，很快便沉落入另一邊的山背消失了。他倆在黑暗裡喁喁私語中睡去。

　　王燕翌日一上班便到了廠部去。鐘書記剛沏好了一杯茶正在喝了幾口，見來人是個穿著工作服的青年女工，當她遞上離婚申請書一看後，方知是李春來的妻子，他惋惜這樣漂亮的姑娘怎會嫁給李春來這壞小子的？頓時起了憐香惜玉之心。他想，這小子夠會享福的，該，該與他離婚。當王燕陳述了因李春來被關押監獄已是犯法之人，不願再與他共同生活了。且還將她如何被迫嫁他的經過、過了三年乏愛的生活作了個申說。當鐘振興聽到王燕所述李春來之所以娶得她是先予強暴後在無可奈何的情況下被迫與他結婚的，他心中既氣憤又樂開了，他對自己說：「這傢伙原來還幹過這勾當，好，他的罪狀還可加上這一條！」正如張通和的所料，王燕的陳述和離婚要求正合鐘書記的心意，他除了要令李春來家散給他以解恨外，還憐惜王燕與他的結合正如一支玫瑰花被插在一坨牛糞上的不配。他對她說：

　　「我同情妳的遭遇，李春來本是個沽名釣譽、投機取巧的人，他當初在天津時一馬當先報名，實在是為了投機，騙取了我們的信任，把他譽為先進分子，使他紅極一時，但一來到三線，受了點苦，便經受不了考驗，煽動群眾、帶頭鬧事反起黨委來了。這樣的人，現在被妳識破了，妳提出離

婚，說明妳眼光的正確，我批准妳。但我只是妳的單位主管，還須到政府部門去辦理手續。」

王燕揣著有黨委書記批示、蓋有大圓公章的她的離婚申請書呈交到縣法院，法院的收發室收件後給回了一張回執，並交代好好保管著，日後查詢便憑這張條了。

王燕的申請書呈交了法院後，許久也未見回音，她首次持回執去查詢，回答是正在調查。第二次去，則說是對案情尚未研究。第三次去，則似有些眉目了，說是等待李春來犯罪案件審定後就可以審議離婚案了。但還是個等待，王燕又只得怏然地回來。

王燕直接經黨委書記的批准，使原來阻撓的車間領導感到尷尬與不滿。對於兩性間發生的緋聞，在群眾中最易被作為傳播的首選，張通和與王燕這段桃色緋聞一下便吹遍了全車間、乃至全廠。當此多事之秋，無事生非或是刻意製造是非的事不時發生，車間領導多採靜觀態度，但張通和與王燕的事卻如股強勁的山風，在山谷中迴旋地吹颳著。領導坐不住了，只有分別找到二人來談話，當支部書記把王燕找來時，原來估計她會羞於醜事而閃躲迴避，甚至還可能潸然淚下，可情況卻是相反。她對著支書的批評指責後嚴肅地板著臉回應說：

「我與李春來的婚姻過程你們全知道，我委屈地挨過了

三年無愛而痛苦的夫妻生活，我是人，不是動物，作爲人是要講人道主義的，我原來所愛的是張通和，李春來用惡劣手段把我奪取過去，但我始終是愛張通和的。現在李春來進了監獄，我提出離婚完全合理，但卻遭到你們拒絕，不得已中我找到了鐘書記，而鐘書記對我很同情，二話沒說便批准了。我知道這麼做令你們對我和對鐘書記都可能不滿意，但你們應該諒解我的處境。」

巨大壓力讓她幾乎擋不住

王燕的這番話，似乎已把有關的情況和理由說透了，支書也難以作更多的解釋，但仍批評她二人的作法爲不合法，要刹車。不能繼續下去。但王燕想，你說不合法是你說的，我說的是合理，我還要堅持下去，我行我素，你也奈何我不得。對於支書要求要他們刹車，她未表態便離去。

但分工由車間主任談話的張通和情況卻有差異。當主任也與支書相似的批評指責後，張通和首先承認他們的不合法，但是合理，只能以此來報復李春來，他說：

「我與李春來本是最要好的同學和朋友，但他全然不顧朋友之情，用極惡劣的手段占有了王燕，這不僅是道德問題，實際是犯罪行爲。他犯了罪，被關進監獄，王燕曾向你

們申請離婚被拒絕，但廠領導卻批准了，你們可能不滿，但我認為廠領導是正確的。」

車間主任避開了張通和說的誰不批准和誰批准的問題，以免加深車間與廠部的矛盾。只是勸導張通和在李春來夫婦離婚未獲准和他們未辦結婚前不能再搞非法同居。張通和也覺得他那既非法，但合理的論據是站不住腳了，這個一貫不偏不倚的人，要放棄自己原來的主張是並不很難的，他輕輕地點了點頭便離開了主任辦公室。

在車間中，本來一貫群眾關係較好的王燕，自「廣播電臺」蘇珍爆了她的緋聞後，許多曾與她較親近的、特別是些女工友們大多都疏遠了她，個別與她曾有過齟齬的卻如獲至寶地大加渲染其醜聞，甚至稱她為「破鞋」的，使她一時頓成孤立狀態。同情的人不是沒有，但卻是少數，他們大都是較深地瞭解她與張通和及李春來的關係過程，從人情理性上認識到王燕是做對的。她雖從這少數人中得到了些許的安慰，但這些細苗弱草卻擋不住被這群言的疾風所吹倒，巨大的壓力令她幾乎抵擋不住了。

對於張通和，群眾對他的壓力相對較小，女工們歧視的眼光多集中在王燕身上。可能她是個有夫之婦，而女性對同性間的不可原諒的嫉妒心可能要超於對異性。而對張通和當然也認為他犯罪了，但比之對王燕卻是輕了許多。而男工友

們對待他有的甚至是無所謂。他本是個單身漢，而廠裡現在已婚或未婚的單身卻多的是，他們對孤單的饑渴都是同病相憐，有的還對張通和此舉視為豔福，且羨慕他。而車間領導對與張通和的談話認為是成功的，確實是此後他對與王燕的往來是中斷了，當然他也不是很順利地就此甘休，他是經過一番痛苦的思考，最終使壓力戰勝了他軟弱的個性而順從了與王燕的停止往來。而對於王燕，車間領導認為與她談話是失敗的，確實是王燕不為群眾的壓力所動，且對車間領導的批評也若無其事，她依然故我。她希望張通和也與她一樣，但此後一段時間總未見他如往日一樣到她家來，有時在公眾場合中相遇時，他只是以深情而痛苦的目光無言地注視了她一回便走開了。她知道他退縮了，他被屈服了，但她並不因為他的退縮而就此讓它放任自流。她覺得她對張通和是付出過重大代價的，他們的愛情是經歷過多彎曲折的，她曾為此而經受過許多辛酸和快樂，她回想起來既甜蜜又苦澀。但倘若讓它自流下去，甜蜜當然沒有，痛苦便可能無終止地跟隨，她決心要挽回這劣勢，她認為首要的是要將張通和拉回過來。

書記與廠長橫生矛盾

車間支部書記始終覺得黨委書記鐘振興未徵求車間意見

而直接批准了王燕的離婚而令他耿耿於懷。他想到了一個理由，職工離婚的事本應是行政所管，且他兩人又不是黨員，你黨委書記貿然插手是不應該的。他唆使車間主任向廠長反映，果然廠長孟建國也覺得書記越權。

原來那晚李春來領頭向廠部鬧事，孟建國見勢躲到了後山上，把矛盾卸給了鐘書記。開始他毫無所知，後來漸漸把孟建國的開溜曝光了，這使鐘振興頗為不滿，曾在黨委會上批評過他，當然鐘書記的批評是理直氣壯的，而孟建國也不得不作了輕微的檢查。檢查是檢查，當孟建國也覺得你書記是一把手，大權一人獨攬，工人鬧事這麼件大事要你來擔當有什麼不對？因而對書記的批評也存心不滿。此刻聽了車間的反映後，他便得了報復的機會，也以其人之道還治其人之身，他在黨委會上同樣提出對書記的批評。但鐘振興也不是一點理由沒有，他辯解說李春來這樣的人帶頭鬧事你也害怕而偷偷溜走了，我把他們頂住。這樣的人，既帶頭鬧事，又破壞生產，施以暴行強姦婦女逼迫為妻，車間還原諒他，不准離婚。我批准了，有什麼原則錯誤？只是在手續上有些欠缺，沒有經過廠長，這樣就大驚小怪了？但孟廠長又抓住了一點理由，他說：「你還不知道，王燕提出離婚，她背後有個情人叫張通和的，他們實際已私通，這在廠中已傳得滿城風雨。未獲離婚先與他人同居這不犯法嗎？還能不分青紅皂

白地批准她離婚嗎？」而鐘振興也不是不明就裡的，他反駁說：「李春來是怎樣情況下與王燕結婚的？他先強姦後逼迫成婚，且張通和原是王燕的戀人，李春來是以欺騙奪過來的，而王燕始終是愛著張通和的，這不合情合理嗎？」

當然，這個小小的紛爭在眾委員的勸解下表面是平息了，但各自的心中卻埋下了難以消除的分歧。

法院在王燕不斷地催促下想把這案結了，派人到廠裡調查並徵求領導的具體意見。本來王燕的離婚申請書上是書記有批語同意的，他們先找書記，但書記恰巧不在，便找到了廠長孟建國，當然述說了他原來的理由，來人將談話紀錄帶回去，覺得廠裡前後意見有分歧，因而便被擱下了，雖則王燕屢催也無濟於事。

當王燕掌握了張通和當前的心理動態後，知道他有忌於到她家裡來，便寫了條子邀請他傍晚在一個山坡上的樹下相會。張通和考慮再三才依約前去。

天雖沒下雨，但烏雲密布的天空，昏暗的雲朵像水蛇似地在山谷上空遊動，彷彿要壓下來將人咬噬似地。雖是傍晚，若在平時，太陽剛剛落入了山脊，天空暫仍是一片光明，但現在卻已暮色蒼茫，山谷已被灰暗色包圍著。偶有蒼鷹在上空盤旋，但看不見地上可有什麼可捕獵的，便又拍著翅膀飛走了。山間的小溪仍潺潺地流著，本來是清澈見底的

泉水，現在已被廠中電鍍的廢液所汙染，且又帶著一片浮漂的機油，流過的是散發著臭氣的墨綠色的汙水。

張通和、王燕也因情勢而齟齬

王燕在小溪旁的矮坡上一棵槐樹下的潮濕的石頭上坐著，並拿著一本書，像是專心要看似地，但天色已暗，要看清書中的鉛字卻頗費力，更因為她等人的心切，便無心再看了，索性把書合上放在身邊的石頭上，專注地往上坡來的羊腸小徑上瞧著。張通和果然來了，他吃力地跨上岩石嶙峋的山坡小路走到了她的跟前，他是下班後剛吃過晚飯便來的，他仍穿著油漬斑斑的藍色粗布工作服，橡膠布鞋的鞋底較久地經過機油的玷蝕已捲曲得像煮熟了的魷魚塊。他對已一個多月未曾正式接觸過的王燕對以笑臉，但王燕未予笑臉相迎。她臉沉著，陰暗得像現時的天氣一般。還是她首先開口說：

「你近來很好嗎？過得很舒坦吧？」

「不見得，我想我們彼此都差不多，現在都是臭名昭著的人物了，哪有好日子過？」

「我真想不到你也有壓力，聽說你已經向領導承諾不再與我來往了，那麼領導和群眾一定會原諒你這個浪子回頭了，我還等待你對我來個反戈一擊吧！」王燕帶譏諷的話語

觸動了他的心，他辯解說：

「我絕不會反過來攻擊妳的，我只承認過這是我自己的過錯，我確實承諾過不再與妳來往，這是因為我挺不住壓力，這是我的弱點。我知道這麼一來壓力便往妳身上傾斜了，我對不起妳！」

「壓力往我身上衝來，在我也無所謂，我是頂得住的，但對你的動搖我很傷心，我和你經過漫長曲折的戀愛過程，你我都曾付出過沉重的代價，得來是不容易的，想不到因為遭遇這麼一點壓力你就退縮了。我現在問你，你是不是真的就此便把我們的關係結束了？」

張通和一下無法回答，他的思想在矛盾中，他其實還是愛王燕的，他不僅是在感情上，就是他那種一貫恪守的忠厚誠信的為人本意，他是不想拋開王燕的，但他那另一軟弱的一面卻一時被占了上風，而對領導作了個「改過」的承諾。他剛才的笑容消失了，他沉著臉，在朦朧的微弱的亮光中，王燕瞧見他的臉是灰色的，他蹙著雙眉似乎艱難地在思考什麼。王燕等急了，見他對她所問的問題遲遲未作答，便又追問道：

「我今天要你來，就是要把我們今後的關係說清楚，你應該回答我的問題。」

但張通和仍是沒有作答，他低頭沉思，半晌才吐出一句

話來：

「我一直是愛妳的。」

「那你怎麼承諾不再與我來往了呢？」

「這是我在壓力下被逼做出的外表承諾，但我內心是愛著妳的。」

「你這麼說，也就是精神上是維持著愛，但行動上卻是斷絕了，這樣的愛只有你想得出來。張通和，這實際是你退縮的遁詞。」

「我本意不是這樣，妳理解錯了，可能我剛才所說的未能真正表達我的意思，我不是對妳退縮，而是因為時勢所迫作的暫時退卻，一旦形勢好轉，我會與妳重溫舊夢的。」

「你的辯論真多，不管怎麼說，我與你最大的分岐是我是走直線的，不管風吹浪打，我勇往直前。照你現在所說，你則是要走曲線，要搞個迂迴式愛情，我以為這不是真正的愛情，嚴格些說，是偽裝愛情！」

「這不是偽裝，王燕，妳要理解我，我們相識已好幾年了，各自都互相有較深的瞭解，這已是我們個性的差異而已，所謂直線和曲線都是走向同一方向的兩個不同的路徑罷了，實際是異途同歸。」

「我不歡迎你的所謂異途同歸，我感到失望。」

張通和沒有作答。

擁抱和眼淚，說明了一切

　　王燕覺得沒必要繼續下去這次沒趣的相會，便拾起了原先放在石塊上的那本書，起立往回走了。張通和也只得喪氣地跟隨。

　　山風忽然颳了起來，迴旋的風把濃霧吹得小雨點似地撲面而來，寒冷而潮濕，使人感覺有涼意了。天已黑得像墨水似地，眼前的一切都難以分辨，只是坡下宿舍窗戶泄出來的燈光很輕微地照映到坡上。他倆借著這微弱的光指引走下坡來各自回到了住處。

　　這次乏味的相會，使王燕未能收到預期的效果，但她並未完全失望，她覺得她對張通和的愛情只要繼續努力是仍可挽回的，但也不是絕對樂觀，她瞭解他脆弱的兩面性：一面是倘使外力對他施以強勁的、特別是領導的施壓，他很可能「改過自新」；另一方面是她也確信他是真心愛她的，只要她持續地作不懈的努力，苦心孤詣去拉住他是可以挽回的。但她現已是鎩羽之鳥，許多事已身不由己，不能如昔日心無旁騖去追求自己的理想，雖如此，但現在她一旦認定了目標便殫精竭慮去實現它。

　　對於張通和，自那夜山坡樹下相會後，他作了個自我檢查，與王燕相比自慚形穢，他覺得對不起她，他確信王燕一

貫執著對他的愛，不懼艱難險阻，堅貞不渝，且爲了與他的相愛，要比他經受了更多的折磨。這樣一想，他暗下決心應以同樣之舉予以回報。他覺得這次的約會他雖仍表示堅守愛情，但想來他的所謂走曲線，實際上多少被王燕洞悉包含著退縮的意味，輕一點說就是懼怕，與王燕勇往直前的精神相比，那是大爲遜色的。他既作自我批評，但又原諒自己，他覺得王燕是個有夫之婦，自己雖是單身，與有夫之婦私通，應該是犯法的，現在李春來雖身陷囹圄身不由己，但往後一旦出獄，把我告上法庭，必被判有罪，這麼一想，不禁心中打了個寒顫，思想又在鬥爭中。

　　但王燕的影子彷彿已成了他身軀的一部分，不時跟隨著他纏綿難離，他曾有幾個夜晚徘徊在她的門外而下不了決心敲門進去，歡樂和畏懼交織著的矛盾，最後還是痛苦地快快地離去。

　　王燕自那晚山坡上的相會後，又過了半個多月，未見張通和有任何表現，知道他的所謂曲線愛情又在作祟了，她給他送過去一張條紙，邀請他今晚到她家來。她這樣作，是經過多方考慮的，她覺得張通和現在對她還在猶疑不定，主要原因是懼怕，倘使讓它自流下去，他們的關係可能會告吹的，因此她下決心要他前來一次，認爲成敗在此一著，他若敢於前來，頹勢的挽回便大有希望，但若爽約的話，往後要

走的路可能艱難曲折多了。

　　張通和因幾次登門而未敢入，此番接到王燕邀請的條子，正如雪中送炭，勇氣倍增，如約赴會。

　　放在桌子的雙鈴馬蹄鬧鐘滴答地響著，夜半的山谷，萬籟俱寂，鬧鐘的滴答聲在王燕的耳膜中響得彷彿正被敲打的小銅鈴，她把燈熄滅了，半躺在床上，眼睛不斷地瞧著夜光鐘指標的移動。她對自己說道：「他會不會來呢？即使他一定來，但他沒有表，不一定準時，我還是等他吧，但倘若他不來，我不是白等了嗎？豈不是白犧牲一個不眠之夜？不，我還是要等，這是個關鍵的一夜，我要等他到天亮。」她雖這麼想，但不覺間竟然迷糊地睡著了。驀地房門咿呀一聲被推開，張通和躡手躡足地進來了，她被驚醒，忽地站了起來，與他撞了個滿懷，二人順勢便緊緊地摟抱起來。他倆有如久別重逢，又似失而復得的可貴，雙雙感動地熱淚盈眶，沒有一句對話，擁抱和眼淚比語言作了更充分的表達。

　　二人上床睡下後，喁喁的呢喃細語後又發出來輕微的吃吃的歡笑聲。

　　此夜的相會，不僅是使他們精神和肉體上得到歡快，而更大的收穫是奠定了他倆今後較恆久的愛。

第三章

鬥利爭權
平難鬥

腥風血雨互鬥鋪天蓋地

兩派各自批鬥大戰越演越烈，有時戰鬥隊今天鬥鐘振興，戰鬥團明天鬥孟建國，輪番互鬥以洩其派性之憤，甚至在同一天分別在鬥，想以批鬥各自的走資派壓倒對方而取勝。

　　雖廁身在邊遠山區之中，但中央廣播電臺每天的廣播和隔了一天看到的省報凸顯的報導了令人心驚膽顫地對時局的社論和全國的、特別是在京城所發生的玄之又玄的紅衛兵事件的報導，令人不可捉摸。廠黨委雖不斷接到省、縣發來的祕密紅頭文件，宣示了史無前例的無產階級文化大革命的開始，政壇的動盪令人難以想像，不少開國功臣的高級領導幹部被批判、被揪鬥、被下臺等等令人側目。檔只泛泛的宣示

現象，未透露本質。能閱讀到檔的黨委主要成員也只能瞠目以對。他們從檔、廣播和報紙所知道的紛至沓來的混亂境況，猶如隔山觀火，以為這只是發生在上層和大城市。與本地、本身可能無關。火可能不會燒到這山溝裡來，況且黨的直接領導的省或縣以至行政直屬的部都無一指示在這運動中應該如何應對。

紅衛兵開始走進社會

　　在職工群眾中，他們看不到上級檔，也聽不到傳達，但他們除了從廣播和報紙中知道些情況外，更為切貼地從京、津和上海等地的親友來信中的敘述知道更是具體、逼真、一傳十、十傳百，消息不脛而走，比黨委宣傳部的油印或黑板快報效果好得不知多少倍。

　　群眾中最為關心這一運動的動態和發展的莫過於何秉權和車健。二人是李春來的好友，又是那次衝擊鐘書記當先鋒的，雖則未致如李春來被縲絏獄中，但也曾被領導批評，申述、險被步李春來後塵。當李春來被捕當日，他倆驚恐萬狀，惶惶不可終日，以為下一步便會被輪上了，已作了蹲大牢的一切準備，日後見平安無事，才釋下心來。現在得知文化大革命是要造反，造領導的反，他們很快便聯繫想到廠的

領導，如能像外間那樣向他們造反，揪鬥他們，泄泄那股窩囊氣多痛快！

有個供銷科的採購員甫自省城經縣城回廠裡來，旅行包還未及放下，剛進廠門便被幾個人圍攏著問這問那，這當然是當今最熱門的紅衛兵造反的消息。採購員的嘴也挺能說，他把省城紅衛兵破四舊如翻江倒海說得有聲有色，幾乎把所有看到的都認為是四舊而非砸爛不可。學校中學生揪鬥老師，有跳樓、有上吊的，甚至連教科書也認為是四舊一概燒了。採購員說：「反正老師被鬥、被打、死的死、傷的傷，他們也不打算上課了，燒了教科書更徹底。不過，話又說回來，學校總不能一輩子不上課吧，今後一旦復課，掏腰包的、重新買書也是學生的家長，印刷廠卻多了生意了。」他這番幽默的話逗得眾人都樂了。

在圍攏的人中有車健在，他嫌採購員只顧說的學校的事未滿足，便急切地問：

「省城的工廠怎樣呢？」

「現在是紅衛兵在學校裡造反，開始走到社會了，工廠還未波及。他們的口號是造反有理，這是中央和毛主席的號召，我想全社會的各個角落都難以倖免。」

破四舊五花八門

　　採購員似乎已把話說完，正把放在地上的旅行包拾起來回家，但聽眾仍意猶未盡，有人又提問道：

　　「學校既是這樣，其他地方一點未被波及嗎？」

　　採購員想了一下，將手上的旅行包又放下說：

　　「破四舊當然是五花八門的，我昨天到一家飯館吃飯，按平時，本來買過票取了飯菜吃完後便可離去，但現在不行了，要將吃完的碗、盤和筷子等自己洗淨交回方可離去。紅衛兵把過去的做法叫做是資產階級老爺行為，店員不應伺候顧客。」

　　有人覺得太新鮮了，如天方夜譚似地，於是便打趣道：

　　「既然顧客不能當資產階級老爺，店裡原來的服務不光是洗碗筷，比如採購、做飯、做菜都要動手的，這都應該要砸爛，否則顧客仍是資產階級老爺。」

　　「那不是雞飛蛋打了嗎？店員失業，顧客沒處吃飯，那只能叫『無吃』和『無業』階級。」採購員說罷，眾人都哈哈大笑，他重又拾起提包打算要走，但卻被車健拽住他的衣角急切地問道：

　　「你不是也到過縣城嗎？那裡怎樣？」

　　採購員重又放下了提包，他不覺得厭煩，反而認為車健

的發問確要補充一下，他說：

「我聽縣五金公司的一個經理對我說，縣城本來平安無事，但自省城和北京的紅衛兵南下串連後現已動起來了，學校也全停課，教室讓來串連的紅衛兵住著。縣城的學生很快地也戴起了紅袖章和北京、省城的紅衛兵一起造反破四舊，也和省城一樣搞個天翻地覆，他們更是肆無忌憚，連縣府和縣委會的大長方牌子也認為是封資修的四舊東西，把它卸下來砸了個稀巴爛。這使縣太爺們坐不住了，他們不顧中央紅頭文件指示，竟然派員警把為首的幾個逮捕了，這下卻捅了馬蜂窩，小將被激怒，集中了好幾百人衝進了縣府和縣委會，寥寥的幾十個員警擋也擋不住，他們有令不能開槍，只有乖乖地任他們亂砸亂打。他們主要目的是想抓縣長和縣委書記要求放人，但所有縣領導早就聞風而逃了。」說到這裡，採購員便停下來了，似乎是已把話結束，但有個聽得興趣盎然的接著發問道：

「後來怎樣？抓去的學生怎麼處理？」

「據說縣領導就此事電話請示省裡，但電話老沒人接，偶爾有接電話的，答覆是省領導被紅衛兵衝擊已不知去向了。失望的縣太爺們耐不住紅衛兵日益擴大的衝擊，為了緩和緊張局勢，不得不把抓去的學生放了。」

車健、何秉權到縣城看箇究竟

聚集聽取採購員傳播外間新聞的人越來越多，雖然廠中現在勞動紀律仍有鬆弛現象，但畢竟仍有個廠規存在，採購員再也不顧是否仍有人留住他發問，這下決心抓起提包邁出人群離開了。

採購員無意間傳播的消息，像一個路人偶爾把菸蒂頭扔到一堆乾草上，從星星的火苗慢慢便燃燒起來。他的聽眾中最感興趣要算是車健了，他不像一般的人把外間所發生的奇聞作為茶餘飯後聊天的話題。而他要效法它實幹，他現在的思想是「臨淵羨魚，不如退而結網」。他晚上找到了何秉權，把日間聽到的新聞傳達給他，二人一拍即合，心靈的火石當即擦著了火花。他們決定明天就到縣城去。

徒步走了七公里的沿山公路，他倆到達了縣城，首先找到了紅衛兵聯絡站，那裡面有男也有女，一律穿著草綠色的所謂紅衛服，卷起的袖子上套著個印有紅衛兵黃色字的紅袖章，二人像鄉巴佬進城似地頗覺新鮮。接待他們的是自北京來的一男一女，據自我介紹是來自清華大學的。男的和女的從臉上看大約是二十歲上下，還帶有些稚氣，但滿面風霜，男的膚色帶些黎黑，個子較高而結實，像個運動員，頭上粗黑的短髮筆直地豎在腦袋上，看來較久地未經理髮了，後腦

勺和周邊的頭髮長得差點與前邊的一般長了。女的稚氣中帶
有些靦腆，原來是白嫩的臉蛋，可能因為經過南下串連風餐
露宿之故而稍見粗糙。頭上的短髮被一根紅頭繩收集在後腦
中緊緊地紮著，像條豎著的狗尾巴，但似乎較久地未經洗
滌、被頭油沾著的灰土在黑髮絲叢中略略顯現。兩人手裡都
拿著小紅本語錄，左胸前掛著個光閃閃銅板大的毛主席像
章。首先是她將北京紅衛兵造反的情況向二人介紹，繪聲繪
色，聽者被說得眉飛色舞，不斷拍手叫好，熱烈的場面反過
來又影響了講者情緒的激動，他們已知來者是個知音，更用
些煽動的詞語去激勵他們。那男的是出身工人家庭，父親是
個老機械工人，以紅四類自豪，當他知道二人是來自工廠，
又是京津同鄉，對話一下便投合。他就他所知的北京工廠已
有紅衛兵進去，他換了副莊嚴的臉孔說：「毛主席教導我
們，星星之火可以燎原嘛，我們的任務是要砸爛舊世界，把
資產階級老爺打翻在地，踏上一隻腳，使他永世不得翻身。
我們紅衛兵只不過是火種，帶給了廠裡後，讓大火燃燒起來
還是靠你們工人老大哥。」

　　當何秉權將廠裡的情況講述了，特別著重介紹衝擊黨委
書記事件和李春來被捕的事，男紅衛兵分析說：「這是根導
火索，可以它為中心，掀起反對資產階級反動路線，而鐘振
興是走資派無疑。你們把這導火索裝上雷管，這雷管是什麼

呢？就是鐘振興，導火索一燃著，末端燒到了雷管便爆炸起來，這針對姓鐘的一炸開，大火便可燒遍了全廠。現在可惜的是李春來被關在獄中，根據你們的介紹，他可以作為你們的領頭人，可惜他現被關著。」

「你們回去首先組織一批人衝擊以鐘振興為首的黨委，要他立即簽字釋放李春來，他是受資產階級反動路線迫害入獄的。這可取得一箭雙雕，一方面如果能讓李春來放出來，可以大大增強你們的領導力量，另方面又掀起了反對鐘振興為首的資反路線。」沒有想到這小小身軀、外表略呈瘦弱的女紅衛兵。說起話來口若懸河，滔滔不絕。須臾，她將手中的小紅本語錄翻出，向男紅衛兵建議一齊念語錄，二人莊嚴地齊聲朗朗地讀道：「革命不是請客吃飯，不是做文章……」

這一新鮮舉動令二人看得目瞪口呆，他倆感慨良多，認為躲在山溝裡太閉塞了，完全跟不上形勢，真是「山中方七日，世上已千年。」待他們念完語錄後，車健提出要求說：

「可否把這小語錄送我們一本？」

「不叫小語錄，要叫紅寶書。」女紅衛兵當即糾正他說。「這在北京幾乎是人手一冊，你們這裡落後了，跟不上形勢。我可以送你們一本。」說著便從她背著的軍用綠色掛包中掏出一本來，遞給了車健，車健伸出一隻手正要接過去，她趕緊把手縮回，糾正他說：「接紅寶書要用雙手！」

當車健尷尬地重又伸出雙手，才讓他接了過去。

紅衛兵闖入鬧廠

　　車健接過本子後，男紅衛兵見他倆胸前沒有像章，便從掛包掏出一個小盒子，打開取出兩枚較小些的光燦燦的毛主席像章，與女紅衛兵分別給二人別上，並且說：「在北京如今每人都要佩戴的，只有被鬥爭的走資派和牛鬼蛇神帶著也要將它除下來。」二人意外獲得這像章，心情有如得了個特等獎賞，欣喜若狂，當即與對方握手感謝。然後何秉權把車健叫到一邊，低聲與他商量是否邀請他們到廠裡去串連，二人當即決定發出邀請。經過協商，他們派出五人前去，除現在接待的二人外，再加一個北京大學的和來自省城的兩名紅衛兵，取名為「毛澤東思想宣傳隊」，沒有選出隊長，決定明天一早出發，何秉權和車健就擠在接待站過了一夜。

　　他們一行七人，沒等吃過接待站的早餐，於天濛濛亮便起程，踏著高高低低的沿山公路前進，一路此起彼落唱著流行的革命歌曲和語錄歌，此行是要到一個新的目的地去播火，且又是得到內中人的邀請帶領，必勝是一定的，因此心情輕鬆愉快。行行重行行，七公里的路程在不斷的歡笑和歌唱中不覺地便走完了。

何秉權和車健領頭走近大門，奇怪的發現大門深鎖，「上班時間怎會鎖大門的？」他們疑惑地想道。於是紅衛兵便大聲叫喊，有的用手甚至腳踹著鐵門，喊聲和敲打鐵門聲混成一片，震撼著內裡的人。坐鎮現場的黨委副書記和保衛科長、民兵隊長，看見鐵門外的人不僅不願離去，且高喊口號，唱革命歌曲，猛敲鐵門，只得把民兵召集起來，將門打開，紅衛兵進入即把他們包圍起來。但保衛科長一見何秉權和車健在內，隨即著二個民兵將他倆逮了出來。相互辯論，廠方的人辯解說是國家工廠重地，不得隨意進入，否則作破壞生產論，是犯法的，要他們立即回去，紅衛兵們則簡單回應一條，說是響應毛主席號召來宣傳毛主席思想，是革命行動，造反有理，絕不退縮。在數十民兵的包圍中，他們坐在地上，不斷齊呼語錄：「下定決心，不怕犧牲，排除萬難，去爭取勝利！」就這樣互相僵持著。

原來他們剛從縣城出發時，即被縣公安局派去祕密監視的人探知他們要前往工廠串連，便當即電話通知廠黨委，通知是較巧妙而留有餘地的，只說有紅衛兵由你廠工人帶領前去串連，要有所準備。因為要留後手，沒提出該怎麼應付。

鐘振興接電話後大驚失色，他從未想過紅衛兵竟會闖到這山溝裡來。原來從傳聞所知，使他們視紅衛兵如洪水猛獸，此番聽說要來，怎不慌了手腳。特別提到由廠工人帶

領，他記得一句話：「堡壘是最易被從內部攻破的。」便更是驚慌，一時又查不出到底是哪些工人，詢問保衛科也面面相覷。自縣城到此，步行約一個半小時便可到達，情況急迫，鐘振興當即召來副書記和保衛科長和民兵隊長，如臨大敵的吩咐立即召集五十個民兵把守大門。民兵都是從生產崗位上奉命前來的，要立即棄下工作連髒手也不讓洗，急如星火地跑步前來。

雙方僵持到中午，初秋的太陽雖不算猛烈，但坐在地上被曝曬了一個上午，且大清早起來至今粒米未進，饑渴和曝曬，已使紅衛兵們疲憊不堪，首先是女紅衛兵暈倒了。這令在場的副書記著了慌，急忙進入室內打電話與鐘書記聯繫，書記的指示是先把他們送進會議室休息，由食堂送去茶水和午餐供應他們，飯後派車送他們回縣城去。

鐘書記反被年輕工人教訓

暈倒的女紅衛兵，被扶入會議室後，經衛生所派來的醫生給治理後已甦醒如常了。大家吃飽喝足後，由民兵隊長出面，請他們上等在門外的大卡車，但個個像座銅鐘似地坐著不動，要求到廠內宣傳毛澤東思想，又呈僵持局面了。民兵隊長只有向副書記請示，副書記又電話找鐘書記，他當機立

斷，答覆說讓民兵強行押上送走。這一招果然生效，十個彪形大漢民兵，二人架走一個上了大卡車風馳電掣地開走了。視紅衛兵如魑魅魍魎的廠黨委，特別是鐘振興，一聽報告稱已把他們攆走，壓在心上的石塊方才落下。回過頭來便想到了他稱作的兩個「內奸」，詢問之下，方知此二人又是當日圍攻他的領頭者，又是李春來的同黨，他親自到被軟禁在保衛科的二人去審問他們。一見之下，果然認得是那晚張牙舞爪似指罵他的人，舊恨新仇使他腦袋熱得膨脹了，他脹紅著臉，把口沫花噴到了對方的臉上責問道：

「那晚鬧事了，寬大的沒有處理你們，現在又死不悔改，竟然未經請假跑到縣城去串連紅衛兵來廠鬧事。有這種精神，怎麼不好好安守崗位搞好生產去報答毛主席要建設好三線的苦心，而卻去招來這些人到廠裡來造反，想破壞三線建設，居心何在？」

二人對他的斥責沒有回話，共坐在一條長板凳上昂著頭與他對視。他們昨天在縣城已得到過紅衛兵的洗禮，胸有成竹，意志似乎非常堅定，對鐘振興的態度不屑一顧，認為已遠落在形勢後面了，很鄙視他，他們不為他的訓斥而生氣，反而笑口奚落他，首先是何秉權平靜地說：

「想不到你鐘書記也和我們一樣，當前天我們還在廠裡時，對大局所想的與你是一樣的，但到了縣城與紅衛兵們一

接觸，他們來自北京、也有來自省裡，對我們所講述的情況
真是天翻地覆的變化，倘以往日的眼光去處理今天的事非要
碰壁不可。我勸你不要再冥頑不靈了，眼光要往山溝外看
看，外面的世界很精彩！」

　　車健也接著插話說：

　　「今天你們把紅衛兵攆走是要後悔的，從昨天廣播知
道，毛主席已在天安門城樓接見一百萬紅衛兵了，你們今天
卻將他們攆走，這不是與毛主席對著幹嗎？你天天不離口要
學習毛主席這樣、要擁護毛主席那樣。今天舉動不是與這相
反嗎？你的行動實際上是反對毛主席的！」

　　鐘振興沒想到二個年輕工人小子卻反過來教訓起他，且
說他是反對毛主席，這還了得！對他本應是火上加油，但細
想之下，並非毫無道理，對當前國內形勢的急遽變化，他雖
身處山溝，但可以從每日的廣播及報紙和傳聞中瞭解到、特
別是車健剛提到的毛主席在天安門城樓接見紅衛兵的事他不
是不知道的、但他不理解為什麼？一句話、他思想總是轉不
過彎來，他已有二十多年黨齡的經歷，在戰爭的歲月裡，參
加過整風，二次進過黨校學習，從未有過以這些尚未涉世毛
頭小子來所謂造反，到處破壞是正確的。莫非是天變了，可
現在還是毛主席的天下嘛，他們不會是正確的。深一步的推
想，可能是前些年頭的反右派引蛇出洞，讓那些牛鬼蛇神盡

量跳出來，待時機成熟便一網打盡。好，現在沉住氣，讓他們跳吧，到時慢慢的收拾，好戲在後頭。

三線生產建設被荒廢了

面對這二個胸前別著毛主席像章，一個手裡還拿著語錄小紅本、把紅衛兵招引來造反的青年工人，他怒火中燒，但卻壓抑著，當此局勢波詭雲譎，以避談為宜，便不談紅衛兵的事，抓住了他們的一條小辮子，責備說：

「別的不和你們多辯論，你們不遵守勞動紀律，不請假，擅自曠工二天出外，憑這一條就要受到紀律處分！」

「我們是響應毛主席號召去作革命串連，還要受處分？」何秉權問道。

「就算你說的去搞革命串連，也該有個組織紀律，革命隊伍中，無組織無紀律是要受處分的，你們那兩天曠工按廠規要扣工資！」

「現在是造反有理，一切舊的東西都要被推翻，你那個陳舊腦袋如不翻新將會被砸爛！」

「豈有此理！你們目無領導，目無組織，目無紀律！」鐘書記生氣了，轉身對保衛科長說：「將他們交回給車間，扣發二天曠工工資，寫好檢查，要群眾通過。」說罷便悻悻而去。

　　二人回到車間後，立即便被工友們圍攏起來，驚異地發現其各自的胸前都別著閃閃的像章，車健手裡還拿著個小紅本語錄，這兩樣都是人們從來未見過的新玩意，對像章，好些人還湊近跟前細看，有人還問怎樣可以弄到。對車健手上的小紅本語錄，有人還那過來細細翻看，對這二人，當人們看到他們甫一進廠便被帶到保衛科，是隨後又是鐘書記親自審問，料想未必有好下場，但午後又將他們倆放回來了，半點沒有沮喪情緒，於是好奇地對他們兩天來的遭遇問這問那。為了不使這零打碎敲的回答，二人索性系統地將全過程、包括在保衛科與鐘書記的對話詳細地說了一遍。這麼一來實際是在這山溝首次播下了造反的火種。聽者有人沉默、有人提出疑問、更有人表示讚賞、手舞足蹈、興奮不已。就這樣，無論是持中間態度的、懷疑的以及讚賞的人在有意和無疑間便宣傳開了，一時間革命造反的氣氛便籠罩了全廠。儘管黨委宣傳部受書記的指示，開足了油印報、壁報、黑板報、標語和橫幅等宣傳機器要維護安定、聽毛主席的話，一心搞好三線生產建設等、但都被這濃烈的氛圍所淹沒。

　　至於鐘振興責令何秉權和車健二人寫出檢查，且著保衛科長轉達車間監督執行。車間書記和主任體察形勢難以照辦，只按考勤制度劃上二人的缺勤，例行公事地對二人說說而已，而二人則安之若素，視如東風吹馬耳。鐘振興也因此

後不久便受到群眾運動的衝擊而無暇過問便不了了之。

打砸大字報貼滿牆

當五個紅衛兵被廠民兵押回縣城後，氣憤之極，他們南下串連小組臨時組織有個團支部，他們經與支部負責人彙報後，當夜召開了會議，認為這廠是頑固堡壘，非要加強力量攻破不可，於是組織了有京、省、縣三級紅衛兵參加的十人團再次前去。他們商量還要有內應，於是委派當日接待過何秉權和車健的男紅衛兵祕密潛入工廠與二人取得聯繫作內應。

這個叫作淩飛的男紅衛兵化妝成工人模樣。為了不使被認得當日首批前來中的一個，他將鴨舌帽戴得低低的幾乎看不清眼睛、潛入了工人宿舍，打聽之下，找到了車健，又由他找到了何秉權。他們相聚在後山坡上，首先由淩飛傳達了他們三級會議的內容，並要求他們配合。二人回應說，回來後衝破壓力，已播下了火種，開始燃燒起來了，正發愁不知下一步如何展開，你們現在要增加力量前來，對我們正如大旱之降甘霖那樣及時，他們商議好接應的許多細節，最後共同朗讀最高指示：「下定決心，不怕犧牲，排除萬難，去爭取勝利。」後握手告別。

　　鐘振興則身處當前紛亂的時勢應如何對付是他現在首要的考慮。他專程到了省裡，想獲得個指示，但情況要比他想像的糟糕得多，省委機關已被衝擊得七零八落，無論是地上和牆壁上都寫有「打倒……」或「砸爛……」等等的標語，批判和傳播各地動態的大字報貼滿在牆上，書記辦公室已人去樓空，被紅衛兵占據著。書記已逃離不知所蹤，被撕碎的文件紙片散落滿地，一陣風掠過窗戶吹進來，像天女散花似地在屋內飛舞。內裡闊大的皮沙發已被踐踏地張開了破口，長方形被漆得鮮豔光亮的柚木大會議桌上已當作睡床，躺著三個穿紅衛兵服裝的男青年。目睹這慘狀，他慌忙退出。他穿過走廊，下了樓梯，正將步出大門，迎面進來一個省委辦公廳的幹部，那人曾經隨首長到過廠裡視察，所以認得。當鐘振興沮喪地向他說明來意後，那人苦笑地對他說：「書記們現在正是泥菩薩過江自身難保，紅衛兵和那些造反組織天天圍攻他們，為了脫身，已轉入地下，不知已躲到哪裡去了，即使找到也白費，看形勢你們也難以倖免，你還是趕快回去與黨委商量個對策吧，否則毫無準備，一旦被紅衛兵一衝，與內部造反組織一結合，廠裡便散架了。」

　　鐘振興沒料到省城竟是如此景象，數天前他還同省委書記通過電話，彙報幾名紅衛兵進廠被逐的事，得到書記的讚許，並鼓勵他要頂住，還贈他兩句話：「誰笑到最後，誰笑

得最好。留得青山在，不怕沒柴燒。」他琢磨這二句贈言意思是保存實力，等待最後勝利。這似乎與他原先所想可能是主席的宏大的政治策略又來一個比五七年更大規模的反右行動，現在的混亂和破壞只不過是其苦肉計的一部分吧。老人家最近不是說過「大亂必有大治」嗎？到大治時就要收拾這些牛鬼蛇神了。書記電話中的兩句贈言正與他想的相吻合。想到這裡，似乎信心又增強了。但目睹當前慘狀，又不禁淒然，數天前的省委書記在電話中仍語重心長，信心十足，可今天卻躲去無蹤。堂堂一個政權大握的一省首長，卻忽地逃離變作地下隱蔽，真是匪夷所思的奇聞，他想起一句俗語：「亂世奴欺主，運衰鬼弄人。」恰似今天的局面。

領導們的悽愴

在回程中，他路過縣城，要司機將吉普車開入縣委會。這裡的情況似乎比省裡緩和些，但大字報和「打倒」等的標語也不少。縣委書記還在，但不是在他辦公室，而是在縣委大樓的一個地下室裡。在一個幹部的帶領下，穿過黑暗的地下室甬道，再拐了兩個彎，到了一個有鐵門的房間面前，幹部似乎有個暗號，輕輕敲了三下，門哐當一聲便打開了，果然許書記出現在面前。在淡淡的燈光下，他神情沮喪，一臉

疲態，鬍髭拉茬，像個在押的囚犯。從書桌案頭上放著的、堆滿了菸蒂頭的菸灰盤看出，他近日是靠吸菸過日子的。可能是多日未睡好覺，眼臉浮腫，血紅的眼珠呆滯地看著來人，遲緩地伸出了手讓客人握了一下。他首先解釋之所以搬到這裡來辦公是因為連日來受紅衛兵和當地組織起來的所謂造反戰鬥隊的滋擾，不得已而為之。他表白解放前他是這兒地下黨的負責人，當時經常在敵人的追捕下東躲西藏。但想不到至今政權已在自己手中所握，卻又重過當年的地下生活，言下唏噓不已。當鐘振興回顧房間周遭圍滿著深灰色的鐵皮櫃時，他又解釋說，這原是個機密檔案室，暫借此辦公而已。目睹如此情景，鐘振興也知道這縣太爺正在惶惶不可終日、朝不保夕中過日子，他簡單地將廠裡情況彙報了一下，未強調要領取指示，但許書記似乎也關心他們說：「你們山溝裡交通不便，資訊不大靈通，造反的大火未及燒到你們，但已撒下了火種，看來早晚也會燒起來的，所以及時做好準備是必要的。」他從案上拿起一包菸遞過一支給對方，自己也口含了一支，擦著了打火機互相點燃著，他嘴裡噴出一股難聞的菸焦味，繼續補充說：「我現在說的準備，提不出具體的，還是由你們見機行動吧。」他語調是陰暗的，從嘴裡噴出的煙似乎也是乏力的。鐘振興無意在此逗留太久，便要告辭，臨末許書記對他補充了一句說：「看來此處也非

久留之地，必要時可能與省委領導一樣要轉入地下，」他苦笑地伸出手向對方握別，又補充了一句：「往後一段時間可能不易找到我了，我們也不能坐以待斃呀，老兄你也要注意安全啊！」他那悽愴的話語也感染了鐘振興，不覺黯然神傷。

鐘振興一出縣委大樓便上車讓司機徑直開回廠裡。此番他不到兩天的省裡和縣裡之行感慨萬千，從這些地方領導的遭遇，最大的感觸是聯繫到自己。「我將會怎樣呢？我是否也會像他們一樣，甚至更糟呢？」這個設想正不斷縈繞在他的腦海。他不斷琢磨許書記「不能坐以待斃」這句話，他盤算著按他自己所處的環境，到危急時他是無法轉入地下的，只有挺而應對一途。

當吉普車駛入廠大門，他留心地回顧周遭，覺得沒什麼異樣，心情才穩定一些。

組建毛澤東思想戰鬥隊

自從紅衛兵凌飛祕密到廠串連後，何秉權和車健便加快了組織革命造反的步伐。他們觀察到群眾最大的不滿情緒是到了這個倒楣山溝裡來，而為首帶領他們前來的是鐘振興，他於每次對群眾公開講話時口總不離那老套的以主席這個、

主席那個來施壓，在那大帽子覆蓋下，任何人只有敢怒而不
敢言。更因為自那次以李春來為首的所謂圍攻黨委書記事
件，藉以破壞生產為名把他抓入大牢，全廠除了少數政工幹
部外，幾乎沒有何人認為是恰當的。何秉權和車健以這個為
焦點，看準了平常對此有較大不滿的人，在各個車間中串連
了二十多個人，其中兩個是中年老技工，群眾中較有威信，
但只承偌出謀劃策，不願公開出面。其餘的全是青年工人，
在一次祕密集會中，他們效法外間流行的成立了一個造反組
織，取名為「毛澤東思想戰鬥隊」（簡稱戰鬥隊）推舉團長
為何秉權，副團長車健。

　　他們的組織工作停妥後，便與縣裡的紅衛兵聯繫，這個
組織於一個早上，選派了個十人小組便乘坐縣裡的大卡車浩
浩蕩蕩地開進廠裡來了，他們揮舞著寫有革命標語的紙造三
角旗、和高聲齊唱革命歌曲進入了廠裡，他們這次的進入與
上次迥然不同，不僅沒有阻攔，鐘振興聞知，雖沒有親臨接
見，但派辦公室人員為他們準備食宿安排。

　　紅衛兵與戰鬥隊的會合，正如兩股火苗合併共燒，火勢
一下便加大了起來。紅衛兵將外間的經驗介紹給廠裡的造反
派，廠裡的造反派給提供了內部的、主要是領導層的情況。
他們的前奏曲是分發語錄本給戰鬥隊成員，每於會前會後選
讀語錄，領頭大唱革命歌曲，使整個山溝充滿革命氣氛。

　　鐘振興十分關切廠中急劇的形勢變化，每日除由黨委派出的「蹲點」車間的人員彙報外，還頻密召開支部書記和車間主任、各科室負責人的聯席會議彙報情況及商量對策，幹部們一般情緒低落，他只有極力打氣。

　　造反聲勢正在風起雲湧，鐘振興牢記那句「不能坐以待斃」的話，著組織部派人往車間祕密組織黨團員、以黨員為主的戰鬥組織，目的是與造反組織相對抗，減輕他們對自己的壓力。成員選擇的素質要求也很高，一般是受過獎勵、起碼是曾受過表揚的黨員，其中有學習毛主席著作標兵、先進生產工作者、技術革新能手等等骨幹，人數有三十多個，由幹部提議，取名為「捍衛毛主席戰鬥團」（簡稱戰鬥團）團長由原學大慶標兵王鐵人式模範叫作馬鐵漢的擔任。他們由廠裡購買語錄本和像章發給每個成員（對外宣稱是個人出錢，隊裡代購），開始聲勢似乎要壓倒造反組織，旗幟打出後，眼下他們沒有鬥爭對象，只有泛泛的宣傳學習毛著，大幹一百天建成大慶式企業等等空泛的口號，沒有任何號召力。而戰鬥隊一馬當先，把矛頭對準了鐘振興。先前在紅衛兵小組與廠戰鬥隊討論戰鬥方案時，有人提議矛頭首先對準黨委，認為黨委垮了，樹倒猢猻散，鐘振興則孤單無援，便易於把他拉下。但另一種意見則是不能把黨委看做鐵板一塊，要分化它的成員，首先矛頭對準鐘振興，擒賊先擒王，

況且鐘振興現在一身瑕疵，早已是眾矢之的，一旦發起對他進攻，必然一呼百應。把他拉了下來，黨委必然分化瓦解。表決結果是採納了後者。

批鬥領導毫不留情

之後不久，針對批判鐘振興的資產階級反動路線的大字報便鋪天蓋地的貼滿了全廠，打倒鐘振興的標語用墨水寫到他辦公室門前。

造反的戰鬥隊組織的策略是從小到大、以強帶弱的組織鬥爭會。他們首先選一個造反力量較強的車間小試鋒芒以取得經驗開個對鐘振興的批鬥會，陪鬥的有二個副書記、廠長和二個副廠長。對他的主攻點是資產階級反動路線，焦點是毛主席已二次接見紅衛兵、且還將繼續多次接見，而他卻驅趕他們出廠，與毛主席對著幹。此外是扣押李春來的問題，由此也聯繫到漠視職工生活，對群眾上綱上線，以大帽子壓人等等。把他彎腰低頭二個多小時後，主持人何秉權讓他抬頭立起答覆問題，因為較長時間的低下腦袋，甫一抬頭便兩眼昏花，眼前金星四射，一時語塞，在眾人怒喝之下，他勉強囁嚅地回答說：

「我是有官僚主義，忽視職工大眾的生活，誠懇接受大

家的批評。至於驅趕紅衛兵那是思想跟不上形勢，毛主席著作沒有學好，今後堅決改正。」雖然腦袋略有昏沉，但他仍清醒，對於李春來，因為是屬案件的是非問題，一旦表態認錯，後患無窮，所以避而不談。但造反派認為是個重點，窮追不捨，但他採取拖延戰術，以逸待勞，閉口不言。把會眾弄急了，有人上前啪啪地抽了他兩記耳光，鮮紅的血從嘴角流出。這一下更使他那強勁的脾氣上來了，他想：「你打了我，傷害了我的人身，那是犯法，我更有理由不說。」主持人令他跪下，他紋絲不動，一個小夥上前，想揪他的頭髮，但他那光禿的腦袋僅有周邊稀疏不太長的毛毛，如老鼠咬烏龜，無從下手，只有雙手使勁把住他肩膀往下按，「啪啪」一聲，他不是跪著，而是來個順勢倒地躺下。他實際是膝蓋受了小小的挫傷，身體並無大礙，但他躺著不起來了，與會的有人著慌，以為要出事故了，但大多數人叫喊著說他裝蒜，不管怎樣，他閉住雙眼，側身躺著，對叫喊聲充耳不聞。僵持了半個多小時後，經主持人商議後，決定宣布暫時休會，改日通知再開。人散了後，經主持人喝令了幾聲，鐘振興才慢慢地爬起來，並伴以哎喲幾聲坐到凳子上。何秉權察言觀色，知道他身體並無大礙，倒下起不來九成是裝的，使批鬥會無果而終，是上了他的當了。

兩派對壘的大字報筆仗

　　保守的「捍衛毛主席戰鬥團」目睹戰鬥隊初戰失利，且把書記弄傷了，團委商量對策後，便以此對戰鬥隊打開個缺口來做文章，隔了一天，批評、諷刺的大字報便貼出來了，標題是「賠了夫人又折兵」譏諷戰鬥隊雖準備多時，組織了一百多人，費了半天的時間，連準備工作時間給國家損失了近百個工作日，結果書記被打傷躺倒，會眾無果而鳥獸散。大字報還諷刺主持人何秉權是只還未學會飛的雛鳥，回去找母鳥再學學飛吧，不然會掉下來跌死的！

　　戰鬥隊、特別是何秉權看這張大字報後便怒火中燒，立即組織人馬趕寫大字報反擊，隔了一夜便貼出來了，且對稱地貼在戰鬥團的邊上，標題是「打在走資派身上，痛在保皇派心中」也以譏諷謾罵回擊。一時「洛陽紙貴」雙方大字報從開始單獨彼此一來一回發展成眾多的互相攻擊，形成兩派對壘的大字報大戰。

　　經過初戰失利，戰鬥隊召開隊委會議，有紅衛兵代表參加，總結經驗教訓，批評了何秉權仁慈主義的右傾思想，特別是來自北京的紅衛兵代表，他介紹了當日在學校鬥爭反動老師、校長等是用的木棍、帶金屬扣的皮帶抽，要剝開衣服驗傷痕，不到百分之九十以上不能算合格，同時要將他們的

診療證沒收，不得讓他們到醫院去看病。紅衛兵總部開會總結時，從統計數字看戰果，那就是被鬥、被打、打死或是自殺的數字不斷上升的稱作戰果輝煌，否則便是右傾落後。經驗介紹說得個個人心振奮，摩拳擦掌，一致認為首戰失利是右傾思想所導致、下次鬥爭主持人換作車健。對於會的規模和形式，有人主張大造聲勢，開全廠批鬥大會，一方面可以壓倒對手保守派，另一方面也可徹底把鐘振興的書記威風打下來。但另一個意見是首次小型會沒開好，經驗還未取得便一下召開大會，萬一一有閃失垮下來，不僅又被保皇派抓著辮子大做文章奚落一番，更嚴重的是影響了隊員和群眾的士氣。會議最後的決定是開好小型會，循序漸進，取得經驗再開大會。但卻有人認為這又是右傾保守，但已取得多數同意，只得按決議執行。最後由紅衛兵領頭，翻開小語錄朗讀最高指示：「革命不是請客吃飯，不是做文章……」。

　　鐘振興初嘗被鬥體驗，且小有受傷，心中很不平靜，但一想到省、縣的甚至中央的領導幹部所受到比他還要狠的批鬥，特別是省委書記臨別在電話中的兩句贈言，心中便稍覺平衡些，盼望著有句古話「苦盡甘來」早些到來，但一想到更大的「苦」可能還在後頭，而「甘來」卻是遙遙無期，心頭便又像鉛塊一樣沉重。他搜索可以從什麼地方可能找到救星，哪怕即使是一根稻草，只要能扭轉他當前的困局，他也

願付出最大的代價。然而他所期待的希望正在他面前橫著一條鴻溝，無法跨越過去。

工人們造反地忙於搞革命

認為還沒有罷他的官，他還是依舊履行他的職責，與廠長們主持全廠中層幹部開會討論抓革命促生產。但所有與會的人員、包括他自己都被衝擊得心神不定，動盪的局勢使黨委已被分化，成員同床異夢，已是「一國三公」，特別是廠長孟建國在會上再次批評鐘振興關押李春來的不當，致使今天造反派作為攻擊的焦點。但鐘振興辯解不能以今天的形勢與昨天相提並論，昨天他聚眾鬧事、破壞生產，扣押他怎麼不對。當然今天是造反有理，我們都被叫作走資派，已是無法逃脫的甕中之鱉，過去所作的一切幾乎全是錯的，唉，真是秀才遇著兵，有理說不清。會議除了書記和廠長有些不同意見的辯論外，其他成員大多心不在焉，都為當前廠中的混亂局勢惶悚不安，氣氛是陰慘慘的。

至於由鐘振興和孟建國二人共同召開的中層幹部會議，他們大多是在基層直接受到衝擊，主要是因為執行了廠黨委的資產階級反動路線，因而便埋怨起黨委，核心人物當然是鐘振興。這麼一來對鐘振興雖不是批鬥會，但言詞也頗尖

銳，火力亦挺足，是過去所從未有過的。因為這些幹部們比之那些造反派的工人們瞭解黨委、尤其是鐘振興的情況要多的許多，問題知道具體而貼切，頭頭們擔心倘使問題被洩漏，下一回的批鬥會便增添了不少殺傷力較強的「子彈」，驀地出了一身冷汗。會議主題雖曰抓革命、促生產，但只是個虛名，所謂「革命」現在真正抓在紅衛兵、造反派手裡，他們絕對主動。至於「促生產」，現在廠中基本停頓狀態，幹部不敢管、也不想管，怕資反路線帽子一下便被扣上來。工人們造反地忙於搞革命，其餘的隨大流順勢過個清閒日子，生產幾乎全停頓了，好些有精度要求的機床設備，由於離崗位時沒有保養，現在鏽跡斑斑。廠中許多能用於日常生活所需的材料、如汽油、煤油、勞保用品以及一般工具、個別的把機床零件也拆了下來變賣等等五花八門可用的東西都被偷作私用。開始時個別人偷偷摸摸，逐漸發展成群眾行為，偷拿廠中物品幾乎是公開的了，以致有人戲曰：「西方有個加拿大，這裡有個大家拿。」無政府狀態像滔滔洪水一樣衝破了所有的紀律。鐘振興也曾聽到關於這些情況不少反應，且也親臨往各車間視察，但也自歎有心無力了。他往日常帶在嘴邊的口頭禪「要聽毛主席的話，加快三線建設，使毛主席睡好覺」，現在已噤若寒蟬。

　　戰鬥隊醞釀第二次批鬥鐘振興的準備工作已完成，按

計畫仍是個小型會，但後來又自己推翻，覺得這麼做便是保守右傾，便改爲大型會，計畫是一千人參加，主題與上次基本相同，但卻變換了方法，不單刀直入追究扣押李春來問題，而是從強加鐘振興破壞生產入手。吸收上次教訓，從開始就要他跪著低頭。當他聽到首個的發言說的是關於生產問題，心中似乎輕鬆了些，因爲生產是廠長們的具體事，而且眾所周知目前生產癱瘓是局勢所造成的，說白了責任應該是造反派。聽到剛開始發言不久。他心安理得。但發言人逐步逼近，把責任全推之於他，說他因受衝擊了，順勢躺倒不管，「群眾批判你，是因爲你犯了資產階級反動路線錯誤，十分應該。但你現在仍是廠裡的第一把手職位上，職責所在，你怎能不管？現在你藉機躺倒，讓生產癱瘓了，可能你心中高興，你會這樣想：『你看，整了我鐘某人廠就要垮了，你們快收手吧！』要我們收手，沒門！你撒手不管，任生產停頓，實際是破壞生產，你承認不承認？你說！」發言人見他低頭閉目養神，若無其事，悶聲不吭，便以手指敲了敲他光亮的禿腦袋，幫他扶起來面向公眾作答，但他仍不吭聲，會眾被激怒了，七嘴八舌地吼叫著要他回答。主持人車健乘勢牽頭高呼「打倒鐘振興，他不投降絕不收兵！」面對的群眾接著便雷鳴般地跟著舉手呼喊，但鐘振興呆若木雞似地站著，仍不作答，主持人爲造聲勢，又再次領頭振臂高呼

與剛才同樣的口號。眾人的排山倒海似的聲浪又向鐘振興襲來，車健上前來指著他的鼻子說：

「你若不回答，立即就跪下來！」

該什麼罪，讓大夥來定

鐘振興本來就患有膝關節炎，剛才跪了半個多小時實在受不了，幸好正欲倒之際，主持人幫他扶起，要他作答，肉體上稍得舒緩，但現在又逼脅他可能又要重新受膝蓋疼痛之苦，不得已，只選擇所要求的回答，他一反過去作報告時氣宇軒昂、聲震屋梁、聲帶沙啞的低聲回答說：

「是的，我應該負責。」

「是不是存心破壞生產？回答！」車健問道。

鐘振興猶豫了，沒有作答。

「你不回答，還是跪下來吧。」

膝蓋的疼痛，使他蹙著眉頭，慢吞吞地回答說：

「那就算破壞生產吧。」

又上來一個造反戰鬥隊的小夥子，他已經抓準了鐘振興的害怕肉體痛苦的弱點，用他雙膝彎曲著從背後使勁頂了頂鐘振興的雙腿關節部，本是痛楚的膝關節，這下腦袋驀地金星併冒，大叫了「哎喲」一聲，正要倒下，幸得車健忙上前

將他擸住。小夥子粗短個兒，比起較高個的鐘振興雖矮了半截，但這一動作已使他懼怕十分，垂下雙眼不敢看這小夥，擔心他還可能會有第二個更要命的動作。小夥聲音洪亮，動作有勁，揮舞著手，似乎就要打到他的身上，他閉上眼睛不敢看了，小夥半對著他又半對會眾對他問道：

「既然你已承認破壞全廠的生產，現在確確實實停頓了，你的目的達到了。但是我要問，當日李春來只不慎出了件廢品，比之現在全廠停產損失，那只是九牛一毛，你卻大加上綱上線，說是蓄意破壞生產，將他關入大牢已半年多，不審不判，讓他長期坐穿牢底！若以罪過來說，你要比李春來大千百倍，你說，你該當何罪？你回答！」

鐘振興稍抬起了點頭，偷偷瞅了一下小夥，覺得似曾相識，細想之下，確認是那天圍攻他煽動嚷著要回天津去的那個。他後悔當時沒處理他，現在張牙舞爪的，看他是否又要動手來個要命的動作，但見對方把話說完便垂下雙手，便稍覺放心，他便企圖僥倖對這難題閉口不答過關，但小夥等待片刻未見回答，便上前一手抓著他胸前的衣服來回抽撞了幾下，威脅他說：

「你不想回答，那還是跪下吧。」

鐘振興一聽到又要跪下，條件反射，使他立即覺得雙膝又劇痛起來。他想這苦頭確實無法挨下去，豁出去了，那就

承認吧。他說：

「我有罪，該什麼罪，讓大夥來定吧。」

群眾騷動蜂擁而出

　　主持人車健抓住時機，見他已承認有罪，可暫告一段落，至於定什麼罪，在這場合是議不清楚的，不如暫擱著。他令小夥下去，接著便上來一男一女，都是屬戰鬥隊成員，兩人都曾參與過當日圍攻，與書記對過陣。鐘振興見二人來勢洶洶，但有些面熟，似曾相識，可能是在鬧事那晚見過面的。他擔心這二人不知又要出什麼損招了。二人的出臺，是按戰鬥隊研究的作戰方案進行的，主攻方向是關於李春來，他們的戰術是「先兵後禮」，上來時女的提了一布袋沉甸甸的東西，到了鐘振興跟前便解開了布袋嘩啦啦地把一大袋菱角分明的碎石子倒滿在他跟前，臺下與會的眾人看見這不尋常的異舉便稍有騷動。首先由男的發言，他先不說碎石子的用意，他發言說：

　　「剛才你已承認由於你甩手不幹，刻意令全廠癱瘓，是犯了破壞生產罪。但我現在要問你，李春來只出過一件廢品，你就定他破壞生產關進大牢，倘這是合理的話，則互相衡量一下，你的罪該如何？我說槍斃你鐘振興十次也不夠！」

　　站立著的鐘振興，聽了這個發言，覺得打中了他的要害，他想：「你既然承認破壞生產，這一罪過與李春來是無法相比的，既然李春來已投入了大獄，則我該怎麼辦？」他後悔剛才的招認，但一言既出，駟馬難追，只有苦果自吃。

　　「鐘振興，你聽著，我問你，李春來究竟是不是破壞生產？應不應該被押入獄？」男發言人又接著問道。

　　但沒有得到回應。臺下的群眾開始騷動了，不斷有人迫脅地呼喊「回答！」「回答！」主持人車健為助長氣氛，又領頭振臂高呼口號。但鐘振興仍站著低下頭，光亮的禿腦袋沉默地對著會眾，未見稍動。男發言人向女的使了個眼色，女的於是上前動手將鐘振興的腦袋扳直，指著他跟前那堆碎石說：

　　「兩條路你選擇：一條是回答問題，另一條則跪在這上面！」

　　鐘振興琢磨了好一回，想出一個可代替的較輕些的辭語，才囁嚅地吐出一句說：

　　「說破壞生產可能嚴厲了些，那就稱作損害生產吧。」

　　想了較久才說出的變通詞彙，雖然已退了一步，但群眾仍未滿意，關鍵問題是李春來的入獄事他沒有作答，於是又追逼他回答這問題。但鐘振興也在想，李春來入獄的事，他如承認有錯，跟著便會有如千斤壓頂似地臨到他的頭上，進

一步可能李春來會被放出來,那正如放虎歸山,在今天的形勢下,那股勁要他夠受的。所以他決心非要堅持以緘默相對不可。他的沉默,令群情激憤,不斷以呼口號施壓,但他仍未見稍動,在臺上那女的見勢在必行,當即上前勒令要他跪倒在碎石上,但他好像不曾聽見,依然無動於衷,男的便上前雙手把他按著跪了下去,使雙膝著力地碰撞在碎石子的尖菱角上,他「哎喲」一聲便倒下了。吸取上次的教訓,主持人並沒有就此甘休,上前將他扶起來,但怎麼也沒站住,只得讓他坐在地上。與上次不同,此番鐘振興卻是吃了點苦頭,他患關節炎的膝蓋已被碎石尖撞破流了點血,劇痛使他耐不住了,他要求給一張凳子坐下回答問題。車健於是端了把椅子過去,但他怎樣也立不起來,像個醉漢似地雙腳搖晃震顫,只有幫他攙上椅子。他自覺已山窮水盡,無法拖過去,只有橫下一條心承認說:

「李春來應該是責任事故,破壞生產是我所加的,因此他不應該入獄。」

大反黨委

鐘振興這算是較坦率的回答,基本滿足了大家的要求,接下來是如何釋放李春來的問題,車健當機立斷,把紀錄員

的紀錄拿了過來看了一遍後，連筆帶簿拿過去讓他簽字同意釋放李春來。鐘振興接過紀錄本細看了一遍後，正提起了筆又放下，彷彿又考慮什麼，半晌才重又執筆在紀錄的空檔處寫上：「李春來原是破壞生產，所定是錯誤的，實為責任事故，不應關押，同意釋放。」

批鬥會就此宣布結束，鐘振興讓人攙扶出會場。往後便由戰鬥隊的成員找到鐘振興正是擬好要求平反釋放李春來的報告，簽字蓋上大圓公章到縣裡辦理手續。其實這是一樁未經法院的欠手續的關押，原先僅是廠黨委和縣委兩個書記私商即合的冤案，現今要釋放他，只要有縣委許書記一批，公安局便可立即放人。戰鬥隊的人找到了因躲藏已久被造反派抓回來七批八鬥後扔在「牛棚」裡的許書記，他現今雖身不由己，但未正式罷他的官，職位仍在，所作決定仍然生效。他連報告內容都沒細看，聽來人把情況述說後，二話沒說便提筆簽上「同意釋放」四字。

保守的戰鬥團目睹戰鬥隊批鬥鐘振興大獲成功，心有不甘，以大字報批評戰鬥隊因造反而製造無政府狀態、致使全廠生產癱瘓，卻把責任推給已被鬥傷的鐘振興，他已是隻半死的老虎，連自身都管不了，還能要他負責管好全廠？你們口口聲聲聽毛主席的話，造反有理，卻又不聽毛主席的要把三線建設好的教導，造反很積極，生產卻消極。

　　此外，有廠方背景的戰鬥團已得知廠長孟建國因為李春來被押的事與鐘振興有分歧，已被造反戰鬥隊拉過去了，為批鬥鐘振興提供了不少較有殺傷力的「子彈」，且在幕後為他們出謀劃策。團長馬鐵漢有見及此，當即召開團委會議，決定揪鬥孟建國，他們來個「兵馬未動，輿論先行」，首先以揭批孟建國為主題的長篇大字報貼出，從那次因逃避職工質問而躲到後山上，嫁禍於鐘振興開始，歷數他的表現於各方面的投機取巧、見風使舵、處處明哲保身，堪稱是個風派人物。在治廠上完全執行蘇修的那套反革命修正主義一長制路線云云。大字報並揭露他曾把黨委會許多重要的祕密決議往外透露，比如鐘振興破壞少數服從多數的黨內民主制度，在多數否決的情況下強制決定批捕李春來，就是他給透露的，因而等於送給戰鬥隊一顆轟擊鐘振興的「重磅炸彈」。大字報說，樹有淵，水有源，他一貫的滑得像水蛇似地投機取巧作風，現在看見戰鬥隊如日中天地得勢，便投機賣身過去，為他們效勞，居於幕後出謀劃策，大反黨委，名曰反戈一擊，實是賣身投靠云云。

　　此大字報一出，戰鬥隊已嗅到了戰火的硝煙味，他們已覺察孟建國將會被戰鬥團揪鬥，為減輕他的壓力，決定也以大字報還擊，申述孟建國的反戈一擊是正義行為。他已從資產階級反動路線回到毛主席革命路線上來，與鐘振興為首的

反革命修正主義黨委劃清界線，是應受歡迎的，鐘振興的喪鐘已敲響了，回天已乏術，保皇派想以最後一劑救命藥——批判孟建國，是攔不住鐘振興進入鬼門關的。

衣服剝光抽出鮮紅血印

之後，相互一來一往的攻擊，又形成了第二次的大字報大戰。戰雲密布，輿論的火併又導致真槍實彈的交手。首先是戰鬥團揪鬥了孟建國，批鬥內容大致與大字報所揭發的雷同，但他們因給予叛徒待遇，對肉體的懲罰比之鐘振興要升了級。已經是隆冬季節，滴水成冰，為追逼他沒完沒了地向戰鬥隊提供了多少黨委會的機密，把他的衣服剝光得只穿著一條內褲，開始有人用帶金屬扣的皮帶往他赤裸的身上抽，抽一下便出現一個鮮紅的血印，胸、腹和背部遍體血痕，鮮紅的血在各個被金屬扣抽打的印跡中匯流在一起，成了個血染的紅人，令台下有的婦女不忍觀看而低頭掩眼。到了血印布滿全身，人已倒地昏厥，施刑者無奈，只得收手。

戰鬥隊見此情景也不甘示弱，為了報復，便又組織一個狠鬥鐘振興的全廠大會。他們已看穿了鐘振興最害怕跪碎石子，故仍用此法。鐘振興已有經驗，與會前妻子給他穿了一條厚厚的棉褲，並將褲帶勒了幾個死結，以為有備無患，怎

知道高一尺、魔高一丈，造反派早已想及，當他一登場便喝令他解下棉褲，見鐘振興自己解不開，主持人上去幫他也解不開，知道他這是有備而來，給他搧了一巴掌後拿來小刀將褲帶割開了，讓他僅穿一條褲衩，在凜冽的寒風中哆嗦這雙腿幾已站不住，到了主持人令他跪尖碎石時只有由二個大漢硬將他按下跪著，他們已有準備防他乘勢躺下，兩漢子一左一右將他攙扶著跪著不動，儘管他痛苦地喊爹叫娘的嗷嗷慘叫，面色慘白，身體哆嗦得連兩名漢子幾乎都把持不住，但人們充耳不聞，視若無睹，直到半個多小時過去了，一直提住他肩膀的二個漢子也覺累了才鬆開手讓他倒在地上像死了似地毫不動彈。光裸著的雙腿已被凍得發紫，膝蓋已被尖碎石壓得血肉模糊，騰出來的那堆碎石，也斑駁地被鮮血染紅。

兩派各自批鬥大戰越演越烈，有時戰鬥隊今天鬥鐘振興，戰鬥團明天鬥孟建國，輪番互鬥以泄其派性之憤，甚至在同一天分別在鬥，想以批鬥各自的走資派壓倒對方而取勝。

革命就是打倒你我來幹

經過革命派及全體革命群眾努力，浴血奮戰，把舊世界打得
落花流水，讓那些黑暗統治著工廠多年的反革命修正主義者
和反動學術權威通通掃進了垃圾堆，
建立了嶄新的真正毛主席革命路線的無產階級政權。

　　鐘振興和孟建國被鬥重傷住院，廠中已群龍無首，二個
副書記和副廠長當此波詭雲譎的局面，誰也不願自動出頭主
持工作，他們在京的頂頭上級也在水深火熱中，已無暇顧及
他們，而兩個自發的群眾團體都專心於他們的革命造反，以
為亂得越好越是革命，但日夜奔忙於鬥爭走資派、寫大字
報、貼大標語、跑縣城以及省城與那邊造反派取得聯繫等等
畢竟是一小部分人，大多數人以當今的流行語是逍遙派，他

們不用上班，每月照樣到廠拿工資，閒得無聊時，有人忽發奇想，到附近村莊以低價向農民買來木材，備好工具當起木匠來製造家具。此風一下便颳了起來，比文革造反旋風颳得還快。

用公家材料成立私營工廠

一批批自動組成的三五成群的人外出購買木料，供銷科的汽車班有的還私用汽車往外採購木料。木工工具不好買到，人們就利用機械加工之便，到車間用公家材料自己製造。沉寂了許久的車間，一時便機聲隆隆，驟一看以爲是恢復生產了，其實幹的都是私活。打製木家具的工具在車間加工完了，便輪到各家宿舍幹木活的響聲四起，互相交流經驗，家具樣式圖紙的切磋琢磨，並交替觀摩，一時機械工人成了木匠，機械工廠宛成了木工廠。一個是國營的，但另一個是私營。私營卻壓倒了國營。

張通和是單身，他無需趁此風去幹木活，看見別人搞得熱乎，手癢癢的，有勁無處使，因此他想到是否替無男勞力動手的王燕打製一些家具。在「文革」造反期間他是個逍遙派，他哪一派都不沾邊，對於一些批鬥走資派的會，有時爲了看看熱鬧去參加一下，但多半的會他都沒去。對於「文革」的看法，他是牴觸的，但不好直說，只能拐個彎兒說：

「大夥能心平氣和地搞好生產要比鬧轟轟的大家不幹活總會好些吧。」由於「文革」一來，組織癱瘓了，領導靠邊站，群眾不是忙於造反搞革命，大多的熱中於在家打製家具，無暇顧及其他雜事，這給張通和與王燕造就了一個來往的良機。他倆也因為無需上班，無所事事，因而張通和踏進王燕的家門已成常事，有時還捎帶些好吃的東西共同烹製同桌共吃，且間或還在那裡宿夜，同枕共寢衾，宛如夫妻。他們的半公開化，左鄰右里已司空見慣，見怪不怪，無人於公開說，也無人敢管，「文革」的無政府狀態給他倆開了方便之門。他們樂而忘形，只迷戀於二人的溫馨暖巢，不去想著其他。當張通和提出關於打製家具時，王燕才想到了往後該怎麼辦？她如夢初醒地問道：

「我申請的離婚也離不掉，你沒想過這個家還不是你的嗎？萬一李春來一旦放出來，他不是又要回到這兒來麼？你打的家具是替誰打的，你想過沒有？」

張通和似乎茅塞頓開，對於王燕所說的，他不是沒有想過，只是不想往這方面想，而只一股勁地想著那些快樂方面的事，對於那些後顧之憂幾乎被忘了。他一下難以作答，半晌才吐出話來：

「不打家具也罷，這是小事，今後我們的關係是大事。」

「聽說戰鬥隊的人現正著力鬥爭當權派要把李春來放出

來，你聽說過沒有？」王燕擔憂地說。

「我當然知道，而且已到了縣裡去要人了。」

「李春來果眞的放出來，我們該怎麼辦？」

「我迴避一下便是了。」

「不，我不同意你退讓的儒弱態度，我還要力爭與他離婚，要不然我們私奔吧！」

王燕這一驚人的提議，使張通和一下愣住了，這是他從未想到過的，他沒有勇氣接受這個主張，他回答說：

「我說爭取離婚是上策，他即使回來，妳還要積極爭取。但私奔是不可行的，現在到處兵荒馬亂，妳往哪裡去？我們一方面無錢，二方面即使回天津去，妳沒戶口便沒工作，天天吃什麼？」

「我已想過了，李春來一旦放出來，必然是個響噹噹的造反派，現今戰鬥隊一股勁地要求放他出來，可能今後讓他當頭領導造反，這樣他有權有勢，他不願離婚你沒轍，還有別的什麼出路？」

張通和半晌沒說話，王燕急了，雙手捉住他的肩膀搖了幾搖，尖聲地嚷道：

「你打算怎麼辦？你不同意我的意見，你可提出個辦法，讓我們有個出路，你說呀！」

李春來獲釋，轟動全廠

　　張通和堅決不同意他們私奔，但卻想不出個好辦法，被逼得無奈，只低聲地說：

　　「我還是主張妳爭取離婚。」

　　「離不了婚就怎麼辦呢？」

　　「沒有別的好辦法。」

　　「那我們就此分手了？不，我不願意，我不能讓我們這麼艱辛曲折營造起來的愛情就此終結，我也不再與李春來共過日子，否則我寧願死！」

　　張通和聽她說到了死，便驚駭起來，他說：

　　「妳冷靜些，不要激動，我們總能想到辦法的，車到山前必有路嘛。」

　　「你這是空洞的廢話，沒有具體的解決辦法只有等死，張通和，我看透了你，你冤枉是個男子漢，遇事前怕狼後怕虎的膽小如鼠，你如果一旦遇到困難時眞的退縮，我就要像軍隊在作戰中對待臨陣脫逃的士兵那樣處死你！」

　　「不會的，我不會脫逃，妳也不可能處死我。」

　　王燕所想是較現實的，她想到李春來一旦回來，肯定不同意離婚，一雙怨偶貌合神離地生活下去，她是再也不能忍受的，而張通和這個知難而退的人，肯定不敢與她相會了，

愛情便要告吹，她將怎麼辦呢？前路茫茫，不知所終，她絕望，面對著無精打采，也無積極表現的、她認定了所愛的人，她失望地潸然淚下，逐漸便大哭起來，她對他揮了揮手說：

「請你走吧，讓我一個人冷靜些。」

李春來獲釋的那天，戰鬥隊以何秉權和車健爲首向廠部要了一輛卡車，載著二十多個人浩浩蕩蕩地往縣城開去，卡車兩邊的圍欄各黏著白紙黑大字的「打倒反革命修正主義分子鐘振興」長長的標語，鐘振興的三個字是倒寫的，且用紅筆劃了個交叉，一條紅布黃字的寫著「歡迎李春來光榮歸來」的橫幅由二個漢子一左一右地握著竹竿撐起在車頭駕駛室後迎風飄動。出發前，曾由何秉權親臨李家誠懇邀請王燕參加迎接，但王燕推說因頭痛婉拒了。

俗語說「久別勝新婚」，但李春來的歸來卻並不如此。其實這也是他早就預料到的，當他還在獄中時，雖然王燕一次也未去探望，但不時有他的戰友、特別是何秉權和車健都不曾少去，他們除了反映各方情況外，還要聆取一些李春來的指引，當然，至於有關流傳著的張通和與王燕的緋聞不會瞞著他。這樣，李春來雖身在囹圄中，但對廠中當前局勢以及他妻子狀況瞭若指掌。當他獲知將要被釋放後，已籌畫了一個腹稿，那就是首先把大事處理，當此大好形勢下，要壯

大戰鬥隊，把那保皇派壓下去，繼續鬥臭鐘振興，想法把孟建國解脫出來。至於他家庭私事暫且放下，避免為此而被糾纏耽誤了大事。對於張通和，他也考慮了一個處理方法，但列入家事，暫且擱下。

　　李春來的歸來，轟動了全廠，戰鬥隊把他作為英雄似地迎接，興高采烈，標語和大字報大肆宣揚。這當中，主要的用意還是對走資派，特別是鐘振興的示威。戰鬥隊當即召開了隊委會議，改選了隊領導，何秉權把隊長位置讓給了李春來，他自願降為副職。

中央號召抓革命促生產

　　另一方面是戰鬥團，先前甘當保皇，但對鐘振興以至廠黨委都無能保住。由於局勢逐漸明朗，從中央打倒劉少奇開始到基層通通要推倒的當權走資派，「保皇」已成了個貶義詞，繼續下去必然滅亡，因此必須改旗易幟。幸而他們揪住了孟建國，你說我保皇，孟建國不是當權派嗎？我們現在揪住要打倒他，已經不是保皇而是造反了。對鐘振興的態度卻是個難題，但他們想出個權宜之計，從過去從不提及他的，現在要適應時勢一樣喊打倒了，但只動口不動手，你鬥鐘振興，我揪孟建國，兩個同是當權派，同樣都是造反，不差累

黍，倘若再說我們是保皇，你們現在還想保孟建國，這才是眞正的保皇。

　　鐘振興和孟建國同住進了縣人民醫院養傷。鐘振興僅是膝蓋受傷，皮肉潰爛，但未傷骨，康復較快。但他希望病情最好延緩些，不要那麼快出院，要求醫院把他的關節炎也治治。本來是可以下床走走絕無問題，但他裝得痛楚異常，腳不能沾地，於是醫院便留下他繼續治療。而孟建國傷勢較重，由於腹背被皮帶金屬扣撞擊而傷及肺部及脾臟，縣醫院因條件所限提出要轉送省醫院治療。要使他康復不是短時間的事了。

　　一位部裡的劉局長奉命從北京不遠千里而至，僅是一個任務，攜帶國務院一個要抓革命促生產的檔。他沒有料到工廠已癱瘓多時，一位副廠長陪同在廠裡轉了一周，廠房靜悄悄的，麻雀在周圍吱喳地叫，車間鐵門的大鎖已鏽蝕，鑰匙插進去好不容易才被打開，冷不防，兩隻喝飽機油的碩大老鼠迎面竄了出來，把來人嚇了一跳。大門前及廠房周遭生滿了雜草，彷彿是已倒閉多時的廢廠舊址。書記、廠長都被鬥受傷住院，現在群龍無首，無人負責。他想從副職的書記或廠長中找出個臨時牽頭的人，但沒有誰人肯挺身而出，都怕被槍打出頭鳥。他瞭解到孟建國是造反派所器重的，他如出來可能仍有些權威號召恢復生產，但據知他正傷重住院。現

在只有「自古華山一條路」讓鐘振興出來，他親自往醫院去探訪他，鐘振興正在與醫院像猜謎語似地，一方說腿痛得完全不能著地，另一方則極力探究他的虛實。院方雖未得結論，但從病理和他的心理分析，認爲他可以出院休息。經過院方和劉局長的配合動員說服，他勉強願意出院，也勉爲其難響應中央號召抓革命促生產，但甘當副手，要求另找個一把手來。這實際是官場上慣用的假謙讓而已，當此全國動亂，幹部已停止調動，來個一把手實無可能。局長經過電話向北京請示，部領導指示要鐘振興挺身而出，聽毛主席的話，要相信群衆，正確對待自己，老幹部嘛，要堅信黨是正確的。局長把話傳達給他，要他重新履職，這是命令，要記住還有個黨紀約束。

機器聲重新響繞山谷上空

在有局長參加的召開了一個黨委會議，研究好部署後，局長宣稱北京有緊急事要他馬上回去，儘管鐘振興、包括衆委員要求他以部的代表威望來號召恢復生產，但他目睹這險惡形勢和這難以收拾的爛攤子見而生畏，一旦沾上便難以脫身，不作這自投羅網之舉，不如走爲上著。鐘振興其實也心中有數，他此次復出，已是強弩之末，說壞一些，就正如明

知山有虎，偏向虎山行，戰戰兢兢地重又披掛上陣，恢復履行他的職務。他們沿用老一套辦法，分別先開黨團員會議，通知上午八點鐘開會，到了八點半鐘二百多個黨員中，僅來得不到一半，高音大喇叭響徹山谷呼喊半天，來者仍是寥寥，鐘振興急了，要辦公室派人逐家去催，得到的回報是因晚上打家具至深夜，早上起不了床。他生氣也白費，只得把會勉強開下去。他首先將國務院的「抓革命、促生產」的指示檔念了一遍，並強調大家要返回原崗位。他說：「革命很重要，是毛主席親自發動和親自領導的，一定要抓好。但生產是命脈，一個廠不搞生產，那還叫什麼廠呢？倘若全國的廠都停產，我們不都是要喝西北風了嗎？因此生產還是個根本，況且我們的三線廠也是毛主席部署建設的。與會者許多不久前是曾參加過批判鬥爭過他的，今天忽而由他來向大家指指點點，講大道理，昨天還批判他走資路線，今天忽而卻以毛主席革命路線來教訓大家，莫非這是演戲不是？真是滑稽得不可理解。人們在台下交頭接耳，雜訊幾乎蓋住了臺上的講話，目睹今天黨員懶散狀態和會場秩序的混亂，鐘振興有些生氣，他咬咬牙，狠下決心，提高嗓子批評了今天拒絕到會的人，但未敢說要怎樣處理他們。對會上欠秩序的狀況，他語氣較緩和婉轉些，他說：「許久沒開會了，可能同志們對開會已陌生而不習慣，但我們畢竟都是黨員，仍應有

個黨的約束，還要講點黨性，希望大家要肅靜些。」

　　黨員大會實際是走過場。

　　據團委書記的彙報，團員大會來的人寥寥無幾，團書記勉強把國務院的「抓革命、促生產」檔念了一遍便完事。

　　但鐘振興仍不氣餒，他一方面吩咐宣傳部把國務院檔以廣播和標語大造宣傳聲勢，此外還召開中層幹部會議，在會上，他坦誠地道出了自己近期的思想活動，語重心長地要求大家挺起腰杆，按毛主席的教導「一不怕苦，二不怕死」幹下去。

　　他自己琢磨中央為什麼驟然發下了這檔，形勢很可能會有改變，這是他所希望的。於是把他的想法在會上暗示說：「形勢一定要往好的方面發展的，我們好比正走在一條黑暗的隧道中，現已走到盡頭，看見了前面的亮光。」他肺腑之言也感動了一些到會的幹部，於是各部門的頭頭便逐家逐戶去勸說職工回到生產崗位上。

　　經過一番努力，功夫不負有心人，全廠的局面初步被打開，各部門都有所活動，打開了門的廠房來個大掃除，將已鏽蝕的設備重新擦洗，自廠房傳出的機器響聲，打破了較久以來的靜寂，重又嫋繞在這山谷的上空，沉寂多時的工廠，看見了些生機。

軍宣隊革委會，主委李春來

　　一天早上，中央廣播電臺播音員用了洪亮有力的聲音作了上海一月風暴的詳細報導，三結合的革命委員會的誕生，宣布了舊黨委的結束。繼後便看到了隔日的省報，頭版大幅紅字的標題附著照片，報導得詳詳細細。廠中有兩種反應：一種是中層以上的領導幹部覺得舊班子將要壽終正寢，造反派鐵定要掌權了。另一種是造反派則興高采烈，認為上海打了個頭炮，造反派首個奪得了政權，全國各地將會跟著，我們這裡也將不會例外。他們認為辛辛苦苦冒著風險努力了這麼長一段時間終於得到了收穫是值得慶幸的。他們立即組織敲鑼打鼓，在廠的周圍遊行，並張貼慶祝的大標語。

　　其後不久，省和縣都相繼成立了革命委員會，有了一個可以行使權力的機構，自然會關注起這個廠來。鑒於這廠近來雖經原黨委響應國務院的號召，奮力大抓了一下，生產開始稍見起色，比如一個久病的人雖開始逐漸痊癒，但要完全康復還須有個過程，這廠也似乎這樣。按照大勢所趨，建立一個新政權是必要的。紅衛兵早已撤退，省裡決定派支左部隊前去。支左部隊一行五人，名叫「毛澤東思想宣傳隊」，由一個部隊的營級幹部叫武剛的作為軍代表領隊。他們到廠後，很自然的一頭便栽在「毛澤東思想戰鬥隊」身上，而

「捍衛毛澤東思想戰鬥團」便成他們排斥的對立面，但戰鬥團不服，一張大字報標題為「屁股究竟坐在哪邊？」被張貼出來，認為他們是拉一派打一派，不是以團結的目的達到相互的團結，使工廠的局面穩定而促進生產，名為支左，實為支派云云。因為軍代表一直認為戰鬥團是保守派，不僅沒有理會他們所說的道理，且與戰鬥隊商議等待機會消滅它。

軍代表武剛在一次群眾大會上的發言說：「有大字報批評我們不是支左而是支派，這是有意中傷，你們一直是保皇的，後來揪了孟建國，他雖是個當權派，他過去犯過修正主義錯誤，但他反戈一擊，已與戰鬥隊站在同一戰線了，你們就因此要揪鬥他，並聲稱這是造反，這種指鹿為馬的行徑是騙不過群眾的。你們怎麼不揪鐘振興？這不是昭然若揭嗎？同志們，請大家擦亮眼睛，這叫造反嗎？這是實實在在的保皇。」

軍代表的講話後，戰鬥團雖然仍有為自己辯解的大字報貼出，但成員中不免有些動搖，構成這些因素，當然武剛的講話是其一，但形勢的發展逐漸明朗，大勢所趨，當今已是造反的天下。雖然前一個時期部裡來了個局長，傳達了國務院的檔，出乎意料，鐘振興竟又出來了，久已停止的黨團活動煞有介事地又動起來了。中層幹部像冬眠的動物已甦醒過來開始活動了，廠裡卻是似乎開始復甦。但曾幾何時，上海

一月風暴泛起，形勢大變了，中層以上幹部大都等著下馬交班，造反派企望著接班掌權，工廠重又萬馬齊喑。戰鬥團的頭頭雖極力喬裝打扮聲稱自己是造反派，但成員心中有數，對這組織的本質瞭若指掌，因而形勢令他們不樂觀。另一方面，戰鬥隊利用這大好形勢，快馬加鞭，一面壯大自己，大量吸收人員，甚至少數中層幹部也投入了進來。另一面對戰鬥團以大字報大加鞭撻，趁其處於劣勢中落井下石，欲置它於死地。

軍代表武剛看時機已近成熟，便由他們軍宣隊內擬出了一個革委會的名單，經過與戰鬥隊部分人磋商，報請省革委會審批。審批下來的名單以大紅榜公布，成員是向戰鬥隊一面倒：主任委員李春來、副主任委員何秉權、車健、孟建國，另外三人全是戰鬥隊成員。孟建國被列上名單其實是虛設，他現仍重傷住院，康復無期，但按三結合要求，不得不以他掛個虛名。

無政府現象死灰復燃

軍宣隊召開個全廠大會，名曰慶祝廠革委會成立，會場張燈結綵，圍繞著會場四周的彩旗迎風招展，一雙分別掛在臺上左右角面向會場的高音大喇叭播放著時下流行的革命歌

曲，幾條漢子在臺下前邊使勁敲著鑼鼓，鬧音把人耳膜差點震破。大會由軍宣隊一成員主持，六個委員齊齊端坐在主席臺上，還加上個武剛。經過武剛和一連串革委成員和什麼某某代表的冗長而令人厭煩的講話，會眾已感疲勞，人們出出進進，像趕集市似地擾擾嚷嚷，有的還互相開玩笑鬧著。一個帶孩子的婦女，因孩子淘氣而打了他一下便哇地哭了起來，在會眾勸他帶出會場後才不致讓大會中斷。會場內還有件煞風景的花絮，正當李春來手舞足蹈地激動的講著話當兒，台下一個坐在後排的婦女驀地尖聲大叫錢包沒了，這下令一些正打瞌睡的人被驚醒了，臺上的講話不得不停下來，人們紛紛調轉頭觀看小偷急步正往場外竄出，幾個漢子隨即奔出追捕，會眾的注意力幾乎全集中在這上面，騷動使大會為此中斷了十多分鐘，待復會後李春來的繼續講話，注意力卻被臺下的對小偷摸包的餘波議論所分散了。大會燃放了一長串的巨型鞭炮便宣告結束，最後剩下的人已不到三分之一。

　　革委會的成立，宣布了原廠黨委和廠的行政領導塌台。可最倒楣的算鐘振興，他自部裡劉局長專程攜國務院檔要他挺身而出，習慣於下級服從上級，他不懼艱險，殫精竭慮，日夜奔忙了好一陣子，使已完全癱瘓的工廠開始復甦。現在革委會一成立，黨委解散了，他這書記實實在在地下臺了。而現在掌權的全是曾揪鬥過他的造反派，更有那被他關押過

的死對頭李春來，現在取代他坐在第一把交椅上，對他能有好日子過嗎？他自知在劫難逃，厄運在等待著他，真的只有坐以待斃了。他自認在這方面不如造反派，他們不顧三七二十一，只知造反有理，那管你皇天后土，不利於我的就不聽你的。而我卻是墨守成規，蕭規曹隨，下級定要聽上級，這次聽了劉局長的，他以黨性、黨紀壓我，我明知是上的虎山，這傢伙夠滑頭的，把文件在黨委會傳達後便算交差，見勢不妙便託辭溜走了，連群眾都不敢見面，我上了他的當，為了貫徹執行黨指示，把我吃奶的力氣也用上，而今要吃苦頭了，世上的事往往是用的代價越大，自己吃虧倒楣越慘，等著瞧吧。

　　而往下的中層幹部見到革委會成立，把廠黨委和廠行政領導一鍋端，上邊沒有指揮的，自身的去向又不知如何，惶惶不可終日，不如袖手觀望再說。上、中層的領導都不管了，下層自然鬆弛，無政府現象又死灰復燃。那些把家具沒有做完要回到生產崗位的，現在又回家「復工」了。

　　革委會的首要任務當然是抓革命，至於促生產僅是在文字上或講話中提及，作為日常用語的裝飾而已。經過有軍代表參加的革委會的首次會議，順應李春來的提議，首要把鐘振興再次批鬥，他認為鐘振興在廠中仍有市場，與保皇派仍藕斷絲連，他現仍是他們的後臺，他們仍幻想政治氣候可能

還會變，鐘振興又會東山再起。因此要將戰鬥團摧垮，首先必須將鐘振興徹底打垮，樹倒猢猻散。

對於批鬥鐘振興，戰鬥隊作了充分的調查研究準備，仍先以大字報作序幕打開。一張以戰鬥隊名義貼出的大字報標題是「從拉大旗作虎皮，以生產壓革命妄圖復辟皇位的鐘振興罪行累累」，內容大致謂前個時期部裡來了個走資派局長拿了雞毛當箭令，給瀕於滅頂的鐘振興予一根救命稻草，他接令後東闖西竄，集結網羅一班親信大搞復辟活動，一時山溝上空烏雲密布，大有黑雲壓城城欲摧之勢。他們名曰抓革命、促生產，實際是壓革命促生產，致使廠中本來氣勢磅礡的革命熱潮被鐘振興一夥假借以促生產之名壓了下去，令造反派一時蔫蹇委頓，萬馬齊喑，鐘振興罪不可恕。此外，當他在黨員會上所謂動員講話，卻大放厥詞，毒氣噴人，說什麼生產是命脈，生產是根本，左一個命脈，右一個根本，含義是革命即使不取消，也只能放在附屬次要地位。這是赤裸裸的反毛澤東思想以生產壓革命的言論，我們一定要將這反革命修正主義分子批倒批臭，使他永世不得翻身云云。

批鬥鐘振興的冷場

很顯然，這大字報的出現，實際是揪鬥鐘振興的先聲。

鐘振興也曾親自去看了大字報，這個歷經沙場，深有鬥爭經驗的老幹部，覺得造反派這篇經過精雕細琢的文章，表面雖殺氣騰騰，但內容膚淺欠理，從本質分析實際是表揚了他。以他的尺度衡量，好些是犯了原則錯誤，是不值一駁的。但他考慮到現在是造反有理，「秀才遇著兵，有理說不清。」他只有忍受，他想起了一句名言「誰笑到最後，誰笑得最好」因而他下決心當下次揪鬥他時，採用虛與委蛇之策來軟化他們，使自己少受精神和肉體的痛苦。

　　戰鬥隊此次批鬥鐘振興聲勢浩大，是全廠性的千人大會，發言人的稿件都經軍代表審查，人們會預料鐘振興歷經前番所受肉刑之苦，現在又是更大的聲勢，且主持人李春來更是他的死敵，他必然恐懼得魂不附體了。但恰恰相反，就眾人所見，當他被二名大漢押解上臺時表現從容不迫，且似乎有些昂昂然之勢，當臺上主持人領頭、台下群眾跟隨高呼口號要將他鬥倒、鬥臭、打翻在地、踏上一隻腳、永世不得翻身等等如排山倒海般的震天響聲，他也若無其事地不為所動。批鬥者的發言，主要還是集中在大字報所揭露的，主持人也有意識地追問他幾個關鍵性的問題，但出乎意料地他都承認了，這使人們本來預料會場會氣氛熱烈，但卻是平淡一般，連李春來都甚感失望，他原打算在這首次與仇人交手時報以過去所欠下他的一箭之仇，施展一些對他肉體上的懲

罰。但此刻幾乎把所有控告他的都承認了，肉刑懲罰便難以下手。鐘振興雖低頭站著，場內此起彼伏的震天響的口號喊聲對他若東風吹馬耳，暗自慶幸他這戰術的成功。他這經歷多次運動的老手，整過別人，也曾被挨整，已知每次運動過後按例都要來一次甄別平反，而今次荒謬絕倫的運動，除非是紅旗真變了顏色，過後一定要平反的。他後悔過去思想僵化，與他們頂牛，致受皮肉之苦，險些喪命，現在改變策略，好漢不吃眼前虧。想起了省委書記前些時的一句話「留得青山在，不怕沒柴燒。」他心安理得。

正如在西方電影上曾看到的，當廣告大肆宣傳一對世界頂級的拳擊手，名之曰拳王將於某日對賽，定有一番精彩惡鬥，觀眾興致勃勃高價踴躍購票入場，但比賽甫一開始，首個回合還未鬥完，賽中的一人便被對方擊倒起不來了被判落敗而結束，觀眾大大失望而譁然甚至要求退票。

這次批鬥鐘振興的冷場，對大多數人來說，正如那拳擊賽草草結束而令人大失所望。對於眾多人中最為失望的要算李春來，他既是主持人，又是復仇者，原想大顯身手一番，但未及真正一試牛刀，不期然而然地如此收場，當然掃興。但他想到鐘振興把所有都認帳了，當然想到老傢伙耍滑，但已有會場紀錄在案，不會便宜你的，你翻不了，將來可以依此治你，他才稍覺安慰。

　　軍代表的進駐及革委會的成立，又已把鐘振興再次批鬥，黨同伐異，把對手戰鬥團壓了下去，令它已奄奄一息，總算是成功地抓了革命了。這期間革委會在宣傳上一直批評以鐘振興為首的前領導抓生產壓革命。好，而今生產全面萎縮，雖未癱瘓，但偌大一個工廠，車間中機床開動寥若辰星，其中且可能還有些是幹私活的。革委會人中全是造反派一面倒的搞革命班子，廠中的行政事務和生產領導管理卻尚付闕如，中層幹部則多屬保守被排斥之列，他們袖手等待交班。一個更嚴重的問題，是革委會從未想到過的，武剛更是不辦菽麥。當供銷科將今年所接受訂單合同交貨情況的統計表及客戶催交的信函等一併呈交到李春來的面前，統計表顯示，已能發運交貨的不到百分之十，今年已過去了大半，所餘百分之九十幾怎去完成？欠交的貨品中且還有部裡下指令的軍工及援越產品，牽涉到國防和國際問題。從客戶的催交來信中，大都嚴屬指出要按合約規定，逾期交貨要罰款。李春來端著這一大摞檔和資料與端坐在他身旁的二位親密戰友副主任何秉權和車健商議，三人一時苦無良策，面面相覷，只有請示軍代表，說了半天，武剛仍是丈八金剛摸不著頭腦，只得推說這是廠中業務上的事情，你們商量著去辦吧。

科長的彙報，澆了李春來一盆冷水

　　供銷科長不得要領而離去，財務科長便接踵而至，他向正端坐在過去一把手鐘振興所用的大辦公桌旁的主任李春來要求彙報情況，拿著一份寫好了的彙報材料，坐下後，未徵得允許便當即彙報起來。財務科長辦事比較精細，他知道新官上任不諳廠政，便從日常各方面的開支歸結到收入、以及資金從銀行貸款而來等等，把繁瑣的數字說了一大串，不習慣於聽取數字、更不適應於數位中分析情況的李春來，對財務科長的絮叨把腦袋都弄昏了，他不僅沒有把這些領導工作必備的基本財政數字記下來，反而責備說：「搞繁瑣哲學幹嘛，把人聽得糊塗了，簡單些不好？」但財務科長瞭解他的底細，沒有理會他而繼續照他寫好的彙報材料讀下去，最後說到了一個關鍵問題了，他說：「建廠這幾年除了吃了兩年基建飯外，交工驗收合格後，我們一直靠銀行貸款過日，前年貸了七十萬，去年有了些產品，貸了五十五萬，今年上半年恢復了生產，但產品有個流程，出了一部分收得了九萬元，繼後又停產了，全無收入，還要支付稅款、電費等雜項，又向銀行貸了二十五萬，倘若生產還不能恢復，尚需繼續貸款。」李春來如夢初醒，他從未想過現在是靠銀行貸款過活，但他們現在是遵照毛主席教導狠抓革命的，大方向完

全正確，雖暫時虧損，待革命搞好了，生產自然上去，主席不是說過「大亂必有大治」嗎？但當財務科長繼續往下說道：「我們現在共欠銀行一百五十萬元，本月發工資我向銀行申請貸款十萬元，但銀行說，現在全省大搞革命，經濟拮据，銀行金庫空虛，已無款可貸，且已派人分赴各地欠戶催收欠款，他們知道我廠革委會已成立，日間即前來與你商磋此事。」財務科長話未落音，李春來已焦急了，剛才瀟灑的想法已經煙消雲散，他忙問：「銀行不給貸款，那本月的工資咋辦？」財務科長覺得絮叨了半天，前面所說的似乎是對牛彈琴，現在說到了點子上，他比我還焦急了，便回答他說：「我現在來主要是彙報請示這問題，今天是十號，十五號就要發工資，銀行已堅決表示無款可貸了，必須要從別處找出路。」

「那我與革委成員及軍代表商量商量再說吧。」李春來蹙著眉頭，無奈地說。

財務科長也是無果而回，但他較進來時稍覺輕鬆了些，因他已將包袱卸給主任了。

二位科長走後，李春來對這二樁從未想過的陌生而又是火燒眉毛的事擔心了起來，先前心無旁鶩，縱橫捭闔地把走資派打得落花流水，掀起了全廠轟轟烈烈的革命氛圍，自認形勢大好，而且越來越好。但今天二個科長的彙報卻如朝他

頭上澆上了一盆冷水。這些全是生產上的事，過去戰鬥隊為此把前班子、特別是鐘振興因為奉令復出抓了生產而將他批鬥得體無完膚，認為是罪大惡極，十惡不赦。世上的事往往對人開玩笑，「成也蕭何，敗也蕭何」現在卻又輪到要他自吃其苦果，不得已想到要去當鐘振興的角色而面對生產了。

　　由李春來召集，他們開了個有軍代表參加的革委會會議，議題當然是那兩樁事。作為一廠的領導，對於這些行政上的業務是再平常不過了，但如今對過去頭腦一貫只想著搞革命，搞階級鬥爭，只要大亂，且還嫌亂得不夠的造反英雄們，今天的議題如隔山買牛似地弄不清也說不明，大家抽著悶菸，面面雙覷。李春來覺得自己可能沒有把情況說得清楚，便提議是否請二個科長列席參加，但遭到武剛反對，他的理由是據他調查摸底所知，二個科長都是傾向保守而對革命造反存有異見的，倘要他們參加有違原則性，且對群眾影響不好，會誤認為我們對保守思想的也搞統戰了。他從兜裡掏出了小紅本語錄打開念道：「毛主席教導我們『凡是敵人反對的我們都要擁護，凡是敵人擁護的我們都要反對』。」李春來與眾委員對他此番貌似有原則、有根據、又有最高指示的意見無法反駁，李春來只得撤銷提議。可那件關於十五日就要發工資而現在毫無著落的事怎麼辦卻是塊石頭壓在他的心上，他焦急了，煩躁地說：「還有四天就到該發工資的

日子，到時真的發不出來不是對我們剛成立的革委會臉上抹黑，大家想想法子吧。」商議的結果是分別發急電致省革委及部裡請求緊急援助十萬元以備發工資急用。這是燃眉之急必要辦的事，至於怎樣去完成生產計畫和如何履行客戶的合同暫擱在一邊了。

面臨經濟難以決斷的問題

緊急電報發出去了，省革委的回電來得較快，電文曰：「據查銀行已無款可貸，望你革委會好好組織和發動群眾抓革命促生產創造經濟好轉條件，早日自給及歸還貸款。」這個隔靴搔癢的電報，使眾委員大失所望。現在把一切希望都寄予在部裡的回電了。但三天過後仍無消息，李春來急得像熱鍋上的螞蟻，只有打長途電話去詢問，從聽筒中聽到局長室的電話嗚……嗚……嗚的響到收線仍無人接聽，再要郵電局的接線員轉接處長室，電話卻是有人聽了，首先來了一句「為人民服務無限忠誠」但說處長不在，也不知哪兒去了。問他是何許人，回答說是軍宣隊的。當李春來說明是在三線明華廠打來的，有緊急事如何辦？對方勸告他說，現在部裡兩派互鬥得不可開交，他們正進入軍管，廠裡的事暫無暇顧及了，你們既已有了革委會，那就自力更生，好好領導抓革

命促生產吧。末了還添了一句「毛主席萬歲」便把話筒掛了。李春來把對北京部裡的通話情況對軍代表及眾委員傳達後，大家正當一籌莫展、愁眉苦臉之際，財務科長拽著供銷科長不請自來，武剛見這二個「老保」又來了，不勝厭煩，蹙著眉頭將臉轉過去。財務科長甫一坐下便說道：「看來電請省、部支援款項不易解決，遠水救不了近火，明天發工資肯定落空，這是建廠以來的首次，剛巧又是在革委會成立後的第一遭，這是多麼煞風景的事，我剛和他（他指了指還站著的供銷科長）商量過一個救急的辦法，那就是把現庫存的一批鋼材賣了。這批東西現省物資局需要，貨到就可交款，湊夠十萬，對付了這個月的工資再說。」李春來一聽，驚喜交雜，喜的是這愁煞人的事似可解決了，但賣材料卻是件丟人的事，他請供銷科長坐下並問道：「這些材料賣掉今後生產怎麼辦？」供銷科長其實在與財務科長到來前已爭論許久，他認為這是部裡分配的國統物資，賣出去了今後是無法買回來的，倘若今後生產恢復了，停工待料這責任便落到他頭上，因此他不同意。但財務科長曉以欠發工資的嚴重後果，況且廠中生產老上不去，材料積壓多年，賣出去又何妨，和你一起去找革委會，只要他們一點頭，日後萬一追究什麼責任也應由他們承擔。供銷科長被說服後才與他一道來見革委。當李春來輪到徵求他意見時，他回答很簡單：「只

要革委同意我當即去辦。」

對革委來說，這是他們上任後第一遭難題，他們習慣於搞革命造反，大轟大鬧，無所顧忌。可現在面臨的卻是個有關經濟的難以決斷的問題。但在李春來一念之下，他決定捨遠求近，先解決當前燃眉之急，同意採納財務科長的建議，眾委員見一把手表態了，也跟著表示贊同。但武剛卻有異議，他說：「只顧眼前，不管往後，那是殺雞取卵之法，我們搞革命是為了將來，為了建設共產主義樂園。暫時發不起工資，為了革命而小小的犧牲，比起過去拋頭顱、灑熱血的算得了什麼？為了換取獲得當前不延誤發工資的小小利益而犧牲今後的大計那是違背毛澤東思想的。」儘管他說了好些大道理，革委會沒有理會而以全數通過了出賣鋼材發當月工資的決議，首次否定了武剛的意見。

儘管大家盡了最大努力，把鋼材賣了出去，對方匯回了款項，也已延誤了發工資一個星期。這期間，雖則革委會已發出了要延誤發工資理由的通知，但群眾不免議論紛紛，不巧又正遭逢革委會奪權掌政第一個月，不免對其威信打了折扣。

大字報攻擊多於建議

原為馬鐵漢領導的「捍衛毛主席戰鬥團」在內外夾攻

下，特別是黨委被戰鬥隊奪了權以革委取代，頃刻它便成了在野派，原來隱蔽著的支持的當權者已倒了台，令他們如喪家之犬。橫在他們面前是兩條路的選擇：一條是讓它壽終正寢，另一條是改旗易幟，重新改組，大換血，東山再起。馬鐵漢經過與幾個骨幹分子研究結果是採用了後者。糾合了原先幾個鐵杆的堅定分子爲核心，招兵買馬另起爐灶組成了一個團體。他們首先貼出通告曰：「根據適應形勢發展，原『捍衛毛主席戰鬥團』宣告結束解散，另組革命造反組織名曰『還看今朝戰鬥團』宗旨是要徹底打倒反革命修正主義分子及阻礙偉大領袖毛主席日夜思量要建設好三線的破壞分子等等……」宣言的宗旨很有現實的針對性，很顯然是披著造反的外衣針對現革委的弱點攻其痛處，硝煙瀰漫，兩派雙鬥之火將又要燃燒起來。

「還看今朝戰鬥團」宣言公告不久，廠裡正鬧著經濟恐慌，工資發不出，使得人心惶惶，他們不失時機地當即貼出了大字報，標題是「抓革命壓生產，苦果自吃」副題是「賣鋼材，換來財，實無奈，只有進棺材」內容大肆批評新革委是個單靠造反起家、全無領導生產業務能力的嘍囉拼湊而成。「造反當官」官是當上了，可頭上的烏紗帽是戴不穩的，只要有一陣風便要被吹走，屁股坐著的交椅是三條腿的坐不穩，隨時會被摔倒跌得頭破血流。現在擺在面前的就是

你們當日痛批的以生產壓革命，當然當日的走資派確實有這企圖，但畢竟沉寂許久的機聲又響起來了，而你們反其道而行之，以抓革命（實際是在辦公室坐革命）之名，把生產壓死了。你們所謂的口頭革命能把全廠近二千名職工養活嗎？向銀行、向省裡、向部裡行乞未予施捨，回來只有破天荒地將廠中生產的命根子──鋼材出賣來換點可憐的吃飯錢，這是飲鴆止渴行為。這個月飯碗湊合不會空著，下個月、再下個月及往後怎麼辦？看來只有把廠中的設備也賣了換來吃飯不成。廠裡沒個領頭的權威領導帶領大夥將機器動起來，只讓你們這幫口頭革命派終日坐在辦公室裡嚷嚷，全廠職工將挨餓無疑。

大字報雖帶著點派性，且從骨子裡也可嗅出點保皇的味兒，但畢竟切中了當前廠中的要害，也是新革委的危機。他們看後生氣，但心痛自己。正當在職工群眾中首遭欠發工資而對新革委不滿中，這大字報的出來，站在中間觀點的群眾感覺言詞雖尖銳點，對革委不大尊重，但卻言之有理，總的來說，大字報卻為工廠的前途幫助點破了迷津，使大眾的頭腦清醒了些。

在革委會的成員來說，他們基於派性，首先對「還看今朝戰鬥團」的成立便採取敵對態度，對這大字報攻擊多於建議，他們當然生氣，但頭腦雖然發脹，卻仍有七分清醒的李

春來，他因身負重擔，正受財政危機困擾，故此對廠的前途不得不作些反思。而武剛卻獨闢蹊徑，他對大字報全盤否定，他說：「我以毛主席的軍事理論來指導，他老人家說過『軍事的勝敗不在一城一池的得失，而在於消滅敵人的有生力量』，我的分析是，說的一城一池的得失就正如當前我廠的停產致財政危機，這是暫時的，犧牲小我，以求大我，大我是什麼？就是要繼續革命，要把今天敵人的有生力量──『還看今朝戰鬥團』消滅它。我說現在不應老糾纏在什麼發工資的瑣事上，集中精力去消滅戰鬥團，他們一倒形勢自然好轉，生產必然上去，財政問題當可解決了。」

缺「老」無「中」的跛足班子

　　眾委員聽了武剛這番「高論」不免目瞪口呆，尤其是李春來，要是在他未掌權前那股狂熱的、衝昏頭腦的、奔軼絕塵的造反氣概，當然可舉雙手贊成，可現在是他當家了，就單從個人角度來說，老讓廠中窮得叮噹響，他這把交椅能坐得穩嗎？他想到：「這武剛雖是太上皇，但他畢竟是部隊的人，隨時都可撤離，一旦出了紕漏，他可以一拍屁股就走，讓你替他受罪好了。況且他此番牽強附會的軍事理論來比作今天的廠中形勢，也不能苟同。」他沉不住氣，於是說道：

　　「武代表的意見也有道理，當然當前抓革命是首要的，與資產階級作鬥爭是個你死我活的問題，絕不能夠鬆懈，但對生產也不能忽略，過去我們批判那些走資派以生產壓革命，那是批判得對的，他們用心險惡，想以生產來將革命之火撲滅。但矯枉不能過正，我們已面臨財政危機，這個月的工資費盡氣力湊合發了，往後卻不知怎麼辦？我們這革委也夠寒酸的，最近我批給宣傳組二百元的宣傳費用，財務科說因經濟拮据，只發給了一百元。我們已窮得叮噹響，如果再不能恢復生產，要養活這近二千的職工，只能賣家產過活，直到把這廠賣光為止。」李春來實際是批駁了武剛的論調，說出了當前廠中的嚴峻處境，但卻沒有挽救措施。

　　當然，武剛的唱高調只不過想表現他左的立場堅定，而對現實的處境也並不是麻木不仁的，他也想到倘若這廠真的垮了，他在這裡一天也有一天的責任，因此他不反駁李春來所說的，而稍稍改變一下他的態度說：

　　「我不是說只抓革命不要生產，二者比較當然是前者放在首位。我與李春來的意見並無矛盾。至於如何抓好生產，我這搞武裝的外行，你們商量著辦吧。」

　　對於武剛後來緩和了些的表態，使眾委員稍稍鬆了口氣，李春來更覺得舒緩了些。對軍代表這個太上皇，他覺得有時不易對付，先前光管造反要推倒當權走資派，相互意見

較易統一，但到今天，責任在自己身上，而決策要看軍代表的，像方才一樣，他老兄來個軍事理論「不在一城一池的得失」來比作當今工廠的命脈——生產可以暫丟開，將革命搞好了後再補回來。天啊，你可以有國家軍費養活，我們這近二千職工喝西北風去？他想，好比一個快成餓殍的人而見死不救，且對他說，現在沒有吃的，不要緊，往後會有許多食品給你補回來。這眞令人啼笑皆非。現在武剛實際是放棄了原先的意見，同意討論當前的危急局勢了，於是李春來引導大家把革命和生產、特別是生產討論了起來。會議的決定是，李春來除了抓總外，分工管革命，生產這一攤，分爲車間和科室，車間一攤由何秉權管，科室則分工給車健，其餘委員各按原職、原崗位就位。因爲大家對領導工作都陌生，提不出具體措施，只是李春來末後一句話：「大家都是摸著石頭過河，走一步算一步吧。」

比之當日的鐘振興，如造反大字報譏諷他「拿著雞毛當令箭」執行部裡劉局長專程帶來的指示動員大促生產的號召力，現今李春來和何秉權等雖使盡氣力、以原戰鬥隊爲骨幹逐家逐戶去動員，但已遜色許多。原因主要是兩個：缺乏威信力和經驗。這個雖所謂三結合班子，實際是缺乏老、中的這一結合：孟建國仍在住院，雖在革委，實是虛設，至於原來的四個副書記和副廠長，包括總工程師全都關在「牛

棚」。組班子時，有人提議選一個懂領導生產的中層幹部作為「中」的加入，但比來比去，武剛主要是從是否傾向造反角度和階級觀點考慮，從檔案中審查，比如家庭出身、政治歷史、社會關係、歷次運動表現等等都不理想。而更重要的現實表現是沒有一個是造反的。武剛把一大摞檔案退回給人事科長後，喪氣地說：「一個都不合格，不要了，就這樣上報吧。」而上級革委在討論審批各個多如牛毛的革委班子時，據說會議從當日下午開始，僅是吃晚餐休息了一個小時，便開到了天亮，搞得人困馬乏，當然難免囫圇吞棗的批了下來，這個既缺少「老」又無「中」的不符合三結合的跛足班子便這樣被合法的組成了。

舊領導走資派通通掃進牛棚

現在的班子雖心有餘，但力不足，無法將勁使到點子上，因而往往事倍功半。廠房鐵門的大鎖雖重又被打開，機器也再度被清洗，隆隆的機聲又響了起來，但生產效率甚低，有些人只打著空機在聊天，甚至端來張小板凳靠著牆邊睡大覺。當然，倘若甫一進車間，機床齊齊的轉動，驟一看似乎是鬧生產了，但廠中的人自己評價曰：「出人不出活。」且浪費了電力。

　　可不知怎的，也可能是革委領導或是它屬下的宣傳組上報說，成立革委會後，廠中面貌已煥然一新，抓革命把舊領導的走資派通通掃光關進「牛棚」，對立面的保皇派也自認失敗而宣布解體。生產方面原來是萬馬齊喑，現在是萬機齊動等等。這彙報被一份省報獲知了，立即派一名記者專訪。記者到了廠部，首先由軍代表和革委正副主任接待，比原先向上級革委的彙報還加以潤色的介紹，然後陪同在兩個被認為基礎較好的車間溜了一圈，後即備飯招待，待如上賓。年輕的記者僅憑這簡單的一趟採訪便十分滿意，如捉獲了一隻金鳳凰。沒幾天，省報的頭版頭條以大紅字標題刊登了這專訪的一篇不算很長的報導，標題是「山谷裡飛出一隻金鳳凰」副題是「明華廠新班子使廠起死回生抓革命促生產由窮變富的記述」。

　　其實這報導只較多地堆砌著時下流行的讚美誇張詞句，沒有數字說明，連虛假的也沒有，限於記者僅簡單地聽取了廠領導的介紹，報導大多是抽象的形容，缺少具體事實，比如報導所說：「他們因為有了毛澤東思想正確指導，全廠職工日夜奮戰，在革委會領導帶領下，在軍代表的大力幫助下，鬥私批修，一不怕苦，二不怕死，打了個翻身仗，將過去走資派搞得瀕臨絕境的工廠起死回生，過去萬馬齊喑，現在是萬機齊動，熱火朝天，全體職工摩拳擦掌，誓把過去的

損失奪回來。該廠自建廠三年來在走資派以反革命修正主義路線開工廠，年年、月月虧損，全靠銀行貸款過活。但當革委會成立的第一個月便扔掉了貸款的討飯鉢，自力更生不靠銀行貸款發了全廠的工資，是建廠以來的創舉。對於抓革命方面，該廠更是成績斐然，碩果累累，經過革命派及全體革命群眾努力，浴血奮戰，把舊世界打得落花流水，讓那些黑暗統治著工廠多年的反革命修正主義者和反動學術權威通通掃進了垃圾堆，建立了嶄新的真正毛主席革命路線的無產階級政權。在革命磅礡氣勢摧枯拉朽下，原來的保皇派自動舉手投降，宣布解體作鳥獸散。」云云。

　　刊登的隔天，廠裡便看到了這張日報，革委的領導和軍宣隊看後喜氣洋洋，但各自心中都有一本帳，都明白自身的實際分量。但他們沒有想到，這篇報導對他們來說是一粒包著糖衣的砒霜，在這喜悅的背後卻埋藏著一股危險的、將會使他們燒身的火。對於報紙的報導，群眾的反應卻迥異，倘不是報導指出廠名，大都以為所說的是另有他廠，但報導的用語和內容卻與實際大相逕庭。特別是曾直接體驗過情況真實，親自去彙報請示過革委領導的財務科和供銷科長見報後吃驚得目瞪口呆，他們不滿的不僅是因為報導的弄虛作假，而更是擔心窮小子搖身一變成了「大富翁」，名聲在外，今後催交貨的、貸款無門的紛至沓來的壓力將全落在他們身

上。而新組成的「還看今朝」的頭頭們見報後憤怒不已，馬鐵漢認為報導是對他們的汙蔑和侮辱，但卻得到小點安慰，就是報導所撒的彌天大謊卻給他們提供了攻擊革委的有力「子彈」。

抓住報導弱點做文章，攻擊當權的革委

　　其他群眾中有的則將報導作為開玩笑對象，連作夢也沒夢到過的，一向自疚是個破爛廠，現在稍稍微有所動，卻一下便被譽為先進廠了。好，你們既然把現在這種不景氣現象說成是先進，是隻飛出的金鳳凰了，那我們的現狀已可滿足了。何必再來像革委所號召的什麼「奮戰」、「大幹」呢？

　　「還看今朝」抓住了省日報報導的弱點來做文章攻擊當權的革委，大字報一貼出來，觀眾當即圍攏來爭相閱讀，它的標題是：「醜八怪變成了金鳳凰，魔術師的奇功」，內容大致是，開始介紹了記者訪問的經過，肯定了廠革委瞞天過海，顛倒黑白，將劣績說成是成果，失敗稱作勝利，致使記者寫出這樣的報導。文章列舉了該報導荒謬的說職工搞生產已熱火朝天，它諷刺地說，熱火朝天不在車間，而在宿舍打家具，革委領導可能引導記者進錯了門。至於該報導說，歸功於革委的打翻身仗，甩開了銀行貸款而自力更生發工資

了。文章又譏諷地說，發工資的錢確是自力而不是更生。它是從物料庫拉出鋼材換來的，材料賣了，今後生產已成了無米之炊，這樣的做作只能是「自力找死」。關於該報導說到抓革命的成績，文章批駁說，稱我們是保皇派是汙蔑，如果說我們批鬥孟建國是保皇，你們批鬥鐘振興該算什麼？況且把個走資派列入革委會副主任名單中不是保皇是什麼？至於說我們已舉手投降作鳥獸散了，那是你們夢中所想，好讓你們舒舒服服地坐在領導的交椅上作威作福。沒這樣便宜的事，我們現在人還在，組織更堅強，力量更巨大，一定要迎擊對我們的挑戰！

雖然廣大職工中對省日報記者報導一看便知大多是謊言，但當中的具體細節和來龍去脈是不甚清楚的，這大字報的出來，真相便了然了，這明擺的謊言使大多有覺悟的職工只能是激起憤慨，而不只是作為尋開心的話題。不滿情緒的焦點當然落到廠革委領導身上。使他們本來是不高的威信又打了折扣。

「還看今朝」的大字報貼出後，觀者紛至沓來，職工中未能親自觀看的也為已讀過的所傳知，因而便成了家喻戶曉。人們紛紛質疑，怎麼一個堂堂省報和合法掌權的廠革委領導竟然公開說瞎話。

「還看今朝」的頭頭馬鐵漢觀察到大字報對他們獲得了

良好的反應，形勢對他們有利，他與戰鬥團的幾個頭目開會
研究了行動的步驟，針對省報的報導向廠革委提出了十大質
問，糾合了他們組織的二十多人，由馬鐵漢揣著登有對廠報
導的當日省報和他們擬好的質問提綱領頭奔向革委辦公室。
正好三個正副主任都在，驟見前來的人氣呼呼的，又是馬鐵
漢領的頭，知道來者不善，只有沉著應對，當看到馬鐵漢揚
起了那張省報後，李春來知道了來意，便迅速地去了隔壁把
武剛也請來。

造假訊息暫告段落

　　對於這十大質問中，關於職工生活困難沒得到改善和作
風上官僚主義、不深入群眾、高高在上發號施令等等，他對
答爽快，承認缺點甚至錯誤，大開預期支票，他說：「『文
革』中有個鬥、批、改過程，到了那階段我們是會針對我廠
情況訂出整改計畫的。」但當對方提出關於省日報刊登的報
導中的不少弄虛作假的問題，他緘口不言，對武剛使了個眼
色，意思是讓他來作答。武剛畢竟是個口直心快的人，他不
作推辭地答道：「毛主席教導我們說、要『鬥私批修』，關
於省報刊登我廠的報導問題，那當然是有點誇張，太過於美
化了，但我說大方向並沒有錯，因為在這全國的大好形勢中

一片光明，偉大領袖不久前南巡時說過當前形勢大好，而且越來越好。你若把一個單位說得烏七八糟的，不是往文化大革命的大好形勢塗上汙點，給主席臉上抹黑。我們把成績說得過頭了點，也即是為無產階級革命派、為毛主席革命路線唱了讚歌，這樣有什麼錯？」

武剛的奇怪論調卻給來質問的人一個好的攻擊機會，馬鐵漢反問道：

「毛主席也教導我們說，要實事求是，你們與省報共同炮製的所謂報導與事實是全顛倒的，那是謊言，只能欺騙不知情的外間人和那些官僚主義的上級，但瞞不過廠裡的全體職工。你說這樣就給『文革』和毛主席唱了讚歌，我們廠本來就已瀕臨絕境，以賣鋼材來發工資，你們卻把它說成是隻金鳳凰，那即是等於以廢鐵充黃金來欺騙大眾，實際如你所說相反，你們才是往文化大革命和毛主席臉上抹黑！」

馬鐵漢發言後，其他同來的人紛紛對眾在坐的，對省報報導的謊言逐條批駁。開始還有點秩序，但激動使場面有些混亂了，李春來想平息這混亂局面，他站起來，高聲地喊道：

「你們冷靜些好不好，這裡是革委會，不是大集市，我們是革委會的領導，不是集市上的小商販，請尊重點！」

但眾人並沒有聽他的，且更躁動，激烈的言詞也說了出來，比如罵革委會是造謠公司，武剛和李春來是公司老闆，

以謊言來做買賣，賺來了高官厚祿而苦了廣大群眾等等。這些話聽得武剛怒火中燒，他按捺不住了，使勁地往桌上一拍，一聲巨響驀地把擾嚷的場面安靜了片刻，他緊接著大聲嚷道：

「你們把我們當孫子訓了半天還嫌不夠，現又侮辱我們是什麼造謠公司老闆，發展下去非把我們說成臺灣國民黨特務不成！」他再提高嗓子說：「我們不是孫子，更不是什麼老闆，與你們沒有共同語言，你們滾吧！」

眾人並沒有聽他而退出，他最後的話更激起了不滿，不再體諒他軍代表的身分咒罵起他來了，鬧聲驚動了周圍，圍觀的人越來越多，當中好些是旁觀的，但不少人「見義勇為」參與進來，場面更見火熱，人們把辦公室裡裡外外擠得滿滿當當，把當中的幾個人緊緊被圍困住，自然地形成了個鬥爭會。被圍困者中，要算武剛最受不了，他一直自命為上邊派下來、以他自己曾說過的是毛主席派來的，應該是縱橫奔馳，心無旁騖，說什麼算什麼，從沒想到像現在這樣被群眾「圍鬥」。他心急如焚，但形勢比人頑強，無法擺脫，只得逆來順受。相持辯論了二個多小時，最後由李春來被迫代表革委表態承認該報導係與撰稿記者共同商量、且經審核同意刊登。並同意以大字報向公眾說明原委，承認造假顛倒事實，向公眾道歉，但不同意去信報社聲明作假的錯誤。天已

黑下來了，下著細雨，群眾自動散去。這事件暫告一段落。

貸款無門工資無著落

　　已經掌權的「毛澤東思想戰鬥隊」也即是現今被一些人稱之為新保皇派，對於「還看今朝」的大字報和此次有組織地對革委的圍攻，本應以群眾身分予以反擊，但由於省報的報導使絕大多數職工反感，就是他們隊中不少人也如此。考慮到如寫大字報逐點駁斥「還看今朝」那等於承認自己也是弄虛作假者，自投羅網。況且革委會也以大字報承認了錯誤，這個新的保皇派還有什麼可說的？因而噤若寒蟬。

　　「還看今朝」自貼出大字報和相繼發生了質問革委事件後，本來想會遭到戰鬥隊反擊的，但等待了許久未見動靜，猜知定是因為無理可據而無還手之力，便放手繼續以大字報及小型集會攻擊革委會。

　　本來廠中面貌稍有改變，但經這一鬧，革委威信大跌，群眾情緒低落，無政府現象又抬頭，生產直線下滑。革委會真是禍不單行，屋漏偏逢連夜雨！當省報刊登了報導後，給他們戴上桂冠沾沾自喜了一陣，從未想過「螳螂捕蟬，黃雀在後」。除了被「還看今朝」及全廠大多數群眾攻擊得體無完膚外，到了發工資期近，又愁煞了財務科長，他試著再向

銀行貸款，但行長對之微笑地攤出那張載有明華廠報導的日報，詫異地問道：

「你們可能富了又裝窮吧？報載明明是打了翻身仗，開始自力更生了，還裝窮叫苦要貸款，是不是以攻為守害怕我們向你們催還欠債？也是的，現在你來了正好，我們已擬定了一個要求你們歸還貸款的計畫，」他隨即從身背後的檔櫃中取出一個卷宗夾來，打開那份擬好了的文件交給財務科長，說：「你看後如無意見就請簽字。」

財務科長面對這份還貸款計畫哭笑不得，他僅粗略一瞥，沒有細看便還給了對方，苦笑地說：「怎麼說呢？如果我說真話，可能要犯攻擊革委會的錯誤，但倘按照這報導所說那樣，接受了你這還款計畫，回去我只有自殺！」對真情一無所知的行長，驚異地問他究竟因為了什麼？經過財務科長把廠中的真實情況說明了，且要求他保密，他恍然大悟，驚訝竟有如此荒唐事，他說：「你們廠是自找苦吃，已見報稱為打了翻身仗的先進廠，我還給你們貸款發工資，我這行長非被撤職不可！」體諒財務科長的為難，將那還款計畫書還是交給了他，說：

「你還是把這拿回去向革委領導彙報，讓他們不要老陶醉在這謊言中，給清醒清醒。」

財務科長拿回了那份還貸款計畫呈交給李春來，該計畫

還附上一份公函曰：「得知你廠自成立革委會後領導有方，群眾情緒高漲，生產搞得熱火朝天，正在打翻身仗，可喜可賀！我行金庫空虛，根據你廠當前大好形勢及我行資金需要，茲將歷年所欠貸款一百五十萬元，外加利息七萬五千元擬定了一個分期還款計畫，祈望鼎力合作完成此一計畫。」

李春來聽了財務科長彙報了與銀行交涉情況後，他最發愁的是貸款無著，至於那還貸款的事，他後悔是那報導闖的禍，破罐破摔，不去理它，但貸不來款，本月的發工資又無著落，若又要供銷科開倉庫賣鋼材，他知道群眾議論之聲將會把他轟下臺的，他只有將這危急情況交由革委會討論。會議的氣氛是陰慘慘的，大家都為錢的問題著急，但都苦無良策。幾個普通委員，因為炮製報導時都是正副主任和軍代表與報社記者包辦，未與他們商量，他們也是見報後才知曉，因而批評幾個頭頭好大喜功，昏了頭腦，不惜弄虛作假說謊話而不顧後果，以致弄到而今自食苦果難以收拾的局面。三個主任、副主任被批評得無法辯解，啞口無言，可武剛則不服這氣，他反駁道：

「毛主席說過，戰略上要藐視敵人，但戰術上則要重視敵人。我們作出這個報導就是對戰略上的藐視，為了使外界對我們這個毛主席偉大戰略部署的三線廠不致令人灰溜溜地像要垮的壞印象，經這文化大革命輝煌戰果的產物革命委員會

的成立而產生了成績，儘管報導有不實之處，我們戰略上藐視它，只要對外取得個好印象，那便是成功的，大方向是正確的。但是主席教導我們，戰術上則要重視敵人，那就是今後多向群眾解釋，踏踏實實做好工作，真正打個翻身仗，這有什麼錯？你看銀行不是對我們祝賀了麼？有什麼不好？」

上京彙報請求援款

　　他的「高論」令眾委員包括李春來都啼笑皆非，就是方才提了批評意見的幾個委員覺得他不著邊際、膝癢搔背的論調不值一駁，不去理會他。主持會的李春來也隻字不提武剛所說的，他焦急的是怎麼能弄到錢發本月的工資。經過大家商議，現在「自古只有華山一條路」向直屬上級部裡伸手求援了。

　　但有人卻擔心省報的報導，部裡可能也會獲知，現卻拿了個要飯缽要求施捨，豈不是破綻畢露更添笑柄了？但李春來咬著牙說：「這雖關係廠的聲譽問題，但事到如今顧不得那麼多了，你若既要當婊子，又想立牌坊，沒有那麼便宜的事。」會議最後決定由李春來帶同財務科長立即上京彙報請求援款。

　　李春來多年蟄居山谷，此刻來到了京城，雖則「文革」

把城市面貌和社會秩序搞得紛亂，但畢竟與山溝相比宛如另一個世界，他如鄉巴佬進城到處都感陌生，幸得財務科長引領，好不容易才摸到了部的門檻，財務科長因業務關係，幾年間因會議等等曾有幾次來往，所以並不陌生。

他們首先被安排住上招待所，與主管局領導約好了見面時間，便回所去休息。他們的住處是一個大房間，住著三十個人，橫著兩排緊挨著的床鋪，當中僅留一個人能通過的過道，若有另一個人要過來，二人必須側身互讓通過。住著的人各式各樣：有業務聯繫的、有採購的、有彙報請示的、有外調的、也有造反上京告狀的等等。幾乎二十四小時都有人進出。最煩人的是有些夜半間離去，也有深夜住進來，把眾人都被吵醒了。擾嚷過後，當中也有打著鼾聲的，此起彼落，聲震屋梁，不甘寂寞。來自靜謐山間安靜慣的他們難以睡得好覺。這是他們感覺京城唯一最不如山溝的地方。

但京城的街上卻給予個深刻的印象，與他們來處相比卻是花花世界，雖然不少東西還要票證，但看看也是好的，況且有少量東西是無需什麼工業券便可買到的，比之他們所居地，雖不用票證，但連看也看不到，不用說買了。

在文化生活方面，山溝裡是一片荒漠，廠工會好不容易弄來部老陳舊的片子，他們早在天津看膩了，較新的片子又弄不到，因而每於工會貼出電影海報，人們譏笑它又炒冷飯

了，觀者多是婦女和小孩，或是翻山過來的農民。相比之下，京城卻豐富得多，雖則「文革」令文化生活枯萎得差不多，除不斷的輪番幾個樣板戲，也有別的歌舞，間還有些外國的訪華演出，山間與之是無法比擬的。目睹城鄉的天淵之別，李春來已領悟到爲什麼來自大城市現處在山溝裡的人因追憶過去的較舒適生活而對現處境不安心，致使工廠幾年來一蹶不振，他想到一句老俗語「人往高處去，水向低處流」這是個不滅的眞理。

忍氣吞聲求來了貸款

到了約定會見日，他們提早了十分鐘到達了所屬局領導的辦公室。部裡的兩派仍在激烈鬥爭中，他們的派性鬥爭是與市裡相連的，因而情況較複雜，但已組成了個三結合小組來管理業務，主管局也是這樣。接待他們的是個年輕的部裡造反派頭頭之一，現又是局的領導小組頭目。相互握手後，他首先來一句當下時興的開頭語「爲人民服務，無限忠誠！」這使來者驚異和新鮮。因爲要無產階級化，現在不興稱呼官銜了，只在姓前加個「老」字，據自我介紹他叫齊新，因而便稱他老齊。對於接待他們，老齊是有所準備的，他不同於那銀行行長對廠的瞭解如雲裡霧中，因他近期接連

收到來自廠中職工的反映信，也就是告狀信吧，對情況略有所知。當李春來把廠辦公室擬寫好了的彙報稿讀完後，又由財務科長彙報財政狀況，老齊當即板起面孔自抽屜取出那張從省報剪出的他們所熟悉的那倒楣的報導，他說：

「這是你們廠裡職工反映情況附來的材料，當然，以今天的局勢而論，派性鬥爭激烈，反映情況未必眞實，我們僅作參考，但這篇弄虛作假的報導卻是個鐵證，這雖是記者寫的報導，但據說材料是你們提供的。你們把廠搞得汙七八糟，卻說成是打了個翻身仗，自欺欺人，咎由自取。你看，現在不是來求援了麼？毛主席教導我們要實事求是，你們卻反其道而行之，這不是有辜負他老人家嗎？」他一針見血，上綱上線的批評後，把目光專注著李春來，「你身爲一個造反派，當上了革委主任，戴上榮譽的桂冠，卻要爲此蒙羞。我們同是造反起家，應該是同一個戰壕的戰友，現在給這光榮稱號玷汙了，你們應該認眞檢討。」

老齊不愧是個響噹噹的造反派，給甫來自遠方的雖是屬下批評得面紅耳赤，無地自容。李春來是生平首次進京見官，雖知自己有過，但未料到會遭此官劈頭蓋臉地批了一通。他想你也不是與我差不多從一般幹部造反得益坐直升機上來的！以當今的造反精神，本可與他舌戰一番，但因有求於他，只得將這窩囊氣嚥了下去，承認炮製那報導有錯，但

對於工廠幾年來一蹶不振，連年虧損靠貸款過活不能全歸咎於他，早在走資派當權時就沒有起色，革委會成立只不過兩月，不幸又遭遇這場風波。他表決心此番回去一定要帶領全廠職工打個真正的翻身仗。但當前欠發工資的問題，一定要領導幫助解決。

老齊思考了片刻，正襟危坐，端起了領導的架勢，注視著李春來說：

「咱們都是造反派，要有真正的造反精神，說話要算數，老李你既然承諾今後要真打個翻身仗，我們就等著看你這場好戲的演出。關於十萬元資助問題，我們局領導小組要商議一下，若同意了還要報部領導小組審批。你們先回招待所，等待我們的電話。」

這幫部裡的新班子辦事還不算拖拉，三天後便接到局裡財務處來的電話，要他們立即前去辦理領款手續。

款項是電匯的，已在他們回歸前到達了，但發到職工手裡時已延遲了應發時間十七天了。這使革委的眾領導舒了一口氣，真是「山窮水盡疑無路，柳暗花明又一村」，但下一個「又一村」如何呢？現在無任何人去考慮，也無從考慮。

兩相翻舊帳添嫌隙

李春來此時想得更多的是關於他醜聞的祕密不被揭露，至於要張通和與王燕斷絕關係雖他未全允諾，但起碼已達到一半的要求，現在他較迫切的是張通和答允替他保密的問題。

俗語說久別勝新婚，但李春來獲釋回家來卻並不如此，這是他所預見到的。王燕的冷若冰霜，使他幾乎不願意再待在這家裡，他現處在兩種不同的境況中，在外卻是熱氣騰騰，先後當了造反派頭頭，以至革委會主任，坐上全廠的第一把交椅，權傾一時，自覺風光無限。

王燕雖上班，但廠裡紀律鬆弛，遲到早退，甚至班中溜號已是常事。王燕也並不為她現已是主任太太、廠裡的第一夫人而自律，因而也隨大流較多時間是待在家裡，當然三頓

飯都是她動手做的。李春來的回家似乎是爲了吃這三頓飯，雖是在白天僅有的三頓飯時間中，彼此也寡言少語，他每於放下飯碗便匆匆地出門。晚間多半是半夜回來，據說是開會或其他事務的糾纏，甚至竟有深夜睡去尚有人敲門說有緊急事非要他處理而起來披衣出去了。

張通和動念組籃球隊

更有的是有一個時期，三天兩頭於深更半夜電話便來一個最高指示，高音喇叭便呼叫大家立即起床參加遊行以表示擁護，也爲了最高指示傳達不過夜。人們被驚醒了好夢，擦著惺忪的睡眼跑到集合地點，在廠革委領導的帶領下，摸黑在廠的周邊呼口號遊行。除了眞的臥床不起的病人，一般都不得貪睡不起，否則倘有某個積極分子舉報，對最高指示擁護不夠熱情，甚至扣上牴觸罪名便會大禍臨頭了。李春來當然非帶頭參加遊行不可。有時他會議剛結束，回家正躺下，大喇叭便響徹山谷，催起床遊行了。

這個冷得像冰窖似的家，最難受的是王燕，車間工作不多，大部分時間在家孤單獨守，像個被遺棄在荒島無所依靠的孤人，她雖爲了補償無所事事的空隙，把舊毛衣拆洗了重又編織一次，雙手的指頭雖在活動著，但心中卻在東想西

想，當想到現今的處境便悽然落淚，淚水落到了手中織著的毛衣上，驀地便嚎啕大哭起來，將毛衣扔到了地上，往床上一倒，擦著眼淚，不久便睡著了。

而李春來的境況卻與她迴異。他現在是當官忙，一天到晚，大如與反對派的鬥爭及處理廠中的生產及經濟危機，小如廠中的行政事務及職工的生活困難問題等等不斷對他纏繞、甚至晚上睡覺時也為這些夢而驚醒。對於他的當前家庭境況，他不是沒有想過，他也很想改變它，但他認為目前不是適當時機，因為現在正是他得勢的如日中天，名韁利鎖，倘使加插了個家庭瑣事，必然影響他當前的眾望，「小不忍以亂大謀」，他這麼一想便只得把家室的事擱下了。他不能放棄王燕，他認為形成今天的家庭局面關鍵在張通和，若把張通和解決了，王燕的問題便可迎刃而解。但對張通和怎麼辦呢？對於張通和過去的種種，特別是他被囚禁期間他的所作所為，經過眾所反映，他已洞徹其情，對於怎麼處理他，他早就有個打算，只不過是等待時機罷了。

張通和處於當今詭譎風雲之際，他的態度是和光同塵，與世無爭。「今天爭、明天鬥，這廠都給搞垮了，連工資都發不出，為嘛？這不都是那些官迷們想當官發財嗎？」這是他私下與一些較相好的工友所說的見解，因而他於運動以來一直是個逍遙派。在這些志同道合的工友中，他邀集了一班

籃球愛好者組成一個籃球隊，正當廠中紀律鬆弛較好利用時
間，他們多是單身漢，又不打家具，便趁這空子幾乎天天練
球。「戰鬥隊」眼觀這班壯健的小夥站在鬥爭圈外，不僅覺
得可惜，且又恐怕會被「還看今朝」拉過去成了敵對力量，
於是殫精竭慮地想將他們拉過來。自李春來當了革委主任
後，「戰鬥隊」的隊長一職又由何秉權擔當，他與籃球隊隊
長張通和向無交往，知道李春來與他曾是莫逆之交，當然也
知道他二人與王燕的三角關係，對要李春來動員張通和恐有
不便，但經再三考慮，仍是去找李春來商量，出乎所料，李
春來竟然應允了。他為什麼會答應呢？因為他自出獄歸來
後，從未與張通和見面一次，而在這期間據他所知和眾所反
映，張通和確實與王燕從未來往，「他是不是懾於我現今的
權力和對眾人的影響而回心轉意與王燕的關係斷了？」他這
麼想。「既然能和平解決，皆大歡喜，何需還動干戈？」於
是他想到要與張通和面談一次，正好何秉權此時卻來找他，
他一口答應了。

李春來進行洗腦規勸

　　他名正言順地指派一幹部去請張通和到辦公室來，幹部
在球場上找到了張通和，他正在與同夥賽球，幹部在場外喊

了半天，他雖然聽見，但比賽雙方比分正在拉鋸式不分伯仲的緊張狀態，他怎能退場，只有待中場休息時他才下來，他一聽幹部說是李春來要找他，當然他不知他的用意，但他沒有答應即時前去，說要把球賽結束才去。當他球賽完了，到澡堂裡洗了澡，換了衣服，到了主任辦公室時已是快臨下班時間了。

二人雖久未相聚，但各自心裡常常彼此占有一定位置，當然他們已毫不像經久的摯友，已不能像過去彼此坦率相言，現在想的和說的不會都相一致，特別是張通和，面對的不僅是情敵，而已經是個當官的上級了，當此一言一行稍有偏離便可能遭殃，因而更該謹言慎行。李春來還是按何秉權的要求，從勸他不要當逍遙派，加入到革命路線的「戰鬥隊」中來，他稍稍批評（但沒有上綱）逍遙派實際是等待革命勝利下山摘桃子坐享成果，那是危險的，很容易被敵方利用甚至拉入他們的陣營中去（他避免用不革命可能就是反革命這詞句）。

其實李春來對這過去曾是他的摯友以為像是塊透明的水晶似地識透了他，但對張通和這麼一段時期對運動的思想活動他是全然不知的。張通和早已厭惡他們現在的所作所為，對李春來現在的這番話不僅聽不進去，且完全反感。面對這握有大權的、隨時可能捉住你的一言半語不合主流的話就可

上綱上線將你置於死地，他不好直截了當地反駁他，而只是說：

「你雖然過去是『戰鬥隊』的領導，但現在你已是掌權的一廠之長了，還爲一派招兵買馬動員我們球隊加入進去，我以爲在你現在的位置上是很不適當的，最近從報紙上看到毛主席正號召大聯合，你現在要加強一派去打擊另一派，這合適嗎？」

李春來聽後，已知要使張通和加入「戰鬥隊」已無空隙可乘，但對他的批評作了這樣的解釋：

「當今的形勢已大大發展，大聯合是應該的，但按照毛澤東思想是既團結又鬥爭，從鬥爭中達到團結，我們對待『還看今朝』也是這樣，要從鬥爭中使它屈服就必須首先壯大自己，迫使它棄械投降聯合過來。」

張通和雖覺得他這是謬論，但他是中間派，覺得對此沒有爭論的必要，便聽取李春來下一個要說的，他說：

「看來我們的觀點不一樣，這件事不談了，現在談談關於我家內的事，也想對你說一說我在被囚禁期間，你與王燕所發生的事已是眾所周知了，當然創口雖好了，傷疤還存在。我也知道自我歸來後你們已沒有什麼往來，我希望你能保持下去，就此斷了。至於王燕的工作我來做，她現在心情很不好，天天抑鬱不樂，可能與你們藕斷絲連有關，所以我

說，你如能真正一刀兩斷，使她死了心，或許會好起來。爲使我們的家庭不致破碎，我希望你能做到。」末後他還補充一句：「我不願看到我們會在法庭相見。」

追憶往事，互不諒解

張通和對李春來這番話並不感意外，雖說自他與王燕發生曖昧關係以來二人首次見面談及此事，他是早已預料到的，雖然李春來今天身處領導，居高臨下，但他並不驚慌，也不迴避，連自己也不知爲什麼會這樣從容不迫地對他回答說：

「事情有個淵源，這是你我都清楚的，我們原來都是較相知的朋友，首先是你做了對不起王燕和我的事，就我所知，王燕至今與你並無真正夫妻感情，事情並不是單方面的，我們的初戀關係並不因爲你們結婚以後而使王燕有所改變。因而當你入獄期間，我們乘了這個空隙，那當然令你不快，也正如當時我身在大連你鑽了這空子，編造謠言、強暴了王燕令我與她不快一樣。」

李春來此次找張通和談這樁事，以爲可以簡單地說服了他便可使他家庭從此平安無事，可未料到張通和撫今追昔地數說了一番，翻起了他的舊帳，這是最能刺痛他的。關於他對王燕強暴成婚的事，王燕曾對他透露過，她曾因要求離婚

時在鐘振興面前訴說過，雖然在天津時也曾對好友徐麗英哭
訴過，但徐麗英沒到三線來，估計此件祕密醜事群眾尚未知
曉，否則一旦曝光，特別是讓「還看今朝」得知當然如獲至
寶，可以用作攻擊他的「重磅炸彈」。有見及此，現在張通
和點了出來，頗令他驚慌。他原想要求張通和對王燕住手，
現在在他看來影響他官位要比他的家事更重要，注意力當即
放在前者，把後者暫且擱下，他知道張通和現在與他身分很
不相同，而且張通和的醜事已是公開的，他已破罐破摔，現
在已若無其事。但李春來則很不一樣，最重要的他現身處廠
中高位，高處不勝寒，敵對派對他正虎視眈眈，眾望又並不
很高，一旦醜聞曝光，不僅備受攻擊，甚至可能危及他現在
的官位。他急忙轉了個大彎，妥協地說：

「咱倆都是你半斤我八兩，帳是算不清的，這樣吧，從
前種種譬如昨日死，今後種種譬如今日生，過去的事都不再
提了，我們今後還是好朋友，我不追究你與王燕的曖昧事，
你也不再提我與她的婚姻過程，不要向外擴散了。至於你與
王燕的關係，我還是要求你與她斷了，如果你有什麼要求的
話，只要我能做到的，我可盡力滿足。」

「其實你這要求是多餘的，關於我與王燕的關係，你回
歸後這段時間，我們已沒有什麼接觸，不過我與她畢竟不是
冤家，更不是敵人，況且我們曾有過較久的愛情關係，退一

步作個朋友、甚或是好朋友也可以的吧？」

　　李春來此時想得更多的是關於他醜聞的祕密不被揭露，至於要張通和與王燕斷絕關係雖他未全允諾，但起碼已達到一半的要求。現在他較迫切的是張通和答允替他保密的問題，張通和是這樣回應他的「在我來說，我沒有理由，也沒有必要把你這事揚出去。但你是否同意我剛才說過的今後對與王燕關係的處理意見？」當看見李春來勉強微微點了點頭後他便告辭了。廠工會在廠門入口處布告欄上貼出一張用紅筆大字寫著的海報：於本周日下午在廠球場作一場兄弟廠與本廠籃球隊的友誼賽。海報引起了籃球愛好者的注意，因為這個兄弟廠是首次蒞臨，是個相距百里的一個內遷三線的軍工大廠，且球隊曾在省的聯賽中獲得過冠軍，此次前來訪問比賽，頗令全廠職工矚目。

　　王燕本來對球賽沒多大興趣，但見海報後，她當即想到定有張通和參加，對他久未相見魂牽夢縈，此次定能目睹一番他的風采，她當然樂於參與觀看。

　　王燕較早地來到球場占了個較優越的觀看位置。球隊雙方在未開賽前各自在籃下作些熱身練習，她注意穿紅色球衣的本廠球隊在熱身練習中未見有張通和在場，有些急了，她知道張通和是隊長，該不會缺少他的，怎麼沒有他出場呢？或是舊腿傷又復發了？在隊中發生摩擦賭氣不出場？與現廠

領導比如李春來過不去、不捧他的場？她看了腕上的表還差五分鐘就要開賽了仍未見他蹤影，她失望了，她滿懷高興地為他專心而來將要落空了，正想轉身退出。場上裁判員驀地哨子一吹，雙方球員紛紛出場，她注視了一下穿紅色球衣的一方竟然有她盼望的張通和矯健的身軀出現了，因為隊員穿的同一式的球衣，她怕會看錯了，再仔細地定睛分辨一下，確認真是他，剛才的臉上愁容消散了，快樂的眼睛專注著他在賽場上的動作。

球場觀賽，醋意頓生

　　開始比分主隊是落後的，但慢慢追了上來，兩隊有時平分，但多的是拉鋸式。短暫的休息時，張通和瞥見了她，驚喜地向她微笑招手，她也回以個可能是從西方電影中學來的飛吻。休息結束後，主隊又落後了，隊員焦急而接連二次犯規遭來了罰球，更是雪上加霜，比分落後了八分。為要挽回頹勢，張通和因為有了王燕的在場，且又是首次的觀看他的賽球，極力想表現一下自己，刺激了他雄心的勃發，接連投中了二個三分球，差距只剩兩分了，觀眾頓時掌聲雷動，啦啦隊不斷呼喊張通和加油，沒有誰比王燕歡呼雀躍和鼓掌得更突出的了，她忘我的動作令旁邊人也覺驚奇，她稍稍平復

後，卻瞥見李春來也坐在她斜對過的人叢中，旁邊還有武剛，他們是作為廠領導捧場而來。李春來早就發現了她，他當然想到她此來「醉翁之意不在酒」，來看球的目的主要是為了張通和。當張通和連投中二個三分球觀眾掌聲雷動中，身旁的武剛也附和著鼓了掌，但李春來卻垂手未動，他注意到王燕的出眾的興奮狀態，醋意頓生，疾首蹙額，恨不得立即走過去提醒她要自律點。過後不久，又因主隊一次傳球失誤，被對方搶到了球而失去兩分，另一次到了籃下卻投籃未中，被對方奪得了籃板球又失去了兩分，差距又拉開了，落後了六分。啦啦隊連呼張通和加油，果不負眾望，他當即奪了個籃板球投得了兩分，接連經過幾個來回和反復，張通和又得了兩個籃板球和一個三分球，比分牌上顯示雙方扳平了！掌聲又一次雷動。李春來看見武剛也不停鼓掌，他只好跟隨輕輕的鼓了幾下，又把眼光投向王燕，瞥見她跳躍著鼓掌歡呼，感動得竟然淌下了淚水。她今天如此歡快激動，與她結婚的幾年來他是首次見到的，尤其是近期以來，她在家整天鬱鬱寡歡，令他一進家門便感覺陰慘慘的，巴不得吃過了飯把碗一放便出門離開。但今天所看到的她竟判若天淵，他知道這全是因為了張通和。場中觀眾大部興奮激動，而他卻如坐針氈，他看不下去了，輕輕地對身旁的武剛說他要回辦公室處理一件急事，便退場了。其實王燕也早已看到了

他，也一樣地注意著他，知道她今天的舉動會使他不悅，但她不以為意，毫不顧忌，她心中只想著張通和。由於張通和賽場上接連奪得籃板球和三分球，不僅把落後的比分扳平，且還領先，對方馬上要求暫停，當即作了調整，把原來專盯他的球員換了個強有力的大高個，憑以碩大身軀來阻擋張通和的進攻。果然當張通和在對方籃下正縱身一躍投籃時，大高個也同時躍起猛力將他撞翻在地，直挺挺地躺著不動了。裁判員上前探視了他一下，知道他受傷起不來了。觀眾對此蓄意嚴重犯規躁動起來，不平的噓聲四起。較突出的仍是王燕，當她甫一見到張通和被撞倒在地，當即便驚叫起來，不顧一切地衝進入了場地俯身詢問他覺得怎樣，他忙伸出汗濕的手握著了她，微笑地對她輕聲說：「不要緊的，謝謝妳！」

張通和的傷不輕，被招來的救護員抬走後，比賽暫停了片刻，主隊替換了另一個球員上場，球賽又繼續進行。由於張通和的受傷下場，隊員情緒躁動，屢屢犯規被罰球，加上因為缺少了張通和這個主力，最終是客隊獲勝。

鬥爭冤死空留悲憤

東方的太陽已越出了群峰的遮擋冉冉升起，他迎著它感歎地對自己說：「江山多美好，太陽多絢麗，但將不屬於我了！」他大聲呼喊著：「我是愛祖國的，我沒有辜負它！」便奮力縱身往下一跳，身軀跌落在十多公尺的半山腰的岩石上，血肉模糊。

　　文化大革命到了清理階級隊伍階段，關在「牛棚」的幾個當權派，較久以來幾乎天天都是白天勞動，晚上睡覺，在主席像前早請罪晚彙報。革委會和造反派似乎把他們遺忘了，因為他們忙於兩派的鬥爭和處理廠中的不絕如縷的生產和財政危機，已被弄得焦頭爛額，無暇顧及他們，這也給他們樂得坐山觀虎鬥。

召集走資派成立學習班

　　當接到要清理階級隊伍任務後，他們要回過頭來考慮這幾個人了。但這些人都屬部管幹部，檔案不在廠裡，政治歷史不詳，武剛出了個主意，召集所有「牛棚」裡的走資派辦個學習班交代政治歷史，學習班由武剛親自領導，另指派一名軍宣隊幹部和組織科科長作具體工作。

　　從各人所交代的材料中，按武剛的看法，每人都各有不同的問題，不是政治歷史便是家庭出身或是社會關係等都不同程度地沾了一些問題。例如有個副廠長，他填表的家庭成分是中農，但據他具體交代他父親過去因家鄉連年災荒無法生活，帶了全家到他富農的舅舅家幫工生活，幾年後才回到自己家裡仍過著中農生活，但武剛認為他既已在富農舅舅家生活了好幾年，應該成分是富農。另一個副書記，據他自己交代在抗日戰爭的一次戰鬥中負傷，被安排在一農家養傷，後被偽軍發現，捉去當了偽軍伙夫二年後又逃回到我軍部隊中來，他填表的本人成分是革命軍人，但武剛認為應去掉「革命」二字而加個「偽」字，這些都是有爭議的問題，武剛雖一味堅持，但也難以妄下結論。對鐘振興和總工程師虞鴻昌則被選為重點，鐘振興的問題是他自己交代在抗日戰爭中，他們武工隊一行三人被派往敵後工作，當晚宿在一百姓

家被敵人發覺包圍，在戰鬥中二人犧牲了，他突圍生還出來回到了部隊。武剛懷疑他是否投降並出賣組織被敵人放回去做間諜的？否則該二人都犧牲了，你怎麼能生存的？至於虞鴻昌他是個留美學生，建國初期被動員歸國，按他所交代的，大部經歷都在國外，找不出多少破綻，只是一條，也是很關鍵的，武剛也為此動過不少腦筋，也就是據他所交代，既然在美國自己已有了別墅房子、汽車和全套家電，過著現代化舒適生活，你又不是個馬克思主義者，而純粹是個基督徒，怎麼想到回國來過這清苦生活的？武剛想到可否會是受美國中央情報局委派有任務？

革委會成立專案組審查這批可疑人物，他們首先抓住了鐘振興和虞鴻昌二人。對鐘振興，要查他這段歷史卻難以下手，三個同夥兩個已犧牲，找誰作證呢？武剛想了個辦法，就是找他當年與敵戰鬥過的村子老百姓瞭解，於是便派了二個專案組的幹部北上調查。外調幹部到了華北一個半山區的村子，也就是鐘振興交代的當年突圍戰鬥過的地方。二人工作也算踏實，逐家逐戶地細心訪問，但對這二十多年前曾經發生過槍戰這件事幾乎無人知曉，年輕的說未聞長輩談及過，年紀稍長的說，當年因這村子與八路軍根據地很接近，要說打仗嘛，與日本鬼子及偽軍拉鋸的打過好多次，雙方都有死傷，但分不清是這次哪次了。八路軍的人來去匆匆，也

搞不清他們中的張三李四，當然對鐘振興這名字更是無人知曉，他們訪盡了該村四、五十歲以上的年長者，大都是這麼說。正當外調員一籌莫展之際，忽地有個十來歲的少年前來找到了他們，說他正在生病臥床的爺爺可能知道他們要瞭解的這樁事，二人喜出望外地立即與少年同到了他的家。老人已五十多歲了，得了風濕病，行走不便，外調員確來訪問過他家，因為那天老人獨自在家，他們曾敲過門，他因走不動而未開門迎入，故是漏訪了。當來訪者述說了要調查的詳細內容後，老人在他們幫助攙扶下從床中坐了起來，背靠著床頭卷起的鋪蓋上娓娓道來：

「記得那年正是麥收時節，大熱天，我們天剛亮早上四、五點鐘便起來下地割麥，一天辛苦，太陽剛西斜便收工回來了，吃罷晚飯太陽剛下山便早早睡覺，睡著不久便聽見有人敲門聲，我起床打開門，天已擦黑了，三個也像我們莊稼漢一樣的打扮，手中都握著短槍的站在面前，把我嚇了一大跳，我一下搞不清他們是什麼人，但他們很和善地對我說他們是八路，想在我家借宿一宿，我讓他們進來了，反正我一個睡在一個大炕，四人擠一點勉強可以睡下。我揭開罩在籠屜內的新麥子蒸好的饅饅，並燒了一鍋開水，讓他吃飽了便睡下。到了半夜，狗叫得瘋狂，一陣猛烈的槌打門聲把所有人都驚醒了，那三個八路慌張地爬起來，各自拿起了枕頭

下的短槍，走到門前，好像他已知是敵人來了似地，各自的
手槍喀嚓一聲將子彈上了膛，對準了門外。門最終被踹開
了，三個人首先對著門外的人開了槍，然後衝了出去。我被
嚇得縮成一團，只聽見他們衝出後槍聲便劈裡啪啦地大響了
起來。我一夜沒睡，待到天亮了，我往門外一看，整整躺著
四具屍體，一個是日本鬼子和另一個是偽軍，他們都穿著制
服，另外二人則是昨晚在我家借宿的八路，三人中還有一個
則不知怎樣了，可能就是你們現要調查的那人了。」

亂安罪名竄加調查報告

老人已將情況說得較清楚明白了，但外調員覺得仍未達
到行前軍代表所交代的是否有叛變出賣同志的行為。調查員
其中一人便問道：

「槍戰過後你有沒有見到或是聽到另外那個八路後來怎
樣？」

「沒有，誰也不知他的去向。」老人肯定地回答。

「日本鬼子和偽軍有說起過關於這人各種情況的嗎？」
另一個外調員問道。

「沒有，確實沒有。」

「還有一件事情你老人家回答的，就是那三個八路怎麼

黑夜一進村幾個小時就被敵人發覺前來捉拿，當中一定有人告密，或者是那個生還的八路本身就是個奸細，早就告知了敵人。可疑的是那兩個都犧牲了，他卻逃脫無蹤，你不覺得可疑嗎？」

「這樣的事情我從未想過。你想當時我家的門被踹開，黑暗中互相便亂開起了槍來，誰能分清誰是誰？有人這樣玩命做奸細的嗎？」老人的話，便使二人自覺所問得幼稚可笑，實際情況已一清二白，自慚形穢而臉紅。老人歇息了一會兒，伸手端起了身旁桌上的茶缸喝了幾口涼水後補充說：「這事情解放後已查清，原來是當日偽村長自場上牽頭毛驢駄著一車麥秸回家，暗黑中瞥見三個陌生人匆匆進入村中，以爲他是普通老百姓衝他而來，問他哪個地方可借宿一夜，他便指點他們到咱家來。」說到這時，他另外插上一個說明：「當時我不知道這三個八路是村長介紹到我家借宿的。事件後我驚慌了好一陣子，生怕說我是窩藏八路，這可不得了，後來見沒事了才放下心來。再後來才知道是村長指派的而未被懷疑。」之後他才轉回到正題說：「當村長貼近他三人時，他細心觀察，被單薄的外衣覆蓋下的屁股上隆隆的有東西鼓起，他知道這一定是八路，立即把麥秸拖回家後便去告密。這人後來鎮反時給槍斃了。」

他們謝過老人，回到了住處把紀錄整理好又送到老人跟

前，老人沒文化，無法閱其內容，只得按他們所讀，按下指模便算了結此樁調查。

外調員回到廠中，向武剛和李春來彙報，當他們聽取了外調員如實的彙報後，對於取證的內容未能證實被調查人有投敵叛變行為大失所望。武剛則不甘心於鐘振興就這樣清白地過了關，他認為調查還未夠深入，比如告密他們的那個偽村長雖被槍斃了，當然無法取證，但是否還有他的家屬兒女或是孫子等等都可能會瞭解到一些情況。李春來在極為失望之餘，他拿起了那張按有指模的旁證細看了一遍，歎息地找不出被證明人的有罪跡象的破綻，他琢磨良久，對材料末尾寫著「天亮後，當我出門一看躺著四具屍體，其中二具是昨晚在我家投宿的八路，另一個（即鐘振興）則不知去向了。」他想到要在「不知去向」四個字續下去！他拿起了筆在他的筆記本上試寫著：「過了好些天我忽然發覺了他在村中出現，並和我打招呼，我問他怎麼會死裡逃生的，他沒回答，只笑笑地便走開了，往後便見他經常在村公所進出。」李春來寫好了後，遞了過去給武剛，並說：「請你看看在末後加這些字句怎樣？」武剛接過他的筆記本看了後吃驚得手也抖動起來，小聲地對他說道：「這樣他不是便被你安上了叛變投敵分子了嗎？」李春來狡黠地微笑點了點頭。武剛沒有當即表態，他放下李春來的本子說道：「對鐘振興的案

子，我原先的意思是再作深入調查，他在這槍林彈雨中奇蹟似地平安無事活過來，我的看法是如果沒有敵人的刀下留情是絕不可能免一死的。為了節省再作調查，我同意李春來在原來的證明末尾上稍作增補，此案便可了結。他於是照本子所寫的朗讀了一遍。寫材料的二個外調員吃驚地連忙問道：「這證明已是按有本人指模的，要改動怎麼個改法？莫非改寫後再去找那老人重蓋指模？」李春來接著稍帶批評地說：「眞是個笨腦瓜子，全國六億人，人人有指模，那管張三李四王二麻子，隨便蓋上一個就是指模了，誰去查對？」會議最後由武剛拍板照李春來的意見辦。末後他還補充說：「現在與會的是我們四人，今天的情況要絕對保密，倘有誰洩露出去，按黨紀政紀處分。」

鐘振興被迫戴上漢奸、叛徒高帽子

批鬥鐘振興的會是小型的，參加的人除了李春來和武剛及專案組全體成員外，加入幾個組織部的幹部。此會應該由武剛主持，但李春來復仇心切，要求武剛讓給他主持了。

當鐘振興進入了會場，看見主持人是李春來，他不禁一愣，知道情況會不妙了。但他心裡有數，不是搞我的歷史嗎？我的歷史如小蔥拌豆腐一清二白，有什麼可整的？於是

泰然自若地坐在指定的被批鬥的座上，當主持人要他交代政
治歷史，他一如過去重說了一遍後，李春來當即駁斥他說：
「你就這樣清白嗎？不會是這樣吧？」

「是這樣，我以黨性保證。」對方回答。

「你的黨性太不值錢了。好，把你們調查的情況宣讀一
下吧。」李春來向外調員示了個眼色說。

外調員於是把調查經過簡單地說了一下，但當他把改了
的旁證材料讀完後，鐘振興驚駭得目瞪口呆，連忙申辯說：

「不對，完全不對！黑暗中我衝出重圍往一片林子裡
跑，進去後他們便找不著我了，我餓著肚子待了一個白天，
待天黑了下來，我摸黑走出了敵占區，回到了根據地部隊中
去。你們可以找到當時部隊中的人作證。說我還留在村上與
僞村公所來往，完全是無中生有的無稽之談！」鐘振興生氣
得雙手發抖，臉紅耳赤，額上佈滿了汗珠子。但李春來卻泰
然自若，鐘振興越生氣，他越覺舒坦，他說：

「證明人當年還是個年輕力壯的，現在是個老頭了，你
雖在他家住上不到一晚，可能記不起他，但他記得你。這旁
證是白紙黑字寫著的，還蓋有指模。」他拿起那張紙遞過去
讓他看了一下。「這老鄉對你無冤無仇，不會亂汙蔑你的
吧？」這之後，眾人便紛紛發言批判和追問他究竟爲敵僞作
了些什麼工作？出賣了多少同志？收受了敵人多少利益？煞

有介事地窮追猛打，有的甚至對他戴起「叛徒」、「投敵分子」、「漢奸」、「特務」等等帽子。在李春來的主使下，故伎重演，讓他雙膝跪著，因爲沒有準備碎石子，較前稍好受些，但在他上衣的背上用墨水寫上「叛徒」二個大字，並戴上一頂寫著「漢奸」兩個大字的紙製尖高帽，讓他自己敲著銅鑼、喊著「我是叛徒」、「我是漢奸」。開始他拒絕敲鑼，也不自喊，但李春來拳腳相加，逼脅得無奈，只得軟弱無力地順從做了。在眾人簇擁下，衝著下班時人多的大路上遊街。群眾都驚異萬分，怎麼堂堂一個書記竟成了個叛徒、漢奸？且由革委會主任和軍代表帶領著別出心裁地讓他自敲鑼和自喊遊街，卻是空前新聞。待到第二天大字報出來，鐘振興這受到無妄之災的歷史便披露於大眾面前，幾乎沒有人懷疑這不是眞的。

看來鐘振興已被打倒，但還差踏上一隻腳，把他人身消滅，李春來認爲不忙，暫把他擱著。

虞鴻昌被扣美帝走資派

下一個目標便是總工虞鴻昌了，這人要查他的歷史可不容易，他甫一自大學畢業便赴美留學，在美國一直待了三十多年，全國解放初期回國，工作經歷都在國外。按照武剛的

分析，他一直是為資本主義國家、特別是美帝國主義國家的資本家服務，無須審查都是「洪洞府裡無好人」，他這抽象的結論，說來容易，具體去作卻無從入手，人們向他討教方法，他也無言以對。還是李春來過去比較接近群眾，他回想起在一次閒談中，有個技術員談起「三、山、洞」的問題，他說虞總近從一本國外科技雜誌中看到，美國空軍在越南戰爭中對地面目標已使用了定向空對地導彈，幾乎百發百中，誤差極小，飛行員在機上螢光屏幕上對地面看得一清二楚，甚至連地面上的男人是否刮過鬍子也能分辨。因此虞總說，我們現在千辛萬苦搞什麼「三、山、洞」那等於是白費，躲不過現代科技。李春來話一落音，武剛便驚喜得如中了頭彩似地雀躍，連說：「好材料，好材料！」他那善於無事化有、小事化大的比較開闊的腦筋於是分析開了，他說：「我剛才判斷的不錯吧，在資本主義社會浸泡了這麼多年的人會有好樣的？照剛才李春來所說，虞鴻昌的關鍵問題有二個：第一個是美化美帝，不論你是否真有此先進科技，這麼宣揚只能起到長敵人的志氣，滅自己的威風的作用。好比打仗，還沒有與敵人接觸，你首先宣揚敵方武器如何先進，如何神乎其神，不言而喻，那就是說我們不行，那麼戰士還能有勇氣去作戰嗎？打個屁仗！虞鴻昌的用心你們可去猜想。第二個是反對三線建設，他既然說到是『白費』，那我們還待在

這裡幹嗎？虞總可以讓你們回天津去了。他這用心可毒哩，用毛主席的話是『用心何其毒也』！」他似乎已把話說完，停歇了一回會兒，又補充說：「大家都知道，三線建設是毛主席提出來的，老人家為這日夜思量，殫精竭慮，而你虞鴻昌一句話便把它否定了，這叫什麼？你們說吧。」他將手一撥便算把話說完，但當即又補充說：「聽到有群眾反映，說我喜歡對人扣大帽子、上綱上線。同志們，我剛才所說的全是實事求是的分析，該不該上綱上線，請大家分析吧。」

李春來未想到他拋出的材料竟得到武剛的賞識及如此精闢的分析，給批鬥虞鴻昌扣開了大門，他高興地鼓起掌，連聲叫好，不難看出，帶點諂媚的稱讚道：「武代表真有水準，能從渣滓中挑出精華，在絕境中尋到出路，我完全贊同他的分析。」

二個頭頭一唱一和，都一致了，別人便難以提出異議，一致摩拳擦掌的表態按此精神去批鬥虞鴻昌。

批鬥會的火力很猛，上綱上線程度比之鐘振興的有過之而無不及。主持人強要虞鴻昌做紀錄，開始他還戴上老花鏡逐字逐句清楚記著，但到後來批判的人到了他跟前指著鼻尖、口沫噴到臉上，罵他是美帝特務，蓄意破壞三線，瓦解建設隊伍。有人衝到他跟前，質問他是誰指派你回來的？給你什麼祕密任務？他悶聲不響，不予回答。質問的人更是來

勁了，以為切中了他的要害，避而不答，便伸手抓住他胸口
的上衣，雙目怒視逼他作答，無奈中他只回答了三個字「政
務院」。

「什麼政務院？」對方又問。

「我們國家的政務院，邀請回來的還不只我一人。」

「胡說，有什麼證明你是政務院邀請回來的？」

「你可以去查。」

承認不承認？左右為難

但有人仍不相信，批評他汙蔑政務院，說政務院絕不會
邀請這個特務回來的，即使真是邀請也是搞錯了。於是四面
八方攻擊的「子彈」猛力地向他襲來，他已抵擋不住了。他
雖低頭仍動著捉住派克鋼筆的手腕，但已字不成形，形不成
行，像幼稚園小童學畫畫似地不知所寫的是什麼。到了後
來，連鋼筆也抓不住了，筆尖猛力地被戳在硬皮本上給折斷
了，墨水給濺了個大印跡，他只有把殘筆收了起來，垂下眼
瞼，死盯著本子上那個汙染的墨水印。此時他心情已麻木，
面對這些如狼似虎、張牙舞爪的批鬥者，已視若無睹，他心
中已是一片空虛，正在想著一件單一的事。

批鬥會的末後，主持人作了個小結，除了按老慣例說會

開得很成功外，還對虞鴻昌訓斥三點：一，散播的所謂三線建設白費論用意何在？二，吹噓美國科技進步是否在美時領受的回國宣傳任務？給予你些什麼報酬？三，回國的邀請肯定不是政務院，而是美國中央情報局的指派，你要老實交代。你一天不交代，會一天不停開，不獲結果，絕不收兵，明天繼續開會。今天對你夠客氣的了，但你回去今晚好好想想，倘若仍像今天那樣頑抗到底，拒不交代，明天會夠你受的，不能怪我們不免除對你施予皮肉之苦！

　　虞鴻昌回到了「牛棚」，一頭便倒在地鋪上，瞪著雙眼仰望灰色的天花板，把它視作正如是灰色的天空，那凹凸不平的未經刷白的水泥澆灌的天花板，他比作是天空的雲塊，祈求從這雲塊中降了個救星下來，幫他解脫當前的危難，這救星是什麼呢？按他原來所信的長久以來強作忘卻的基督教教義，那就是上帝。他凝視了半天，「雲朵」紋絲未動，他的思緒動搖了，「它解救不了我！」他對自己說。同室的難友勞動收工回來，拾起碗、盤要到食堂打飯了，陶器碰撞的清脆聲驚醒了他，挨近他睡的難友叫他、同去打飯，他搖搖頭說：「不想吃。」傍晚，全體「牛鬼蛇神」按例都要跪在毛主席像前彙報和檢討錯誤。人都集合齊了，就缺他一個，看守過去吆喝他，但他毫不理睬，看守急了一猛力牽扯他起來，但他仍死賴在鋪上不動，看守問他是不是病了，他不作

答。爲了不耽誤時間，看守只有作罷，給他記上一筆，回頭來再算帳。虞鴻昌腦子仍不是全不清醒的，他這異常的舉動，不僅是他、即使是全室的難友從來不曾有、也不敢有過。眾所深知，僅此一舉要比其他一切罪過都大，但虞鴻昌已豁出去了，這要算是他一個微弱的反抗。

　　夜已深了，在大瓦燈泡的照射下，他雖一分鐘也不曾睡過，但不敢張開眼，怕被看守發現，只有合眼假裝睡著，連身子也不敢多挪動，裝得很辛苦。腦子想得太多，已經很亂了。白天會上那主持人末後所說的三個問題明天怎樣交代呢？第一個確是說過「白費」這話，按實話實說是順利成章的，但你如承認是破壞三線那是死罪；第二個是宣傳美國科技先進，我確實不是宣傳，而是實事求是，毛主席也不是說過「虛心使人進步」嗎？說人家的先進只爲了鞭策自己虛心向它學習。如要否定這一切，硬要承認這子虛烏有的領受報酬去執行破壞任務，那是死罪無疑；第三個如果說我不是政務院所邀請，我怎能回國呢？這是很簡單的道理，但他們硬不信，非要承認我是美國中央情報局所派。中情局這名字在美國我有時從報紙上知道過，但我們搞工業技術的人根本與它從不沾邊，非要說我是它所委派，說實在的這有辱了我人民政府，這不是硬把我國務院說成是美國中央情報局，這是個原則錯誤啊！不過現在是不講理的年代，「秀才遇著兵，

有理說不清」現在硬要我非承認是中情局派來不可，倘承認了，這便是美國間諜，又是死罪。

縱身一躍，此命休矣

　　在同室人此起彼伏的鼾聲中，他聽到了不遠處傳來雞鳴聲，想到了天將要破曉，天亮後便是清晨，過後不久便又到了要批鬥他交代的時候了。他牢記著會上主持人昨天所說的「一天不交代，批鬥會一天不停開，不獲結果，絕不收兵」，今天不交代便要受皮肉之苦，那即是說用刑了，老實說，我受不了！主持人那猙獰可畏的面孔又再現在他面前。更有那些像群獸似的張牙舞爪輪番地撲向他來，以期非把他吞食掉不可。太可怕了，我畢生從未這樣受辱過，而且這完全是無辜的受辱，我不能再進入這會場一步了，我受不了了！他瘋狂地想掙扎起來，但仍按捺著想了個脫身之計，輕輕地爬起，對正伏在桌上睡著的看守說了聲要上廁所，不管他是否聽見便披起衣服，穿上了鞋走出了室外，繞過了廁所，在黑暗中摸索著一股勁地往山上走。說也奇怪，若在平時，這文質彬彬的上了年紀的虞鴻昌，即使是白天要爬上這陡峭的山坡也氣喘噓噓地要休息一、二回，但此刻他帶著一夜未睡的疲憊身軀，迎著寒冷的晨風，腳下踩著嶙峋的岩

石，他顧不了腳板的刺痛與雙手爲攀沿所挫傷而流血迤邐而行，一鼓作氣地登上了山巔。他實際已經疲憊不堪，氣喘得心臟像要撲了出來，應該坐下休息，但他直直地站著，面向著東方，天色已微明，透過遠方的群峰，輕霧繚繞的天邊已稍稍顯現亮光，燦爛的朝霞即將要顯現了，太陽很快將要升起。晨風吹拂著他的久未剪修的灰白亂髮和衣衫，他已不以寒冷爲意，遠眺著前方，山景多麼美麗，這是他多月來被囚禁所得到的自由的瞬間享受。他轉過了身往下看去，一條小澗流過的山谷，兩邊如積木似地擺放著一座座的建築物，這是他幾年來未經離開過的、身歷了前所未有的許多的酸甜苦辣的可紀念的地方。宿舍那邊正是炊煙嫋嫋，他想到此刻正是他山下的妻子把孩子叫醒，捅開了煤爐子作早餐，準備她上班和孩子上學。他歎息了一聲，他們怎麼會想到我現在的境況嗎？家庭的溫暖和骨肉的親情令他眞想立即下山回去，但回過頭來含著淚水對自己說：「不，我不能回去！那三個問題不答覆要把我折磨死，答覆了更是要死。」他又轉過了身，東方的太陽已越出了群峰的遮擋冉冉升起，他迎著它感歎地對自己說：「江山多美好，太陽多絢麗，但將不屬於我了！」他大聲呼喊著：「我是愛祖國的，我沒有辜負它！」便奮力縱身往下一跳，身軀跌落在十多公尺的半山腰的岩石上，血肉模糊。一隻蒼鷹在上空盤旋了一圈俯衝下去又攀升

上來，拍著雙翼飛走了。

關禁著「牛鬼蛇神」的「牛棚」內，清晨六點鐘看守吹起了起床哨子，集合時發覺少了虞鴻昌，問誰都不知道他的去向，看守急了，連早請罪都暫停了下來，派人四處去找，但都回報以尋找無著，但有個細心的被囚者發現廁所的側面一條上山的小路有新鮮的腳印，於是看守親自領隊帶了二個較年輕的被囚者上山去尋找，當他們返回來回報說在山背後的山腰上發現有一具屍體，在高處往下看，從所穿的衣服識別極可能是失蹤的虞鴻昌。消息不脛而走，一時轟動了全廠。革委會沒有對此作為是大事件來處理，以低調處之。李春來只以電話通知行政科派兩人在附近找個空地把他掩埋了事。在沒有說要通知家屬。

生產技術群龍無首

虞鴻昌妻子原是個天津一家大醫院的醫生，他歸國後被朋友介紹相識而結婚，其時虞鴻昌已年逾四十，她也四十出頭了，都是大齡婚姻。是他因被調三線而把她帶來的，到廠以後，她在廠衛生所操老行業，且是頂大梁的。二個子女，兒子上高小，女兒上初小。虞鴻昌自被囚禁數月以來，按監視規定，不得與任何外人接觸，雖所居相距咫尺，但夫妻從

未獲見面，當日虞鴻昌被鬥，她也一無所知。這天上午，全廠風傳虞鴻昌自殺的消息，傳到她的耳中，她不敢相信這是真的，但已令她六神無主，一時不知所措，對正在受診的病人放下了聽診器，抱歉地對他說：「對不起，我現在心亂得很，暫不能給你看了。」有同事勸她去廠部找領導打聽一下。她到了廠部，但李春來正在開會，不予接見。經旁人告訴她虞總自殺是真的，她當即暈倒，幹部們將她扶到會議室裡休息，打電話請衛生所醫生前來救治，不久她便甦醒了，其時李春來的會議也開完了，他主動到了她跟前來，他當然不是來安慰她，而是板起了嚴肅的臉孔厲聲對她說：「虞鴻昌是畏罪自殺，他自絕於祖國，自絕於人民，死有餘辜！作為家屬，妳如果是明智的，也就是站在無產階級立場上和毛主席革命路線上，應與他劃清界線。妳哭什麼？再哭就說妳同情反革命！」幾句話後他便拂袖而去，丟下獨自啜泣的她，她正想要求與遺體見一面也來不及了。有幹部告訴她，行政科已派人去收殮屍體。她到了行政科，科長對她說：「按照主任吩咐已派人就在出事地點附近掩埋了，許大夫，妳不用去了，我去了剛回來，在山頂上我也下不去，幾近是個懸崖峭壁，就是妳冒險下去了也難以上來，我是雇了兩個當地人去處理掩埋這事的。想不到虞總會選擇這地方……」他搖頭歎息了一下，不便表示什麼。新寡婦只得含淚離去。

　　虞鴻昌之死，美帝特務這罪名似乎便可蓋棺定論了，雖在廠革委領導極力以畏罪自殺的大帽子給蓋死，但沒有不透風的牆，真相慢慢便被傳出來了，在群眾中也流傳著，他的所謂「罪」是被橫加的，完全是少數領導莫須有地迫使他跳崖自殺，他們應該是劊子手！對於這些流傳，只能是街談巷議，沒有人敢於公開鳴不平。

　　本來在虞鴻昌被囚禁期間因廠中失掉了個技術的領頭人，許多這方面難題的解決和對技術關鍵問題上的拍板成了個空缺，不得已時甚至有技術員甘冒犯禁闖入「牛棚」找他請示。他的死，就連這僅有的一點門隙也被封死了。技術上群龍無首，這正如夜間在海上航行時燈塔失去了照明。有些產品加工的難題未得到一致意見的解決，品質上往往遇到了公差上、光潔度或是精度上以及熱處理上的意見分歧沒有取得一致而車間為要完成計畫任務，檢驗員也無所適從而囫圇蓋章通過了。產品出廠後往往因為品質問題而被退貨，使廠的聲譽大跌。多次被退貨的教訓，無論是技術員，檢驗員乃至車間主任及工長都警惕了起來。當問題發生時，誰也不願馬虎簽字放過了，於是不少有問題的半成品或是成品便被擱置積壓著。產品出不了廠，計畫任務便完不成，加上過去出了廠又被退回的，使大量可兌換的資金被積壓著不能兌現，廠中又陷入一次財政危機，廠革委又面臨一次考驗。

廠革委成了眾矢之的

對立派，實際是在野派「還看今朝」已沉寂多時，因爲形勢有所變化，活動不多，成員都回到生產崗位中去，鬥志有所鬆懈，組織幾瀕瓦解。馬鐵漢分析近日的形勢，自虞總被迫自殺後，一股群衆對他同情而對革委不滿的暗流在流淌著。更因失去了虞總而導致產生巨大的損失、他認爲完全是革委的錯誤所造成的。當此，他認爲是個可利用的好時機，爲了喚起他們成員的精神，挽救組織的頹勢，馬鐵漢決定揭竿而起，首先貼出了大字報，內容是先敘述了廠中當前生產下滑財政面臨危機情況，「這種局面是怎樣形成的？是革委領導犯了錯誤，過去我們曾經批評它以革命壓生產，導致財政崩潰。今天他們既壓革命又壓生產，使這個原來是先天不足、後天失調的破敗廠又面臨了危機，倉庫堆滿了退貨的不合格品，車間放著大量無法處理的半成品，而財務科的帳本上銀行存款是零，赤字是六位數。這是怎麼做成的？你們批鬥了兩個叛徒、特務，一個批倒，一個批死，一時倍覺痛快。你們不會想到被批死的那個『美國特務』他把廠中的許多生產關鍵一同帶進了他的墳墓中，致使許多待解決的環節成了空白，至今你們還未採取措施去填補，任其自流。倉庫退貨品源源不絕，車間待處理半成品堆積如山，財務科帳本

上的存款永遠是零而赤字不斷上升，但你們卻安之若素，坐在辦公室的軟椅中談笑喝茶，陶醉於勝利地鬥倒兩個當權派，卻不知自己點燃的火已焚燒至自己身上！」

　　這月的工資確是無錢可發了，到了十五日，廠革委貼出了個通知，說是因爲臨時事故，工資要延期五天發放。五天過去了，但仍無著落，又貼出一個通知要延期一周，到了一周過去，又未兌現，貼出的通知卻未寫期限，只說正在積極籌畫中，請大家耐心等待。

　　一些低工資收入，上有老下有小的負擔較重的職工，即使正常按月領到的工資也幾乎入不敷出，正常時靠工會救濟，如今拖延了半個多月，且還遙遙無期，已臨揭不開鍋之虞。馬鐵漢召集了「還看今朝」一部分成員，帶領這些困難職工浩浩蕩蕩地到廠部請求發放工資以救燃眉之急。革委已捉襟見肘，當然無法答應要求，李春來多方解釋想打發他們回去。武剛也同在場，開始他還有耐心幫著解釋勸告，但見來者像機關槍似地爭相發言，越說越激動，不但不爲解釋勸說所動，且「子彈」不斷向他襲來，武剛發現了馬鐵漢也在場，他斷定是他們煽動來的，一股無名火便衝了出來，他指著馬鐵漢怒斥道：「你們看見這廠正處在艱難中，作爲廠中的一分子，應該是同舟共濟，但你們不但不予相助共度時艱，反而落井下石，唯恐天下不亂。帶領這許多人前來取

鬧，你們存的什麼心！」這一下卻使從未開口的馬鐵漢給了個攻擊他們的機會，他歷數了如大字報所批評他們的，他的話還未說完，其他的人便七嘴八舌地爭著指責起廠革委來，有的甚至批評武剛剛說的話毫無群眾觀點，蠻橫無理。有個女工說：「我家這月的糧食已無錢去買，今晚已揭不開鍋了，我請求主任和軍代表准許我全家到食堂開飯，沒有飯票，賒欠著，等你們發工資還回。」她這一著，引發了許多與她類同困難情況的共鳴，紛紛要求到食堂去開飯。這要求最實在而簡單，但李春來卻一時拿不定主意，他顧慮這麼一來連鎖反應，可能不分彼此地一窩蜂的趨勢湧到食堂來，又來個五十八年的吃飯不要錢，那不是亂套了嗎？因此儘管眾多的人逼脅要他答應下來，甚至有人拿著紙和筆遞過去要他寫條子給食堂去開飯。他當然擱著未予應允，就這樣相持不下，成了僵局。

武剛使計躲過群情激憤

　　武剛自剛才被群眾批評了後，本想當即反駁，但見他們人多勢眾，群威群膽，怕吃眼前虧，於是暫時沉默了下來，但當聽到許多人要脅李春來批准他們去食堂開飯而相持不下，他有責任要排解這困局，但他總是沉不住氣，稍急地粗聲的喝令道：「你們這樣成什麼體統，這樣咒罵攻擊紅色政

權實質是反革命行為，去、去、去，回去！」他動手把前面的幾個人往後推，人們仰後地挪動了一下，但並沒有如他的要求往回去，反而被激怒了，最感憤懣的是他使用了「反革命」這個詞，這是個彌天大罪，可使人被處以極刑的。於是群情洶湧，反對他亂扣帽子。後面的人使勁往前推，把武剛擠到了桌子跟前，腰部被碰撞了一下，他哎喲一聲順勢倒下。人們知道出事故了，驀地安靜了下來，前面有兩人將他攙扶起坐在椅子上，但他似乎坐不穩，要滑下來。李春來看見情況不對了。當即打電話要衛生所派人攜擔架將他接去急救。出乎李春來所料，這個事態的變故卻使他得到一個轉機，他板起了臉嚴肅地指責說：「你們把事情搞壞了，把軍代表也擠傷了，這是件嚴重事故，要處理的！」他稍緩和了點口氣接下說：「至於發工資問題，當然大家有困難，這是全廠的大事，我們正在不斷尋求解決中，大家忍耐點，事情總要獲得解決的，你們先回去。」武剛的被擠壓致腰傷及李春來借此作了嚴厲的批評，眾人也頗覺無奈，只得忍氣吞聲地各自散去。

　　李春來當即召開了個革委會會議，他先撇開了武剛腰傷這件事，認為這事容後自有處理辦法。首先討論發工資問題，今天發生的事情使他更深刻認識到積羽沉舟，群輕折軸的嚴重後果，他最大的顧慮是威脅到他這把交椅可能會坐不

穩。他首先提出立即奔赴省城請求省革委批示銀行再貸款十萬元以救燃眉之急，這當然獲大家同意無疑。他本想與武剛以軍代表身分同去（他暗想即使挨批評也有你軍代表的一份）但現在他已受傷，不可能同去了。但當他去衛生所探望武剛時，卻令他甚覺意外，他精神奕奕半躺在病床上翹著二郎腿在看報，見他來到，武剛當即坐了起來，急忙問他當他走後如何處理這幫人的，李春來便把經過說了一遍，武剛哈哈大笑，連忙起身把他單人病房的門關上，小聲地對李春來說：「其實我只被擠了一下，當然腰上有一小點痛，我趁勢小題大作立即躺下，這樣他們當然驚慌，就可把他們的目標轉移過來，你便可以順利脫身，這叫『調虎離山』，在軍事上叫做『聲東擊西』，不想他們竟然中招了。」說完他又為自己小小地運用了一下這「三國式」的小計而成功哈哈大笑。李春來也意想不到這個平常偏於使硬棄軟的赳赳武夫竟然也粗中有細而佩服。

李春來與他談起去省城請求貸款意欲與他同去的事，他欣然答應了，決定明天就動身去。

解了工資荒燃眉急

省革委會主任是個現役軍人，原來武剛被派去支左，是

出於他的決定，武剛本是與他同一個部隊的屬下，因而他們一見如故，武剛此次前來也有述職意義。本來按李春來原意此行首要任務是請求貸款，但沒有想到竟成就了武剛述職彙報之便，且現領導人又是他的原上級，駕輕就熟，未等李春來開口，武剛便滔滔不絕地彙報起來了。他首先談到廠的情況，總的說來形勢是大好的，成績與缺點是好壞參半，他描述了形勢美中不足的是還有個對立的保守派，他們是外反內保，保的仍是走資派，甚至是叛徒、特務。最典型的是已調查定案是叛徒、漢奸的鐘振興，雖明不敢保了，但借屍還魂，說他倒下了，廠中缺乏管理便生產停滯不前，仍是暗保。最露骨的一件事，是最近一個美國回來的總工，竟然散播美國科技先進，三線建設白費論，種種跡象表明，極可疑是美方派進來的特務。最近在組織審查他的當中竟畏罪跳崖自殺了。這本是運動中一件平常事，那個叫作「還看今朝」的保守派頭子馬鐵漢卻以他的死影響了廠中的生產，藉機近期廠中財政困難暫發不出工資而煽動不明真相群眾到廠部鬧事，把我也打傷了，使我在醫院躺了好一段時間，現在才康復出院。

他說到這，故欲作撩起衣衫狀顯示傷痕而未作，以示他的真實性。他瞥見他的老上級正為他的話語所打動而疾首蹙額，他感到欣慰。省革委主任於是既同情又批評地說：「你們犯了右傾機會主義錯誤，你革委會不是吃齋的佛堂，怎麼

不運用你們的權力去鎮壓他們，仍讓他囂張鬧事，我現在要辦公廳馬上下個指令，宣布你們那個保守組織為非法，立即解散！」武剛獲得了最迫切的解散「還看今朝」敵對派這個決定，如壓在心上的大石落地的輕鬆，幾乎忘記了要求批准貸款的事了。但李春來緊接著便接上了話茬彙報了由於保守派「還看今朝」在廠內搗亂致使生產停滯，產品出不去，收入無著，而令財政困難，所以要求批准貸款十萬元。省革委潘主任因為有了先前武剛彙報的基礎，現又經李春來述說了的理由，他當即打電話找財政局詢問可否即撥款十萬元給予，然後轉為銀行貸款。財政局答覆要與有關人員商討一下答覆。他們靜候了約十分鐘，電話響了，對方答應可以，要廠派財務人員即時前去辦理提款手續。

　　當月的工資雖推遲了近一個月才發放，但畢竟是領到了，職工如大旱之獲甘霖，與廠的緊張關係稍稍得到緩和。緊接著省革委的指令發了下來，「還看今朝」、特別是馬鐵漢當然是頭上受了致命的一棒，形勢也不可能調動群眾對他們支援，只有逆來順受，終止了它的壽命。

　　廠革委經過這次鬧事的教訓，淪肌浹髓，不能老是浮在上面空喊革命口號和天天忙於處理零碎瑣事，深入車間和群眾去研究解決關鍵性的問題。他們經過調查研究，上下溝通，說服了武剛撤開了左與右的門戶之見，從中層幹部中提

了一個有管理生產經驗的幹部到廠革委中來，又從眾工程技術人員中提拔了一個總工統理全廠技術工作。全廠的面貌雖不能一下便能全改，但也看到了一線生機。

死因一團疑雲

李春來對張通和早已嫉惡如仇，欲除之為快，而電話中的啜泣可能是做作的掩飾，鱷魚的眼淚而已。這是王燕的想法。張通和的死訊是可以肯定了，但王燕認為他的死因結論值得可疑。

王燕接到了家裡來的一封電報，她拆開自收發室領來的電報封套，寥寥幾個字：「母病重速歸」，她拿著電報的手顫抖了起來，腦子嗡的一聲像被什麼東西擊著，臉色霎時慘白，眼前像是一片黑。她要在收發室坐下歇了一會才動身回到宿舍。她將電報遞給正在開著收音機聽曲藝的李春來，同時伸手去把收音機關了。他看了電報後一愣，但還是以平常心態對她說：

「妳媽可能是到極限了，估計是老毛病心臟病又發作了。這種病十分危急，妳不想回去便罷，但若要回就立即走。要回就妳一個人回，我現工作離不開。」

調動申請，各有算計

王燕決定回去了，她向車間請了一個月的假，匆匆忙忙地便走了，連張通和也來不及告知。

當回到天津家裡，母親早於兩天前去世，喪事也簡單地辦完，她以未能與母親見最後一面而遺憾痛哭。母親雖已去世，家中少了一個親人，但還有爹和哥，家庭總是溫暖的。她比較起那邊山溝，與現在所處兩地判若鴻溝，那邊雖是她自己的家，但感覺冷如冰窖，巴不得一輩子也不再進去。爹和哥已從她回來後口述中充分瞭解她的處境和心事，尤其是他哥王雨最知道她的底細而是最為同情，他極力想法把她弄回天津來，除了到處奔走外，還托同事、朋友打聽有哪單位需要王燕那種工種或是其他適合她幹的工作。偌大個天津，這許多工廠，怎會容不下一個王燕所適合的工作？王雨當尋覓到一家工廠，也正缺少她這樣的工種。她興高采烈地與哥一同去面洽，也試了工，對方稱心地願意接受她，但要她原單位的調動手續，他們不能私自接納人員。這下便令王燕涼

了半截，她深知調動必須經過李春來，現在他大權在握，若
應允調走，她將永遠被失去，李春來肯定不會放她走的。
眼看煮熟的鴨子要飛走了，全家人都為此發愁，在一籌莫展
中，王雨提出了個意見，可否讓王燕作為社會青年參加工作，
雖工資低些，但畢竟還有個工作可以餬口。但他爹隨即反駁他
說，沒有戶口妳怎能算社會青年，而戶口是隨工作調動遷移過
來的，因而歸根結底又回到了調動的問題上來。

　　看來王燕回津之夢難以實現了。但她忽發奇想，她要把
張通和先調來，讓他站穩了腳跟再想她的辦法。她分析張通
和現已是李春來肉中的一根刺，恨不得將他拔除，只要他一
旦申請調離，極可能會被批准。她與王雨商量此事，王雨即
表同意，便又為他的工作奔走。張通和這個工種雖不算特
殊，但操作大立車床畢竟不如王燕的普通車床普通，但如一
旦該廠有此設備，工種也並不易尋的。王雨終於為張通和找
到了一家廠需要他，而且設備新購置正缺操作人，能有多年
操作經驗的張通和來到當然極表歡迎，且主動提出可加升一
級工資。這喜訊令王燕驚喜萬分，她當即寫信告知張通和，
讓他馬上向李春來申請調動。為了強調要親向李春來申請，
她特意在信上李春來的名字下劃了個紅槓。

　　張通和接到王燕的信後，當然十分高興，他想現在萬事
俱備，只欠東風，這東風便為李春來所握著。他思考如何去

闖過這一關，他也如王燕所分析那樣，李春來批准的可能性極大，但李春來現在對他嫉惡如仇，可能不會一帆風順地方便了他的離去，而是否會想出個什麼招來為難他。他寫了個調動申請呈到李春來面前，並且想好了個理由，說是他父親行將退休，單位可以讓兒子頂替他的空缺，只要調動手續一到便可辦理。李春來早已想到王燕走後很可能賴在天津遲遲不歸而又把張通和接了過去。他詳細地問明張通和的去向，表面雖沒看出與王燕有什麼瓜葛，但也斷定這是他們的串謀。他裝著和善的態度回答張通和說：「你將申請書留下，這樣的請求在廠中似乎還是第一宗，我要與委員們商討一下再答覆你。」待張通和轉身欲要離去時，他起立狀似親熱地拍了拍他的肩背說：「老朋友了，我會盡力成全你的。」

　　李春來早有個想法，當王燕走後，他預料她肯定要賴在天津，而且很可能會千方百計把張通和也拉過去，現在張通和前來申請調動，正符合了他的預想。他成竹在胸，要把他二人玩弄在股掌之中。他預料王燕只能在津賴一段時間，沒有調動手續、沒有戶口、又沒有工資，她不可能待得時間太長便乖乖地回來，他不怕王燕會使出其他辦法，總之現在權柄掌握在我手中。至於張通和，讓他去吧，他去了，自動給我拔了根肉中刺，何樂而不為。而王燕又要回來，把他們永遠拆散了，這不是一箭雙雕嗎？他想著他的妙計將要成功而樂了。

派送的車被動了手腳

　　李春來對如何管理好偌大的一個工廠卻一竅不通，不辨菽麥，一遇困難便束手無策。但對那些勾心鬥角，出歪點子卻是有一套。他雖已算定王燕二人要上他的圈套，但他還不滿足，他不甘於就這樣讓張通和白白順利回天津作城市享受。「他對不起我，卻又便宜了他，不，還要讓他吃點苦頭！」他對自己說。他叫來了他的二個親信，也就是二個副主任何秉權和車健，出示了張通和的調動申請書說：

　　「我打算批准他調走。」

　　「批准他？」二人同時驚訝地問。因為自搬遷以來從此間調往天津去的前無一人，也是眾所期望而不得的。

　　「是的，我有我的打算。」李春來邊說邊起立去把房門關上，小聲地把他的設想與二人說了個大概，然後更壓低了聲音，湊近了些說：

　　「我想讓他不那麼順利的走，你們可否給我出個主意？」

　　沉默了半晌，車健開口問道：

　　「要出個大主意還是小主意？」

　　「最好是個大主意。」李春來已領會到他所說的大、小主意的區別，回答說。

　　於是車健湊近了他的耳邊說了一大串的話，聲音小得連

何秉權幾乎都聽不清，然後李春來嚴肅地點了點頭表示贊同。但何秉權則有疑問，他問道：

「車健已不在汽車班了，一旦你進去不會被別人懷疑麼？」

「我自有辦法，你不必擔心。」車健頗有信心地答道。

經過把各個細節和確保安全不被洩密商定了後，李春來便與二人握手道賀，含笑地示意祝車健馬到成功。

李春來在張通和的申請書上批了幾個字：「經查張通和困難屬實，准予所請。請勞資科辦理。」

張通和接過他被批准的申請書後，欣喜若狂，忘記了二人的積怨，忙與李春來緊握了手表示感謝。

在張通和作準備行程當中，李春來表示關心地曾二次到他的宿舍探望，並詢問他還需幫助他些什麼，張通和只有表示感激，別無要求。

一貫細心的他，只能想到李春來之所以反常規的批准他，目的當然是爲了除去了一個他家庭中的第三者的私人意圖，這個雙贏之舉，他也樂意接受。但此刻李春來對他反常的熱情，卻摸不透，千慮一失，未能洞燭其奸。

當詢知了張通和起程的日期後，李春來當即派一幹部通知他會派車送他到縣城乘搭火車。

車健原是車間的機修工，因他也會修車和開車，當「文

革」開始後不久，爲了革命造反方便，可易於掌握汽車往外間聯繫，正好汽車班又缺此人手，他的要求便被批准調去。但自他擢升革委副主任後便很少涉足他這工作地了。

當他接到李春來的通知張通和翌日即要離廠到縣城乘搭火車，爲要實現他承諾過的計畫，午夜間他潛入了汽車班，用他一直沒有交出的鑰匙，熟練地打開了停有吉普車的房門，卸下身上的工具袋，亮起了手電筒，輕輕地鑽入了車底，盡量使金屬碰撞的聲音壓低。

約十五分鐘功夫他便鑽了出來，拍了拍身上的塵埃，提起了工具袋走出門外，把門合上及上了鎖。正當他關門和上鎖發出的響聲驚動了路過的保衛科夜間巡查員，借著路燈的微弱燈光，他認出了車健，便向他打招呼問道：「主任怎麼這麼晚還未休息？」「啊，有件緊急事要到縣城去辦，剛剛才開車回來。」他急中生智的回答。巡查員毫不懷疑什麼，對他說了聲：「辛苦了，早些休息吧，再見。」拿著手電筒繼續往前走。

車子墜溪，張通和送命

翌日上午，張通和攜著行李到了停在汽車班門外的吉普車旁，李春來比他先到了等候相送，並且幫他將行李放入車

內，他比來送行的張通和的幾個好友還要親熱，緊握他的手久久未放，再次祝他一路平安。

汽車出了廠門，轉入了公路上，一路平穩地行駛，司機沒有懷疑有什麼異樣，但當駛出了三公里處下一個陡坡時，司機想變慢速，但發現剎車不靈了，車剎不住，讓它自流的一股勁往下滑衝，二人都極度慌張起來，當車子衝到陡坡的盡頭急轉彎處，像野馬似地無法控制，墜入了坡下二十多公尺的乾涸的小溪中。

李春來送走了張通和回到了辦公室，雖佯作在專心閱讀文件，但心情很不平靜，文件上的鉛字對他是模糊一片，他正在等候一個驚人的消息傳來。但是九點鐘過去了，未見訊息，到了十點鐘也沒動靜，他想莫非是老車沒有搞對頭煮了個夾生飯讓他們過了關。到了十點四十五分，電話響了，他手顫地忙拿起了話筒，但來電話的是個車間幹部請示他一樁事。他只有耐心地坐著靜候，到了十二點差一刻，他焦急了，想再過一刻鐘他們便要下班鎖門去吃中午飯了電話便沒有人接。正好，電話鈴響了，是縣公安局交通隊打來的，說據報在距縣城四公里公路處發生了車禍，車子墜入河中，經派人去現場檢查，已車毀人亡，從二個死者身上搜出的證件，證明是你廠的職工，請立即派人到現場協助處理云云。在他來說這是意料中事，但畢竟是樁大事件，心中不免震顫

了一陣。不管怎樣，他當即電話通知保衛科、行政科和汽車班立即前來開緊急會議。

現公安局和廠方有關人員在事故現場開了個分析會，但作不了結論，從已損毀的車檢查，發動機和變速箱已破裂，汽油和機油溢出了滿地，車廂和底盤部分已撞出成一堆廢鐵，無法查出汽車出了什麼毛病。分析人員回過頭來便考慮到事故是否出在司機身上，要查可能性無非是兩個：一個是違反操作規程，另一個是喝酒過量。但廠方人員反映駕車的是已有十多年駕駛經驗的老司機，從未有事故前科，至於是否喝過了酒，在場的汽車班的人反映，與他同事多年從未見他喝過了酒，從嗜好中來說，他僅會抽菸，但滴酒不沾。

車的事故原因查不出，司機的過失問題也作不出結論，只有暫時把它掛著。

當雙方的沒有調查結論的事故報告遞交到李春來面前，他為了不使問題懸而未決，夜長夢多，不如趁早下結論銷案了事。面對在座的雙方調查人員拍著腦子思索了一番，便將結論肯定下來，他說：

「車子沒有毛病是可以肯定的，據我瞭解不久前還檢修過一次，而且出事前一天還跑過，好好的，未見司機有什麼反映。至於是否人的原因嘛，確實他是個老司機，是天津來的，我也認識，他的確是不沾酒。但是……」他用手指敲了

一下腦袋，「誰也不保險萬無一失。眾所周知，我工作多年也不慎出過一次事故，且被鐘振興蹲了大半年監獄。所以我說司機的過失不能絕對排除。據你們報告中所說，車子正好在下陡坡轉急彎處墜下的，據公安局的紀錄這是曾出過多起事故的地方，可說是事故多發處吧，因此我以為可以操作違規作結論。」

他下的這個結論理由雖不是很充足，但眾人卻不易一下提出不同意見。沉寂了片刻，一個參加調查組的汽車班的班長發言道：

「在還沒有查實的情況下就作了司機的違規結論，這不是不夠公正嗎？我認為還是暫把它擱下，日後定會水落石出的。」

李春來一聽他說了「日後定會水落石出」這句話，心中不免一顫，連忙反駁他說：

「事情已經過現場調查，明明白白地擺在眼前，還有什麼等待的？事情早日了結便早日安心。至於司機本人包括張通和，我們都認定是因公殉職，廠裡還要為他們開個隆重的追悼會。我們不是鐘振興，絕不會因一時不慎的過失上綱上線加害於人，司機廖師傅仍是個好同志。」

眾人再也提不出不同意見了，李春來提出來的結論就這樣通過。

火車站月臺的枯候

在李春來的力主下，追悼會確是開得隆重，儘管廠中經濟拮据，仍是花了一大筆錢作各種準備，除了抽調各車間科室大批人員籌備外，追悼會那天還全廠停產半天參加大會。李春來也把辦公室寫好的悼詞費了一個晚上修改潤色，對二人的死亡，甚至昇華到與戰場上衝鋒陷陣英勇犧牲的烈士相提並論。在他致悼詞時，哀樂聲中，他因哽咽而間歇了三次，尤其是說到了張通和，他聲淚俱下地說痛失了一個他在本廠唯一的相交十多年的老同學、老同事、老朋友。說到這時已泣不成聲，揚聲器裡只發出他啜泣的聲音，感動了全場一千多與會者肅靜得鴉雀無聲，有個別婦女還掏出了手絹來擦眼淚。

事故的結論下了，隆重的追悼會開過了，沒有聽到任何一個群眾對此有何異議。李春來安心了，他覺得自己此番演的戲逼真得天衣無縫，無懈可擊，從此便可永享太平。

王雨兄妹自接到張通和起程日期和所乘車次的電報後，高興萬分，尤其是王燕，她羨慕張通和竟獲得了調回天津而可永遠脫離清苦的山溝，她替他高興。按照他電報所到達的車次時間，兄妹二人興高采烈地到了火車站去迎接。同來接車的還有張通和的父母。在火車到達前，他們交談著，雙親

說兒子回來已準備好一頓豐富的晚餐，當中當然有他平常最愛吃的菜。兩老說，想像中兒子在山溝裡待了這些年一定餓瘦了，回來好好讓他滋補一番，養好身體。而王雨兄妹則說，他們已打算今晚在館子裡為張通和洗塵。

「這不是衝突了麼？」張爹樂呵呵地笑說。

「這樣吧，我們兩家合起來算了，你兩老一起到館子裡來。」王雨提議說。

「那怎麼行？我們已把東西都準備好了，你們若把通和請了去，還說要請我們，東西不是白浪費了？不，今晚還是請你倆和你爸一起來好了。畢竟我們原是個沒辦成的親家，現在也算半個吧。」張媽笑呵呵地提出了不同意見說。王燕看見雙方互不相讓，她做了個和事老中間人，說：

「都不要爭了，火車馬上就要到了，讓張通和到來後由他作決定吧。」

站上的揚聲器播出通知列車馬上就要進站。頃刻，便聽見遠處列車發出到站的汽笛聲，漸漸駛入了月臺，車頭吱吱地放出了一股蒸汽，隆隆響聲戛然而止。瞬間出站口便蜂湧的被提著或背著行李或攜老帶小的排列成隊被逐個剪票出站。四個人分作兩邊緊盯著每個出站的人，到了似乎再沒有出站的人了，剪票員把閘門關上。四人面面相覷，還想往月臺那邊細看，是否還有尚未出站的，搜索良久一無所獲，一

切遭遇沒有比這更失望的了。

王燕深覺事有蹊蹺

　　張通和未能如期抵達，是個猜不透的謎，兩家人的心沉重得像鉛塊似地，當晚徹夜未眠。翌日上午，正當王燕準備到郵電局發電報給李春來，還未出門，恰巧李春來的電報被送來了，簡短的幾個字：「通和赴津途中車禍喪生。」這使她腦袋嗡的一聲如被棍棒擊中，她幾乎暈了過去，幸得王爸沏了壺濃濃的熱茶讓她喝著才逐漸清醒過來。因為電報發自李春來，她當即聯想到他是否處於妒忌之心，發來了假電報，使她死了心趕快回去。李春來之所以特地發來了張通和噩耗的電報，是有雙重意思的，這因為雖是死訊，而他則視作喜訊，他喜不自禁，幸災樂禍地趕快電知王燕，以破滅她與張通和天津團聚的美夢，另一方面也為顯示他對張通和去世的關心而避開了對事件的受嫌。雖然王雨和王爸幫她分析，倘電報是假的，但張通和購好了票即使未上得車，也一定會來電報。另外，作為現職革委主任，倘真是造假，是不能維持很久的，一旦揭穿，他會全掉面子，張通和也不會放過他，只要稍有頭腦的人是不會這樣做的。但王燕仍未釋疑，她當即跑到郵電局給李春來掛了專途電話。電話接通

了，李春來對她的詢問作了個較詳細的述說，當說到驟一見到張通和屍首的慘狀時（其實自張通和出事到掩埋他從未到過現場）電話中清晰可聞他說話的哽咽聲。他特別著重事故原因是駕駛人違規所致，已作了結論。長途電話講了二十分鐘。最令人懷疑的是當他說到目睹屍首慘狀時竟哽咽得話都說不出來。李春來對張通和早已嫉惡如仇，欲除之為快，而電話中的啜泣可能是做作的掩飾，鱷魚的眼淚而已。這是王燕的想法。張通和的死訊是可以肯定了，但王燕認為他的死因結論值得可疑，特別是李春來在電話中反復強調司機違規所致，「此地無銀三百兩」，為什麼要如此反復強調呢？不就是怕人懷疑別的嗎？況且出事時兩人都已死去，現場又沒有人目睹，李春來怎能一口斷定是司機違規呢？她雖無根據，但分析了李春來的為人和如此出乎意料的輕易批准張通和調來天津，且又方便了她倆雙聚，李春來不是傻瓜，更不是個善男信女，哪會有天上掉下來的餡餅給予張通和？先前因為喜悅衝昏了頭腦，樂而忘形，只往好的方面想，現在她越想越覺得事故定有蹊蹺，便越是懷疑李春來，她決定起碼暫時不回廠去，忍受無工資過艱難生活之苦。

怎堪餘爐不止息

兩個案子最後的了結，象徵著廠中十年文化大革命像一場噩夢似的戲劇降下了帷幕。大火雖已熄滅，但焦煙仍嬝嬝冒出，人們當然想要將它徹底撲滅，當前還有要處理的餘波。

　　紛亂了多年的局勢似乎將要慢慢平復下來，難忘的一九七六年，是個多事之秋的一年，也是國家局勢轉捩點的一年。但受新形勢波及影響，處於邊遠山區的工廠是遲緩的，人們只能從電臺廣播和報紙中知道一些國家表面的一點變化。但對於那些革委會的領導們，他們可以通過上級的管道要知道得更多一些。歷史不會重演，但往往也會出現相似的重複，比如當年的上海一月風暴，也波及到廠中的中層以上、特別是廠的領導受驚一時，他們大都心照不宣的等待被

奪權移交。但經過多年的波詭雲譎，誰也預料不到今天又輪到這些革委會領導們驚駭地失去了大靠山而惶惶不可終日。

平反逐一展開

局勢演變是緩慢而曲折的，但過去的始終定要過去，要來的無法阻擋要來。上邊的一個「撥亂反正」首先便動搖了革委會。軍宣隊撤走了，原來的四個副職的書記和廠長，因無罪而釋放恢復了工作，由他們另組織專案組複查首先是鐘振興的案子。至於虞鴻昌的問題，衆所周知完全是毫無根據的莫須有的強加於的罪名，輕易地便給予平反了。革委會的牌子雖然還掛著，在辦公室裡他們仍坐著，但一般政治微風吹來，似乎被廢去多年的黨委躍躍欲試又要東山再起。

政治敏感度不是很遲鈍的李春來，在這新的形勢下他已意識到無法戀棧現在的官位，只有由它去了。但他所最擔心的是鐘振興的歷史結論重作審查和張通和的車禍喪生，這是他此刻的心病。在位時他仗權力掩蓋一切，無人敢於提出異議，更不可能再作複查。一旦官職不保，舊當權者官復原職，必然要針對他們這些年的重大作為作個複查甄別，兩椿事一旦東窗事發，他便難以脫身。

一切的變化幾乎都沒出李春來所料，四個副職的書記和

廠長複職後，除積極展開專案組對鐘振興歷史的複查外，還奉上級令由其中一位元副書記牽頭組織臨時黨委，無須多費功夫，只一句話便讓占著辦公室的幾個原革委領導乖乖挪走，回到原來的生產崗位上。「其興也勃焉，其亡也忽焉」。

對於鐘振興歷史問題的重審其實也較簡單，這些新接手的專案組幹部個個都是老手，他們歷經數次運動的平反甄別，對此已駕輕就熟。經過審閱檔案後，決定再派人北上原地再作調查。當外調員到達當地找到了原來被訪的老人的家時，僅見他的兒子和孫子在屋，一問之下，方知老人已經去世，對於當年發生的這椿塵封多年的往事，後輩當然一無所知，讓他兒子看了當日外調員所代寫（篡改過的）的證明材料，他也不置可否。在一籌莫展中，外調員想到去找村政府，但村政府全是中、青年人，對此椿事也一無所知，但村長想起了一個當年在僞村公所工作過的尚健在的唯一的一個老人，外調員便要求與村長一起去訪問他。此老人已七十多歲了，耳朵很背，交談十分困難，但當外調員遞過去當日的證明材料，他戴起了已缺了一條腿的用繩子代替接上鉤住了耳朵的已破舊的老花鏡仔細地看了一遍，開始還不斷點頭，到末尾他一拍桌子大聲說：

「這李老漢怎麼搞的？他老糊塗了！可惜他死了，不然我要找他當面對質，不能糊塗亂冤枉一個人啊，那八路明明

白白趁黑夜溜走了的，說老實話，當時村裡還指派我和另一些人拿著手電筒往林子裡搜，只是沒發現便回來了。抓也抓不著，回來不是找死嗎？怎麼李老漢竟說他又回來了？且還在村公所進進出出。我當時天天都在村公所，怎麼沒見他，而卻被李老漢見到了？要不是他糊塗了的話，眞是大白天見到鬼了！」

還給鐘振興歷史清白

　　情況已清楚了，外調人整理出一份這老人的證明，經他審閱後按上指模便謝過離去。

　　細心的外調員想到原來這捏造的事實只有兩個可能：一個是可能被前外調員脅逼那老人歪曲事實而說，另一個可能是爲應領導需要而作假。他想到了指模是否也有作假，要求村政府找出一個李老漢的指模，以便拿回去對證。這可好辦，村政府只要翻開一些舊帳簿有李老漢名下指模的剪了下來給了他。外調員回去後，一方面將村政府取來的與原來在旁證上的指模一併送到省公安局作鑒定。另一方面由專案組召來了原來的二個外調員質問他們外調的來歷，他們一口咬定旁證是那李老漢確實的口述，指模也是他所按的。至於與另一老頭所說的關鍵點大相徑庭，他們辯說可能是年代久

遠、人也老了，記憶的差異是很可能的。專案組也覺無奈，只得暫且擱著。待到公安局的鑒定回來證實原指模是假的情況便大白，質問之下，開始無言以對，繼後只有承認是作假。從突破了指模的作假，使案情的發展像河堤被衝破了一個缺口，洪水便奔瀉而入，致使崩潰了整段堤壩。二個原外調員在無法再抗拒的情況下把原來作假的經過全部抖摟出來。

鐘振興的案子可以了結了，還回了他歷史的清白。經過上級批准，向全廠宣布恢復名譽，官復原職。他復任後第一樁要做的事便是複查張通和的車禍喪生問題。鑒於李春來對他製造了歷經多年的冤案，這種不擇手段的手法難免也可能用在他情敵的身上。此外還有兩個因素促成他對此案的重視，一個是從縱觀來看，李春來一貫譁眾取寵，忘恩負義，可以為一己之利而犧牲別人等等劣性他是看穿了的；另一個是他現在天津的妻子就張通和的喪生事寫了封長信提出了多個對李春來的疑點，使他也有同感。

專案組翻查了當日車禍調查報告和有關人員討論分析的發言紀錄，一時覺得無瑕疵可尋，但一個細心的幹部叫何亮的拿過了王燕自天津發給鐘振興的信，與李春來當日在車禍分析會上的發言相對照，發覺他從始到終卻無任何根據、只憑主觀肯定，一直十分強調是駕駛員違規所造成。照王燕信

中所說這是「此地無銀三百兩」的暴露。他提出了這個疑點，但有人認為這只不過是個人認識問題，並不能作為懷疑的根據。但多數人是同意何亮的看法。疑點是有了，但從何入手卻又是個難題。何亮發覺這專案沒有保衛科參加，因為案發從現場察看到座談分析定案都有他們參與對於犯罪案件的偵查和分析是他們的業務本行，於是提議請他們參加分析會，經過鐘振興的同意，把保衛科長請來了。在討論中，保衛科長也提出個疑點，他科內的一個巡夜員反映，也就是出事前一晚深夜，他巡經汽車庫時車健正好自內裡出來鎖門，與他打招呼後，他說他剛出車回來，當時沒有想到其他，及後事故發生了，他便想到汽車班有司機，雖有急事也用不著你這已是廠頭的大幹部深夜出馬。但後來據知事故很快便下了結論，所以便不再理會它了。

真相大白，公道在人心

　　保衛科長提供的這條線索當然可作參考，但怎麼與這案子關聯起來卻是不易尋找的。還是何亮想了個辦法，把車健請來，質疑他當晚為何深夜出車？到哪裡去？幹什麼事？倘有破綻，問題便抖出來了。車健被請來了，當他知道了是車禍的事找他，面孔當即變色，白得像張道林紙，心臟好似要

撲出來似的卜蔔跳。他知道這是生死攸關的大事，所以極力
將自己鎮定下來。他從沒想到問題會出在這個環節上，但他
還能急中生智，把要問的對答如流，他編說有個親戚來了個
電報自天津乘直達車到內地一個城市，算好火車路過是深夜
時間，要他在站上作短暫的相會，因此他開車前去會了那親
戚至深夜才回來。所說似乎天衣無縫，但專案組長要他答覆
天津親戚的姓名、地址和在此收到電報的日期。他也一一作
了回答，組長便宣布暫時休會。車健千慮一失。事情再簡單
不過了，便按他交代收到電報的日期往收發室一查，登記冊
上是空白的，不僅他所說的那天沒有，就往前或往後的好些
天收發室也沒收到過電報。當對他再質問下，他肯定是收到
電報的，可能是收發室漏登記了，但要他拿出電報來，他說
已扔掉了。其實至此已暴露他假話的真相了，但他仍負隅頑
抗。當組長發出了警告說：「你說收發室有錯漏，我們當即
打電話要縣郵電局查詢，假若郵電局答覆沒有過此電報，你
將要怎樣？」

　　車健知道已站不住腳無路可退了，要敗下陣來。在眾人
的勸誘攻勢下，他只得繳械投降，竹筒倒豆子似地把真相的
全過程抖摟了出來。

　　兩個案子最後的了結，象徵著廠中十年文化大革命像一
場噩夢似的戲劇降下了帷幕。大火雖已熄滅，但焦煙仍嬝嬝

冒出，人們當然想要將它徹底撲滅，當前還有要處理的餘
波，比如李春來刻意造假對鐘振興的陷害和他與車健及何秉
權密謀製造車禍謀殺案，這都屬刑事罪行，由廠方提出向司
法部門起訴。至於虞鴻昌被迫自殺身亡及孟建國被鬥重傷殘
廢長期住院等便由工廠內部處理。

過去種種譬如昨日死

　　當王燕獲知了廠中的情況如同全國類同發生了較大的變化，特別是李春來已被拘捕入獄後，她想到了要回來一趟。抵達後，她不會去獄中探望李春來，而是首先到了張通和的埋葬地獻了鮮花和拜祭。她此行還有兩個目的：一個是提出與李春來離婚，另一個是要求廠方准許她調離回天津去。

　　她獲得了鐘振興的接見。對於王燕他算是老相識了，此次是第二次見面，他對首次接見批准王燕離婚事記憶猶新，但當時他並未過問下文，現經王燕將情況詳細述說了，並請求再次批准，他笑笑說：「這回應該是實在的，不會再有第三次吧。」說著便提筆在她的申請書上重筆地批道：「王燕與李春來無論是感情上及生活上久已不存在夫妻關係，理由

十分充分，我們完全同意她的申請。」

　　王燕接過有他批示的申請書後，接著便提出調動的要求。鐘振興考慮再三，並打電話徵求她原車間領導意見，表明自己支持的態度，車間領導稍作商量後也同意了，於是取出一張信箋又一次提筆批示勞資科辦理王燕調離手續。

　　王燕回到了舊居，這塵封多時的屋子，門一打開便躍出一隻大老鼠，蜘蛛網迎面撲來，現雖李春來人去屋空，但房子仍留下了她悽愴的記憶，雖也有過與張通和同棲的溫馨往事，但已雲散風流，一想到他便淒然淚下，她厭惡這屋子，她收拾了她自己的東西，凡是過去與李春來有過接觸的東西，她一概捨棄，她不願在此過夜，寧願花錢到招待所住下。

　　她連車間也不願回去，只約了過去幾個好友到招待所來相聚話別。把一切手續都辦完，匆匆地便離開了這難忘的山溝。

　　至於這個廠的命運，經過「撥亂反正」後，領導的頭腦已較清醒，從各方面考慮都不適宜設在這山溝的，於是便有了動遷的萌想，但這是後話了。

時報悅讀 007

山海情思

作　　者——溫　廣
編　　輯——王克慶
協力編輯——謝翠鈺
校　　對——彭小恬
行銷企劃——廖婉婷、李昀修
封面設計——果實文化設計工作室
美術編輯——黃庭祥
董 事 長
　　　　——趙政岷
總 經 理
出 版 者——時報文化出版企業股份有限公司
　　　　　10803台北市和平西路三段二四〇號七樓
　　　　　發行專線／（02）2306-6842
　　　　　讀者服務專線／0800-231-705、（02）2304-7103
　　　　　讀者服務傳真／（02）2304-6858
　　　　　郵撥／1934-4724時報文化出版公司
　　　　　信箱／台北郵政79～99信箱
時報悅讀網——www.readingtimes.com.tw
法律顧問——理律法律事務所　陳長文律師、李念祖律師
印　　刷——勁達印刷有限公司
初版一刷——二〇一六年七月二十九日
定　　價——新台幣三五〇元

國家圖書館出版品預行編目資料

山海情思／溫廣 著. -- 初版. -- 臺北市：時報文化, 2016.07
　面；　公分. -- （時報悅讀；7）

ISBN 978-957-13-6701-9 （平裝）

857.7　　　　　　　　　　　　105010704

ISBN 978-957-13-6701-9
Printed in Taiwan